Das Buch

Es ist Mitternacht. Die Kirchturmuhr von Sainte-Gudule schlägt dreiunddreißigmal. Da fällt ein tödlicher Schuß aus dem Hinterhalt. Der Ermordete ist Balbastre, der Hund des alten Sinouls. Wenige Tage später wird auf einem Ball die schöne Hortense, die Geliebte des Poldevenprinzen Gormanskoi, entführt. Inspektor Blognard und sein Gehilfe Arapède nehmen die Ermittlungen auf, unterstützt von einem poldevischen Detektiv mit dem unaussprechlichen Namen Sheralockiszyku Holamesidjudjy. Wer war der Entführer? Und wer der feige Hundemörder? Und was, in aller Welt, war sein Motiv? Wenn Sie, liebe Leserinnen und Leser, Spaß am Tüfteln haben, können Sie das alles selbst herausfinden. Sie müssen den Roman nur aufmerksam genug lesen. Das jedenfalls behauptet Inspektor Blognard. – »Jacques Roubaud beherrscht die abenteuerliche Mischung aus Verführung und spöttischem Entzug meisterhaft, deshalb kann er seinen Leser an der Nase herumführen, ihn täuschen, ihn anspornen oder tadeln, ihn aber nie langweilen.« (Christina Weiß in der ›Süddeutschen Zeitung‹)

Der Autor

Jacques Roubaud, geboren 1932, ist Mathematiker und Schriftsteller und lebt in Paris. Er ist Mitglied der von François Le Lionnais und Raymond Queneau gegründeten Gruppe »Oulipo«, der auch Italo Calvino und Georges Perec angehörten. Roubaud wurde vor allem als Lyriker bekannt.

Jacques Roubaud:
Die Entführung der schönen Hortense
Roman

Deutsch von Eugen Helmlé

Deutscher
Taschenbuch
Verlag

dtv

Von Jacques Roubaud
sind im Deutschen Taschenbuch Verlag erschienen:
Die schöne Hortense (11665)
Das Exil der schönen Hortense (11794)

Ungekürzte Ausgabe
August 1993
Deutscher Taschenbuch Verlag GmbH & Co. KG,
München

Titel der französischen Originalausgabe:
›L'enlèvement d'Hortense‹

ISBN 3-446-15937-1
Umschlagtypographie: Celestino Piatti
Umschlagbild: Dietrich Ebert
Gesamtherstellung: C. H. Beck'sche Buchdruckerei,
Nördlingen
Printed in Germany · ISBN 3-423-11725-7

Erster Teil

Mord in der Kirche Sainte-Gudule

Erstes Kapitel
Die dreiunddreißig Mitternachtsschläge

Es war schön und warm, doch man war weder in Belgien noch bei den Ostfriesen. Alles um die Kirche Sainte-Gudule herum ruhte an diesem Abend. Im Gemüsegarten, am Fuße der Poldeven-Kapelle, kauten die Schnecken sanft an den Salatköpfen. Die »Gudule-Bar« in der Rue des Grands-Edredons, gegenüber der Kirche, hatte ihren letzten Trunkenbold hinausgeworfen und ihre Grünpflanzen in Sicherheit gebracht. Die Petits Fours schliefen im Schaufenster der Bäckerei Groichant gegenüber dem auf die Rue des Citoyens gehenden Nebenausgang der Betschwestern. Alles ruhte in der Grünanlage Grands-Edredons. Der Sandkasten war leer. Kein Licht in den Fenstern der sechs Treppenaufgänge (A, B, C, D, E und F) der Hausnummer 53, weder auf der Seite der Grünanlage, noch an der Rue Vieille-des-Archives. Der einzige Lichtschein kam von den Sternen und dem Frühlingsvollmond, neben dem die städtischen Straßenlaternen lächerlich erschienen. Schwarz waren die Grünpflanzen der »Gudule-Bar«; schwarz die Blätter der Bäume in der Grünanlage; weiß und pipigelb der Sand im Sandkasten; dunkelblau der Himmel auf dem Grunde der Kompottschale der Gestirne. Kein Auto, kein Autobus T (fakultative Haltestelle) störten die meditative Stille der Straßen (so wenig wie die Stille der meditativen Straßen übrigens). Kein Mensch, keine Seele. Folglich auch keine Menschenseele. Die Geräusche der Stadt drangen nur schwach, wie von ferne, aus einer anderen Welt, herüber: aus der Welt der Angst, des Vergänglichen, der Illusion; aus der barbarischen, fleischfressenden, galgengesichtigen Welt; aus der Welt des Fiebers, des Schiebers, des Kassibers; der Gebrechen, der Sorgen, der Verbrechen; aus der Welt des Wahnsinns, des Stumpfsinns, des Eigensinns;

des Profits, des Sprits, des Rauchs; der Lykanthropie, der Pyromanie, der Syzygie; und umgekehrt ...; mit einem Wort, aus der Welt. Es war ein Augenblick von unbeschreiblicher Süße (die wir aber dessen ungeachtet gerade mit einem seltenen Ausdrucksvermögen beschrieben haben).

Ohne nun übertrieben lange bei der Beschreibung dieses idyllischen Zustands (er wird es nicht lange bleiben) der Örtlichkeiten zu verweilen, versetzen wir uns in Gedanken auf den Bürgersteig, an eine der beiden Ecken, wo die Rue des Grands-Edredons und die Rue des Milleguiettes aufeinandertreffen: die rechte Ecke, wenn man der Grünanlage den Rücken zukehrt, wie wir das in diesem Augenblick tun.

Wer, *wir*?

Mit *wir* meine ich ganz genau:

a) *Sie,* mein Leser: es gibt Platz für *einen* Leser, der die Masse meiner lieben, meiner zahllosen künftigen Leser repräsentiert. Sie werden mir zugute halten, daß ich nur einen einzigen unter Ihnen auswähle, denn wie könnten Sie alle zusammen Platz finden an der Ecke der Rue des Milleguiettes? Sie ist ja so eng! Zur Zeit meiner närrischen Jugend (ich meine, meiner Jugend als Autor, denn ich war schon in einem ehrwürdigen Alter, als ich zu schreiben begann), zur Zeit meiner Anfänge in der vornehmen, aber erschöpfenden Laufbahn als Romancier hatte ich mich mit einem Erzähler belastet. Es geschah weder aus dem Wunsch nach Originalität noch aus einem modernistischen Bestreben heraus, da beide, wie Sie mir glauben dürfen, nicht zu meinem Anliegen gehören. Ich wollte gewissermaßen hinter den Personen meiner Erzählung zurücktreten, um sie nicht zu stören, damit sie sich frei fühlen sollten. Damit sich die Abenteuer von allein einstellten, in ihrer kruden Wahrheit. Außerdem erzähle ich nur wahre Dinge: Ich habe einen Horror, etwas zu erfinden; ich kann nicht lügen. Aber plötzlich hat die Person des Erzählers in dem Buch, von dem ich spreche, meinem ersten Roman, weil ich ihm unvorsichtigerweise erlaubt habe, wie alle Erzähler »ich« zu sagen, Gefallen an der Sache gefunden. Er hat »ich« gesagt, dann »Ich«, dann »Isch« und »Icke«! Kurzum, er hörte gar nicht mehr auf, »ich« zu sagen, und ließ mich kein einziges Wort mehr vorbringen. Außerdem hat er sich in dem Maße, in dem der Roman fortschritt (seinem endlichen Ende voll unvorhergesehener Ereignisse entgegen), von kaum noch zu überbietender Unverschämtheit gezeigt, und angeberisch dazu! Er mischte sich ständig ein, um mir zu widersprechen, gab vor, besser zu wissen, was geschah, als ich. Er veränderte den Lauf der Ereignisse, um sich die Starrolle zuzuschustern. Und schließlich hat er sogar seine eigene Version der Geschichte veröffentlicht und mich dabei einer Reihe von Fehlern, Auslassungen, Lügen, gar des Plagiats beschuldigt! Ich habe beschlossen, auf seine Dienste zu verzichten, mich seiner als Erzähler zu entledigen. Aber wohlgemerkt, nur als Erzähler. Sie werden ihn hier als Romanfigur sehen, und er bekommt genaus das, was er verdient, glauben Sie mir.

b) *Mich.* Deshalb sind wir am Beginn dieser furchtbaren Geschichte nur zu zweit an der Ecke der Rue des Milleguiettes, und nicht zu dritt (aber, wie die Engländer sagen, *two is company; three is a crowd:* zwei ist Gesellschaft, drei ist Gedränge).

Versetzen wie uns also in Gedanken auf den warmen Bürgersteig. Wir bleiben einen Augenblick unbeweglich, unsichtbar und still in der großen nächtlichen Stille unter dem Frühlingsmond. Unsichtbar, stumm, aber sehend, vereint. (Wenn »ich« ein anderer ist, ist er dann nicht kein anderer als du, Leser, meinesgleichen, mein Bruder.) Versetzen wir uns in Gedanken auf den Bürgersteig der Rue des Milleguiettes, gehen wir dann von hier aus etwa zehn Meter durch die enge Straße, drücken wir (im Geiste) auf die entsprechenden Tasten, um den (geheimen) Einlaßkode PL 317 einzugeben. Stoßen wir die schwere alte Tür auf. Und treten wir ein. Durchqueren wir den Hof, dringen wir in den Garten ein. Bleiben wir einen Augenblick lang stehen, um das kleine zweistöckige Einfamilienhaus zu betrachten, das den hinteren Teil einnimmt. Es ist die Wohnung des alten Sinouls, des Organisten von Sainte-Gudule, und seiner Familie. Aber im Augenblick ist die Familie nicht da. Es sind gerade Frühjahrsferien: Madame Sinouls ist bei ihrer Familie; die Töchter Sinouls, Armance und Julie, treiben sich herum; die eine treibt sich blond herum (Julie); die andere treibt sich rothaarig herum (Armance). Der junge Sinouls, Marc, spielt in Japan Viola da gamba. Der alte Sinouls ist allein. Er schnarcht.

In der Stille der nächtlichen Nacht (das Eigenschaftswort »nächtlich«, mit dem die Nacht hier geschmückt ist, bedeutet, daß es sich um eine echte, tiefe, nachtdunkle Nacht handelt, um eine Nacht, die wirklich Nacht ist), in der Stille der nächtlichen Nacht bewegte sich jemand im Inneren des Hauses Sinouls. (Achtung: es handelt sich *nicht* um den alten Sinouls. Der alte Sinouls schläft *und* schnarcht, Tätigkeiten, denen er im Unterschied zum Ex-Präsidenten der Vereinigten Staaten, Gerald Ford, gleichzeitig nachgehen kann.) Dennoch wurde jemand im Hause Sinouls wach, streckte sich, schnaubte und schüttelte sich, erhob sich, stieß die Tür zur Vordertreppe auf, ging hinunter in den Garten. Während jemand in dem nächtlich vom Mond überfluteten Garten umherlief, schnupperte er an den Rosensträuchern, machte einige Schritte, gähnte, furzte, gähnte wieder. Die Nachtigall sang im Lindenbaum. Eine Patrouille von sechs Ameisen (angeführt von einem Ameisenleutnant mit der Erkennungsnummer 615243 (dieser Leutnant war nicht einbeinig, weil die Ameisen mehr als zwei Beine haben, sondern n-l-beinig)) überquerte die Heliotropenallee in Richtung Himbeersträucher. Jemand (der Jemand, von dem wir sprechen) lief durch den Garten. Die Tür stand offen. Er zögerte einen Augenblick (von jetzt an und mit Ausnahme einer absichtlichen Erwähnung wird dieser Jemand bis zum Ende des Kapitels mit »er« bezeichnet), dann zuckte er die Achseln (mit einer Gebärde, die wahrscheinlich »warum eigentlich nicht?« bedeutete), überquerte den Hof, lief unter dem Portalvorbau hindurch und näherte sich der Eingangstür. Sie stand ebenfalls offen.

(Und wer hatte sie ohne Rücksicht auf die zwingend einzuhaltende Hausordnung der Miteigentümer, ganz zu schweigen von den elementarsten Vorsichtsmaßregeln, offen gelassen? Wer, das frage ich Sie? *Sie,* mein lieber Leser, *Sie* waren es, während ich Ihnen unter dem Portalvorbau vorausging, um Ihnen den Weg zu zeigen. Sie, der Sie auch die Tür zum Garten der Sinouls angelehnt ließen. *Sie,* Leser, haben diese Handlungen mit ihren unberechenbaren und tragischen Folgen ausgeführt, vergessen Sie das nicht!)

Vor der schweren und großen, auf die Straße führenden Eingangstür zögerte er noch einmal, etwas länger. Er dachte eigentlich nicht, daß sie offen stünde. Er war ganz mechanisch bis hierher gekommen, ohne so recht daran zu glauben. Die Straße verlockte ihn, ihre Geheimnisse: der Geruch der Straße, die Grünanlage, die Sträucher, alles das zog ihn unwiderstehlich an. Aber gleichzeitig hatte er Angst. Er hatte Angst, es ist dumm zu sagen, er hatte Angst vor einer Katze. Nicht vor den Katzen im allgemeinen, sondern vor einer Katze, vor einer ganz bestimmten KATZE. Diese Katze hatte im Verlaufe einer anderen Geschichte, die dieser vorausgeht, über das Viertel geherrscht (in jeder Geschichte, Sie haben es sicherlich genauso bemerkt wie ich, gibt es immer eine andere Geschichte, die nämlich, die der Geschichte vorausgeht, und deshalb ist es auch so schwierig, Geschichten zu erzählen); und diese Geschichte ist daher die Folge der ihr vorausgehenden Geschichte. Diese Katze hatte Alexander Wladimirowitsch geheißen. Alexander Wladimirowitsch, der ihm solche Angst machte, war allerdings seit vielen Monaten nicht mehr im Viertel aufgetaucht. Er war seit der Einweihung einer Straße verschwunden, nämlich der Rue de l'Abbé-Migne, einem der Rue des Milleguiettes gestohlenen Teilstück, das ihr, wie ein asphaltierter Gewissensbiß, auf der anderen Seite der Grünanlage Grands-Edredons die Stirn bot. Er wußte es, und doch hatte er Angst. Aber am Ende war die Versuchung doch die stärkere. Er lief hinaus auf die Straße, und bald befand er sich in der Grünanlage: allein und frei.

In diesem Augenblick begann die Glocke der Kirche von Sainte-Gudule zu läuten. Er blieb unbeweglich stehen und begann an den Fingern die langsamen und majestätischen Glockenschläge zu zählen, die durch die Stille, den Mondschein und die Nacht klangen. Als sie das letzte Mal geklungen hatten, war es elf Uhr. Und da es elf Uhr war, waren von ihm elf Glockenschläge gezählt worden (er war ein bemerkenswerter Glockenschlagzähler). Und jetzt wartete er mit einem leichten, glücklichen Schauder (er hatte keine Angst mehr) auf den letzten Mitternachtsschlag, um seinen heimlichen und unerlaubten Spaziergang fortzusetzen. Es gab neun Schläge (und zuvor hatte es acht Schläge gegeben und davor sieben und davor noch sechs, aber ich erwähne sie nicht alle, um diesen Abschnitt nicht unnötig zu verlängern), es gab zehn Schläge, es gab ihrer elf. Es gab dann selbstverständlich zwölf Schläge und .... *er erstarrte auf der Stelle, gepackt von einem unermeßlichen Schrecken, der dreizehnte Mitternachtsschlag ertönte.*

Ich schreibe: *der dreizehnte Mitternachtsschlag ertönte*, und sogleich frage ich mich: handelt es sich hier eigentlich noch um Mitternacht? Wenn zwölf Schläge die Mitternacht anzeigen, was mag dann wohl die Ursache von dreizehn Schlägen sein? In welche Welt werden wir durch diesen überzähligen Schlag geschleudert? In welche unbekannte Dimension des Raumes und der Zeit?

Das sind äußerst schwerwiegende Fragen, die zu lösen mir nicht ansteht, die zu stellen ich jedoch dem Leser schuldig bin.

Er erstarrte auf der Stelle, gepackt von einem unermeßlichen Schrecken. Und da gab es doch um Mitternacht nicht nur einen dreizehnten Schlag, ohne Rücksicht auf Wahrscheinlichkeit und Brauch, sondern auf diesen dreizehnten Schlag folgte sogleich ein vierzehnter, ein fünfzehnter. Und bei jedem neuen Schlag der nun verdammten Glocke wurde sein lähmender, entsetzlicher, schlimmer noch, entsetzlich flimmernder Schrecken immer größer. Mechanisch zählte er sie. Fasziniert und ungläubig zählte er an den Fingern weiter: fünfzehn, sechzehn, siebzehn, achtzehn, neunzehn .... Die Glocke schlug dreiunddreißigmal, dann blieb sie stehen. Schutzlos einem niedrigen Entsetzen ausgeliefert, stand er wie versteinert da. Sein Schrecken, der bereits beim dreizehnten Glockenton auf einen Schlag gewaltig war, erreichte jetzt eine Stärke, die 2 hoch 20 mal stärker war, weil er sich bei jedem neuen Schlag verdoppelt hatte. Wenn S die Stärke des ursprünglichen Schreckens war, so war er jetzt S', und S' war soviel wie 2057152 S, wenn unsere Berechnungen richtig sind.

Machen wir uns seine entsetzte Unbeweglichkeit zunutze, um eine ganz einfache und ganz und gar nicht übernatürliche Erklärung für das Phänomen zu geben: Seit einigen Monaten hatte der Pfarrer von Sainte-Gudule aus touristischen Gründen und mit der diskreten Zustimmung seines hierarchischen Vorgesetzten, Monsignore Fustiger, beschlossen, die Kirchenglocke auf alte Art läuten zu lassen, wie früher, mit richtigen Glöcknern. Und er hatte zu diesem Behuf (auf Empfehlung des alten Sinouls) zwei berühmte burgondische (wie man in früheren Zeiten sagte) Glöckner eingestellt, Molinet Jean und Crétin Guillaume, Musiker von Ruf und Spezialisten in dieser unvergleichlichen Kunst, der Kampanologie. Genau in dieser Nacht nun, der ersten des Romans, hatten Molinet Jean und Crétin Guillaume Lust gehabt, einmal ruhig zu schlafen und sich sieben Stunden wohlverdienter Ruhe zu bewilligen. Da aber ihr Berufsethos untadelig war, hatten sie sich nicht einen einzigen der Glockenschläge, die sie der Kirche Sainte-Gudule laut Vertrag schuldeten, schenken wollen. Sie hatten sie also alle geläutet, aber *hintereinander*, nach dem gewöhnlichen zwölften Mitternachtsschlag. Dann waren sie weggegangen, um sich schlafen zu legen. Das waren insgesamt, wenn ich mich nicht irre, 1 + 2 + 3 + 4 + 5 + 6 + 12 Schläge, macht 33 insgesamt.

(Lassen Sie mich bei dieser Gelegenheit, da Sie, um die richtige Zahl herauszufinden und festzustellen, daß ich Sie nicht getäuscht habe, die Summe der 6 ersten ganzen Zahlen mit 12 addieren mußten, eine amüsante Anekdote zum besten geben: Man erzählt sich, daß in Ostpreußen eines Tages gegen Ende des 18. Jahrhunderts, das genaue Datum ist durch den Bericht festgelegt, der Lehrer einer kleinen Dorfschule, in der sich der junge Gauß befand ... aber ich halte inne: *Man* weist mich darauf hin, daß *man* nicht dazu da ist, die Geschichte der Mathematik zu erzählen; daß es sich hier um einen ROMAN handelt.)

Die Glocke schwieg, und er (ich spreche, entsprechend unseren Vereinbarungen, von dem noch anonymen »er«, dem wir seit Beginn des vierten Abschnitts folgen, nicht von dem jungen Gauß) blieb eine ganze Weile vor Schreck gelähmt. Als er wieder in der Lage war, sich zu rühren, war sein einziger Gedanke, auf schnellstem Wege wieder dorthin zurückzukehren, von wo er nie hätte weggehen dürfen: nach Hause. Doch genau in diesem Augenblick hörte er im Gebüsch einen entsetzlichen Lärm. Und dieser Lärm kam von irgendwo zwischen der Stelle, an der er sich befand, und der Rue des Milleguiettes. Der Rückweg, der Weg des Heils, war abgeschnitten. Er nahm die Beine in die Hand und entfloh nun durch die Rue de l'Abbé-Migne. Immer noch laufend (und wir hinter ihm, aber was er hört, sind nicht wir, denn wir sind ebenso still wie unsichtbar) bog er an der Rückseite der Kirche nach links in die Rue des Citoyens ein.

Er lief und lief: bis er, erschöpft und außer Atem, stehenbleibt.

Er blickte um sich: Nichts rührte sich. Ein wenig beruhigt setzte er sich wieder in Bewegung, denn er wollte auf einem ebenso abgelegenen wie krummlinigen Umweg das Haus Sinouls erreichen, ohne wieder durch die Grünanlage zu müssen.

Endlich war die Tür des Hauses in Sicht: Vor Erleichterung und Ungeduld zitternd, stürzte er auf sie zu. Doch da, plötzlich, vor ihm, ein Schatten: jemand. Aber diesen Jemand kannte er, es war ein Freund. Ganz fröhlich ging er auf ihn zu, bereit, ihn zu begrüßen. Da hieß ihn etwas zurückweichen, ein Zweifel, eine Vorahnung. Er blickte auf und wurde des teuflischen Anblicks des Todes gewahr. Ein furchtbarer Schrei erstickte in seiner vor Angst wie zugeschnürten Kehle. Auf schnellstem Wege lief er zur Poldeven-Kapelle, dem letzten möglichen Refugium, dem Zufluchtsort.

Zu spät.

Es gab einen Schlag, ein Todesröcheln.

Die nächtliche und mondbeschienene Stille der nachtdunklen Nacht brach wieder herein. Alles ruhte von neuem um Sainte-Gudule: kein Mensch, keine Seele. (?)

Zweites Kapitel
Quai des En-La-Matière

Inspektor Blognard saß an seinem Schreibtisch am Quai des En-La-Matière. Sie lesen »saß an ...« und stellen sich sofort den Inspektor *vor* seinem Schreibtisch in seinem Sessel sitzend vor, mit den üblichen Arbeiten seines Amtes beschäftigt. Sie irren sich.

Inspektor Blogard saß *hinter* seinem Schreibtisch. Und es ist wichtig, den Grund hierzu zu kennen, denn er wirft ein ebenso unverzügliches wie grelles Licht auf die unorthodoxen Methoden des Inspektors, unseres berühmtesten Entzifferers krimineller Rätsel.

Stellen wir uns den Schreibtisch vor: Der Schreibtisch steht gegenüber der Tür, zwischen den beiden Fenstern, die auf den Quai gehen. Es ist ein Schreibtisch, der eine Vorderseite und eine Rückseite hat, und die Vorderseite zeigt zur Tür. Wenn Inspektor Blognard *hinter* seinem Schreibtisch Platz nimmt, kann er den Quai, den Fluß und seine Schiffe sehen, vor allem aber, und das ist das wichtigste, kehrt er der Tür den Rücken zu.

Kommt nun jemand herein, so erblickt er ihn zuerst *im Spiegel,* der vor ihm über dem Schreibtisch hängt. »Um die Rätsel zu lösen«, sagte er zu seinem Gehilfen Arapède, »muß man der Wahrheit ins Gesicht sehen, muß man in die Welt *hinter* dem Spiegel sehen.« »Ja, Chef«, antwortete Arapède mit großen inneren Vorbehalten, denn er bezog philosophisch eher eine skeptische Position und bemühte sich, seine Skepsis auszuleben, was gar nicht so einfach ist. Von der Idee der Wahrheit wurde er ein wenig seekrank. Aber er zeigte es nicht.

An diesem Morgen, kaum ein paar Stunden nach den tragischen Ereignissen des ersten Kapitels, war der Ausblick auf den Quai des En-La-Matière besonders großartig:

– links vom Inspektor glühte rot die Sonne;

– die Autos begannen ununterbrochen am Flußufer zu brummen;

– ein Schleppkahn schleppte träge Kohlen dahin, die er wer weiß wohin brachte, da heute ja niemand mehr Kohlen haben will;

– es herrschte Hochbetrieb an der Brücke, wo die Feuerwehrleute sich bemühten, den ziemlich reifen Leichnam eines Ertrunkenen freizubekommen, der unter dem zweiten Pfeiler eingeklemmt war.

Das Morgenlicht, das mit der Glut hereindrang, die man an ihm kennt, stürzte sich gleißend in den ovalen Standspiegel, der leicht schräg auf dem Schreibtisch stand.

Der Spiegel spiegelte die rote und gleißende Sonne einerseits, das Gesicht des Inspektors andererseits. Das Gesicht des Inspektors war im unteren Teil mit Rasierschaum bedeckt. Am Fuße des Spiegels befanden sich: ein Topf mit sehr heißem Wasser, das seinen Dampf in die morgenrötliche Luft dampfen ließ, und ein kleiner Unterteller, auf dem sich Hügel dichten und kompakten Schaums häuften, der von zahllosen braunen, ins Graue spielenden Haaren durchsetzt war.

Der Inspektor hatte einen »Säbel« in der Hand, ein Rasiermesser alter Art, das früher dem Barbier von Lord Bertrand Russel gehört hatte (ein Geschenk seines alten Freundes, des Polizeichefs Badger von Scotland Yard), und rasierte sich in einer strengen, unabänderlichen Reihenfolge.

a) das Kinn,
b) die Unterlippe,
c) die rechte Wange,
d) die linke Wange,
e) die Oberlippe,
f) den Hals.

Während dieses Rasiervorgangs in sechs Teilen (oder symphonischen Sätzen) machte Blognard durch plötzliche und deduktive Erhellungen Fortschritte bei seinen Untersuchungen; zahlreiche Erhellungen, von denen an den verschiedensten Stellen die von den plötzlichen Protesten des Rasiermessers zurückgelassenen Narben Zeugnis ablegten.

Inspektor Arapède saß auf der anderen Seite des Schreibtischs auf einem Stuhl, links von Blognard, und fast verdeckt vom Bildschirm des Computerterminals. Er wartete auf das Ende des Rasiervorgangs und der Unterhaltung, die Blognard gleichzeitig am Telefon zu seiner Rechten mit seiner Frau Louise führte.

Louise Blognard stellte sich mündlich und dialektisch, sogar sokratisch Fragen über das Menü der nächsten gemeinsamen Mahlzeit: Lerchen ohne Kopf, Lammfüße und -innereien, Gratin dauphinois. Sie zog nacheinander die verschiedenen Hypothesen in Betracht, und Blognard brachte in dem jeweiligen Schweigen, das auf die Fragezeichen folgte, eine seiner rituellen Antworten an: »Meinst du?«, »hm«, »ja«, »nein«, »sicher ist jedenfalls«, »aber«, »in der Tat«, »du hast recht«.

Es war ein Liebesgespräch, und wie alle Liebesgespräche endete es meistens ohne ein bestimmtes Ergebnis.

Aus der Beschreibung, die wir gerade gegeben haben, geht ganz eindeutig hervor, daß Inspektor Blognard:

1) mittleren Alters und

2) wahrscheinlich Linkshänder war (es sei denn, man hält ihn: a) für frühzeitig gealtert und geht b) davon aus, daß er sich mit den Armen und den Telefonkabeln unwürdigen Verrenkungen hingebe).

Es ist wichtig, daß Sie von jetzt ab das Niveau Ihrer Aufmerksamkeit auf die Höhe meiner Prosa heben, damit Sie solche Dinge bemerken, denn ich werde in den späteren Kapiteln nicht immer genügend Zeit – und Geduld – haben, Sie jeweils darauf hinzuweisen.

Wenn der Inspektor zu dieser sehr morgendlichen Stunde an seinem Schreibtisch saß, so liegt das daran, daß sie beide, Arapède und er, die Nacht an Ort und Stelle verbracht hatten. Das kam oft vor.

Ein Fall, wunderlich und ernst, war durch die Geständnisse des Schuldigen, der noch am Tag zuvor nur der Verdächtige Nr. 1 war, zum Abschluß gekommen.

Ein kostbares Jadegefäß in Form einer Saubohne war in einer berühmten Kathedrale von krimineller Hand zertrümmert worden. Sehr schnell hatte sich Arapèdes Verdacht auf den dem Anschein nach unschuldigsten der Zeugen gerichtet: einen in S. als ehrbar bekannten Nagelhändler.

Die ganze Nacht über hatten sich Blognard und Arapède am Kopfende dieser schwarzen Seele abgelöst, um sie mittels eines Geständnisses wieder auf den rechten Weg zurückzubringen. Mit anderen Worten, sie hatten ihn verhört.

Die Verhöre wurden in einem kleinen, fensterlosen Raum geführt, der von einer einzigen, nackten 60-Watt-Glühbirne, die zwischen weißen Wänden von der weißen Decke herabhing, beleuchtet wurde. Der Boden war mit gelbem, immer sauberem, vor Sauberkeit glänzendem Linoleum belegt (Arapède achtete darauf und benutzte, wie ich (ich habe ebenfalls gelbes Linoleum und weiße Wände und eine nackte Glühbirne an der Decke), das Pflegemittel, das zu diesem Zweck das geeignetste ist: Seltzer-Glanz).

Der Verdächtige saß auf einem gelben Plastikstuhl, aber das Gelb war ein scheußliches, mißtönendes Gelb; die Scheußlichkeit der Farbe und der Form dieses Stuhls war so groß, daß sich dem Verdächtigen bei seinem Anblick der Magen umdrehte; er hatte nur einen Wunsch: ihm zu entfliehen, nicht mehr auf einem Gegenstand von solch abgrundtiefer Häßlichkeit sitzen zu müssen. In dem Maße, in dem die Stunden der Nacht dahingingen, unterminierte die Häßlichkeit dieses Stuhls, dieses Gelbs, das gegen das so verführerische des Bodens abstach, schließlich die geistige Abwehr des Verdächtigen, so daß er seiner selbst unsicher wurde und nur von Erlösung träumte.

Und unterdessen maßen Blognard und Arapède in einer unaufhörlichen, spiralförmigen Bewegung den Raum aus. Ohne sich speziell an den Verdächtigen zu wenden, führte Blognard mit lauter Stimme einen Monolog über den Fall. Er wiederholte noch einmal bis zum Überdruß alle Umstände, alle Einzelheiten, entwarf alle möglichen Hypothesen, erinnerte an Zeugenaussagen, Indizien, Beweise. Er log dem Verdächtigen nichts vor. Er betrieb das, was er die »Strategie der Wahrheit« nannte.

In dieser Nacht, die die letzte der Ermittlungen war, jene, in der der Verdächtige zusammembrechen sollte, er wußte es, und der Verdächtige wußte es im Grunde ebenfalls, ging er nicht mit Hinterlist auf das unausweichliche Ziel zu, sondern mit absoluter Offenheit. Er verhehlte keine der noch sichtbaren Schwächen seiner Position bei der Rekonstruktion der Fakten, doch *gerade diese Schwächen wurden zu Stärken.* Denn die Evidenz der Tatsache, daß er *wußte* und daß er auf jeden Fall über kurz oder lang *beweisen* könnte, trat zutage. Wozu also noch kämpfen? fragte er manchmal wohlwollend.

Arapède hingegen las, wenn Blognard schwieg und meditierte.

Er las halblaut, in einförmigem Ton, schwierige Abschnitte eines philosophischen Werks und kommentierte sie mit einigen destruktiven Randbemerkungen. In jener Nacht, als der Fall des zerbrochenen Gefäßes aufgeklärt wurde, hatte er auf diese Weise stundenlang die ›Etimologien‹ des Philosophen Orsells deklamiert, ohne trotz der stummen und verzweifelten Fragen des Verdächtigen, der den Titel des Buches in Arapèdes Händen sehen konnte, auch nur eine einzige Stelle zu lesen, in der die Gründe für dieses ungewöhnliche *i* anstelle des *y*, von dem der Verdächtige, der, obgleich Nagelhändler, dennoch gebildet und bei den Orthographieausscheidungskämpfen im

Departement Oise ins Halbfinale gekommen war, wußte, daß es in dem Wort »Etymologie« vorkommen mußte.

Um sechs Uhr schließlich kam das Geständnis: »Ja, ich habe das Gefäß zerbrochen.« Und erleichtert war der Schuldige weggeführt worden, um den Gendarmen von Soissons wieder übergeben zu werden.

Nachdem er den Hörer aufgelegt und sich eine letzte Spur von Seifenschaum aus dem Gesicht gewischt hatte, sagte Blognard zu Arapède: »Ich glaube, heute morgen ist nichts. Wir werden schlafen gehen.«

In diesem Augenblick klingelte das Telefon.

Es war der Große Chef.

»Sind Sie es, Blognard?«

»Ja, ich bin's.«

»Ich hoffe, ich störe Sie nicht.«

»Keineswegs.«

»Ein Fall von allergrößter Wichtigkeit, dazu schwierig und heikel. Ich bin gerade von Monsignore Fustiger höchstpersönlich unterrichtet worden, der Name sagt Ihnen doch etwas? Bla bla bla ... bla bla bla ...«

Blognard hörte nicht mehr zu, sondern registrierte nur noch automatisch die wenigen Einzelheiten, die aus dem zugleich politischen, verworrenen und mondänen Redefluß seines Vorgesetzten zu erhaschen nützlich war, der, wie man gemeinhin zu sagen pflegt, gerade im Begriff stand, »ihm das Baby in den Arm zu legen« und dabei seine Hände in Unschuld zu waschen.

Die Botschaft, umhüllt mit dem Zucker des stillschweigend Implizierten und dem Krokant der Staatsräson, war klar: Wenn Sie Erfolg haben, streiche ich die Mediendividenden ein; wenn Sie scheitern, bekommen Sie den Tadel.

Als Blognard auflegte, blieb er einen Augenblick lang reglos sitzen und starrte den blinkenden Sonnenball im Spiegel an. Dann schüttelte er den Kopf und sagte: »Mord in der Kirche Sainte-Gudule. Wir müssen hin.«

Sie gingen hin.

Drittes Kapitel
Der Schauplatz des Verbrechens

Die Leiche des Opfers wurde um sechs Uhr vierzehn (Ortszeit) von Madame Eusèbe, Lebensmittelhändlerin in der Rue des Citoyens Nr. 53, entdeckt.

Wie jeden Tag seit einundvierzig Jahren hatte sie sich nach ihren Waschungen zu ihrem Morgengebet in die Kirche Sainte-Gudule begeben. Sie betete seit vielen Jahren jeden Tag, den der Herrgott aufgehen ließ, um die Vergebung ihrer Sünde. Madame Eusèbes Sünde gehört zu den »Entfernt Zurückliegenden Ursachen der Nahe Zurückliegenden Ursachen« der gegenwärtig erzählten Ereignisse und somit zur Vor-Vor-Geschichte des Romans, über die wir allerdings nichts sagen dürfen (was ich bedaure). Sie betete auch, aber erst seit einigen Monaten, um die Rückkehr ihres geliebten und entlaufenen Katers Alexander Wladimirowitsch.

An diesem Morgen war sie fröhlich erwacht, mit einer unerklärlichen Vorahnung (aber kann man Vorahnungen je erklären? Das ist noch schwieriger als Gefühle zu erklären, und das will etwas heißen), sie würde Alexander Wladimirowitsch wiedersehen. Das Wetter war schön und frisch wie das Fell Alexander Wladimirowitschs an einem Frühlingsmorgen. Es war schön und frisch, und das bewies diesmal unzweifelhaft, daß man sich nicht in Belgien oder bei den Ostfriesen befand; und während Madame Eusèbe zur Kirche eilte, fühlte sie sich von ihrer Sünde befreit.

Sie ging durch den Mittelgang auf den Altar zu, bevor sie nach links abbog, um den sechsten Betstuhl in der neunten Reihe zu erreichen. Die Reihe war am frühen Morgen noch dunkel, und sie glaubte, *an dem Platz, der seit jeher der ihre war*, eine dunkle Masse, etwas wie einen dunklen Sack zu sehen. Ihr Herz begann in ihrer alten Brust sehr stark zu klopfen. Sie trat näher.

Und endeckte den Leichnam.

Sie stieß einen herzzerreißenden Schrei aus und sank wie ein Sack (das macht zwei Säcke) ohnmächtig zusammen.

Der Schrei, den Madame Eusèbe ausstieß, als sie beim Anblick des Opfers, des Bluts und des Bluts des Opfers in Ohnmacht fiel, wurde vom Pfarrer von Sainte-Gudule, der in der Sakristei seine nächste Messe einübte, als störend wahrgenommen.

Dieser Schrei ließ ihm das Blut in den Adern erstarren.

Er stürzte in die Kirche. Zuerst glaubte er, es gäbe zwei Leichen, denn Madame Eusèbe war zu Füßen des Toten (ich sage bewußt *des Toten*) gefallen und hatte sich mit Blut beschmiert. Doch er sah, daß sie noch atmete. Sein erster Gedanke war, die Polizei anzurufen. Doch da entdeckte er, immer noch in der neunten Reihe und in geringer Entfernung vom Kopf der Leiche, etwas, das ihn anderen Sinnes werden ließ.

Es war eine mit blauer Kreide ausgeführte Zeichnung. Sie bestand aus spiralförmigen Strichen (siehe Bildtafel S. 151) und ahmte mit verblüffender Genauigkeit das Porträt der heiligen Schnecke nach, die an der Stirnseite der Poldeven-Kapelle (wie an allen Kultstätten der sechs wichtigsten Konfessionen) herrscht. Die Schnecke ist, das weiß man, das Totemtier der Poldeven (da sie sie während der letzten großen Eiszeit vor dem Hungertod und dem totalen Aussterben gerettet hat, wie die riesigen urweltlichen Schneckenpfannen bezeugen, die von den Archäologen an den poldevischen Ausgrabungsstätten gefunden worden sind (über dieses Thema tobt in wissenschaftlichen Kreisen eine heftige Kontroverse: Zwar ernährten sich die prähistorischen Poldeven von Schnecken, aber wie bereiteten sie sie zu? A la Cargolade, also gekocht und geschluckt? A la Sussarèle, also gekocht und gelutscht? Nach einem alten, verlorenen Rezept? Man weiß es nicht)). Die Schnecke der Poldevenkapelle ist doppelt heilig, da sie bei der Einweihung von Monsignore Fustiger höchst persönlich geweiht worden war.

Es war die unumgängliche Pflicht des Pfarrers, Monsignore Fustiger zu benachrichtigen. Da gab es kein Zögern.

Als Blognard und Arapède in die Kirche Sainte-Gudule eintraten, herrschte dort ein beachtlicher Betrieb.

Auf der einen Seite wurde Madame Eusèbe von einer Abordnung ihrer Nachbarinnen und Kolleginnen gestützt, die ihr Trost und schreckliche Vermutungen spendeten, welche dazu angetan waren, sie wieder in Ohnmacht fallen zu lassen.

Auf der anderen Seite plauderte der Pfarrer mit ernstem Gesicht mit dem Abgesandten des Erzbistums, dem persönlichen Berater von Monsignore Fustiger; auch er machte ein ernstes, zugleich aber auch diplomatisches Gesicht.

In einer Ecke warteten die beiden Glöckner, Molinet Jean und Crétin Guillaume, geduldig auf die ungefähre Nähe der nächsten Stunde, ohne zu ahnen, was für eine Rolle sie in dem Drama gespielt hatten. Um sich die Zeit zu vertreiben, sagten sie leise und immer schneller: »Wenn sechs Sägen sechs Säbel zersägen, zersägen dann sechsundsechzig Sägen sechsundsechzig Säbel?« Man antwortet: »Ja«; dann sagt man: »Wenn sechs hoch sechs Sägen sechs hoch sechs Säbel zersägen, wie viele Säbel zersägen dann sechs hoch sechs hoch sechs hoch sechs Sägen?« Das ist ein spannendes Spiel.

Einige Neugierige, unter ihnen eine Touristengruppe, zum Teil japanisch und zum Teil poldevisch, bemühten sich, das Opfer zu entdecken, das sich, trotz seiner Zurückhaltung, gerade von allen Seiten fotografieren ließ. Beim Eintreten der beiden Inspektoren durchlief ein Schauder des Interesses die Menge. Man erkannte Blognard.

Jemand kniete neben dem Leichnam: der Gerichtsarzt, Doktor Petiot. Als er Blognard bemerkte, stand er wieder auf und streckte ihm eine ganz von Säuren verfärbte und zerfressene Hand hin (in seinen Mußestunden widmete er sich, im Hinblick auf ein großes Werk über diese Frage, exakten Experimenten über die Auflösung tierischen Fleischs in den verschiedensten Säuren: rauchende Salpetersäure, Schwefelsäure, Salzsäure, ganz zu schweigen von Zitronensäure und Ameisensäure). Ohne sich lange mit Höflichkeitsfloskeln aufzuhalten, sagte er:

»Todeszeit: zwei Stunden vor oder nach Mitternacht.

Todesursache: stumpfe Hiebwaffe auf die Schädelbasis; Fraktur der Schädeldecke undsoweiter.

Opfer: männlichen Geschlechts.

Alter: mittleren Alters, nach Meinung eines Laien, das ist nicht eigentlich mein Arbeitsbereich.

Keine Spur von Blinddarmentzündung.

Autopsiebericht: achtundvierzig Stunden nachdem ich darüber verfüge.

Keine Fragen?

Er gehört Ihnen.«

Blognard sah sich den Toten an. Er ließ eindringlich seine Blicke auf ihm ruhen, mit all der Eindringlichkeit, all der Intensität, deren er fähig war. Es war der erste Augenblick ihrer Begegnung, und er hatte für Blognard die gleiche Bedeutung wie der erste Blick bei einer Liebesbeziehung. Zwischen dem Opfer und ihm bahnte sich eine Verbindung an, bei der das Geheimnis des Toten auf dem Spiel stand: der Name von Blognards Rivalen, der Name des Verbrechers. Er und das Opfer mußten sich so gut wie nur möglich kennenlernen. Und das Opfer würde ausweichen, sich nicht festlegen lassen, es würde versuchen, sein Geheimnis zu verteidigen: sein Leben. Doch Blognard würde seine Zurückhaltung aufgeben müssen. In der Vergangenheit des Opfers, die die Zukunft ihrer Beziehung war, hatte irgend etwas irgendwo in irgendeinem Augenblick das unerbittliche Programm initialisiert, wie es in der Computersprache heißt, das zum Tod, zum Mord führen sollte. Im Leben des Opfers würde, wie auf einer rückwärts abgespulten Videokassette, das unbekannte Gesicht auftauchen, das des Mörders.

Deshalb betrachtete Blognard den Toten so aufmerksam. Er hatte sofort begriffen, daß dieser Fall besonders schwierig sein würde.

Dieser Tote war kein Toter wie die andern. Der Tote und er sprachen nicht ganz die gleiche Sprache. Er gehörte zwar einer vertrauten Welt an, zu der Blognard jedoch auf Grund seiner Ausbildung nur schwer Zugang hatte. Dieses Mal würde er sich bei seinen Ermittlungen nicht ohne ungeheure Anstrengungen darin üben können, wie das Opfer zu denken, wie es zu argumentieren.

(Genau darin lag Blognards Originalität: Die meisten großen Detektive der Geschichte bemühen sich, so zu denken wie der Verbrecher, sich an seine Stelle zu versetzen; ein gründlicher Irrtum! Entscheidend bei einem Verbrechen ist das Opfer, der Verbrecher ist nur sein Schatten.) Er geriet einen Augenblick lang in Panik: Und wenn auch der Verbrecher ... Aber sogleich faßte er sich wieder: sicherlich die Müdigkeit, die Nacht ohne Schlaf, die Folge davon, daß er in dieser Nacht den Fall des zerbrochenen Gefäßes gelöst hatte.

Er wandte die Augen von dem Leichnam ab, der von nun an unauslöschlich in seinem Gedächtnis (und auf den Negativen des Erkennungsdienstes) festgehalten war, und ließ seinen Blick langsam über den Schauplatz des Verbrechens schweifen. Wie war der Tote dort hingekommen? Aus eigener Kraft? Warum dort, an diesem Ort? Eine Menge Fragen stürmten auf ihn ein.

Und gerade in der Menge begegnete sein Blick dem einer Frau, einer alten Frau, die dasaß, umgeben von anderen Frauen, die sie trösteten, sie mit Fragen bestürmten, ihre Worte aufsogen, sie bewundernd und begierig betrachteten. (Es handelte sich, wir wissen es, um Madame Eusèbe.) Es war wie ein Blitz, der fast auf der Stelle erlosch, wie ein elektrischer Strom zwischen ihnen. Diese alte Frau *wußte* etwas. Oder besser, sagte sich Blognard, sie fürchtete etwas. Sie fürchtete etwas, das sie *zu wissen fürchtete.*

Versuchen wir, einen kleinen Vorsprung vor dem Inspektor zu wahren. Dieser Teufelskerl ist so schnell. Zum Glück haben wir unsere eigenen Quellen. Wir haben dem Mord beigewohnt, oder fast.

Wir nämlich *wissen*, daß das Opfer Angst vor Alexander Wladimirowitsch hatte. Wir wissen das seit dem ersten Kapitel, das wir nicht schon wieder vergessen haben. Wir wissen darüber hinaus, daß Madame Eusèbe eine Vorahnung hatte: sie würde ihren geliebten und entlaufenen Kater, Alexander Wladimirowitsch, wiedersehen. Wir sind also mit Hilfe von Blognards überwältigender Intuition in der Lage zu erahnen, was Madame Eusèbe befürchtet: daß Alexander Wladimirowitsch, wieder zurück in der Stadt, in den Mord *verwickelt* sein könnte. Dieser Gedanke verfolgt sie. Sie vergißt darüber ihre Sünde, für deren Vergebung sie an diesem Tag noch nicht gebetet hat.

Blognard hatte keine Zeit, sich lange bei seiner Intuition aufzuhalten oder anzufangen, sich von ihrer Richtigkeit zu überzeugen. In der Kirche entstand eine Art allgemeiner Unruhe; alle Blicke wandten sich dem Eingang zu. Der alte Sinouls war gerade gekommen, begleitet von der krankhaften Neugierde und dem genüßlichen Mitleid der Anwesenden. Gebeugt unter der Last des moralischen Schmerzes, zu dem der physische Schmerz noch hinzukam (der physische Schmerz kam von der Gicht: er hatte einen heftigen Gichtanfall, und der kam von der Verlassenheit und dem Bier), näherte er sich; gestützt auf zwei junge Frauenarme, die ihn hielten, hatte er gerade das Opfer erkannt. Eine Nachbarin, Madame Yvonne, die Wirtin der Gudule-Bar, hatte ihn geweckt, um ihm so schonend wie nur möglich die furchtbare Nachricht mitzuteilen. Er war gerade dabei zu träumen, einen unerfreulichen, immer wiederkehrenden Traum: Meister André Isoir kritisierte schonungslos die Art, wie er auf der Orgel eine Chaconne von Pachelbel interpretiert hatte, von der er doch überzeugt war, daß er sie aus dem ff beherrschte.

Er hatte nicht allein kommen wollen; und in Abwesenheit seiner Töchter hatte er sich an die beiden jungen Frauen gewandt, die ihn jetzt im Mittelgang von Sainte-Gudule stützten. Die, die ihn auf der rechten Seite stützte, war rothaarig. Sie hieß Laurie. Wir werden sie in Kürze wiedertreffen.

Die andere, die die linke Seite des alten Sinouls stützte, ist die Heldin des Romans: die schöne Hortense. Es ist noch nicht an der Zeit, sie Ihnen zu beschreiben, denn der alte Sinouls hat die neunte Reihe erreicht. Arapède und Blognard weichen zurück. Der alte Sinouls geht allein bis zum sechsten Betstuhl. Er betrachtet den Toten.

Das Entsetzen ist auf seinen Zügen noch sichtbar, aber zugleich sind sie milder geworden, geprägt von der edlen Heiterkeit, die der Endauflösung vorausgeht. Versöhnt. Er wird nicht mehr leiden; er wird keinen Hunger mehr haben, keinen Durst mehr, er wird nicht mehr die Qualen der Liebe erdulden müssen.

In einer letzten Abwehrgebärde, im Augenblick des verhängnisvollen Schlags, hat er den Schwanz zwischen die Hinterbeine geklemmt. Sein Fell ist blutdurchtränkt.

»Ach, armer Alter!« sagt Sinouls.

Das Opfer ist sein Hund, Balbastre.

Viertes Kapitel
Hortense

Hortense ist die Heldin; sie ist nicht nur Heldin, sondern HELDIN. Und sie ist eine *schöne Heldin:* die *schöne Hortense.* Außerdem ist sie *meine persönliche Heldin.* Ich, der ich der Autor dieses Romans bin, ich bin bei meinem Unternehmen allein schon durch die Tatsache beruhigt, daß ich meinen Lesern eine schöne Heldin anzubieten habe. Mir scheint (aber vielleicht täusche ich mich), daß es in Anbetracht der allgemeinen Schwierigkeiten der Existenz eher ermutigend sein müßte, wenigstens für die Zeit einer Lektüre eine schöne, sympathische und gar nicht dumme Heldin vor Augen zu haben. In dem Grundsatzstreit, der die Literatur seit ihren Anfängen bewegt: ist eine junge, schöne, sympathische und vor Gesundheit strotzende Heldin besser als ein alter, häßlicher, widerwärtiger und kranker Held?, schlage ich mich entschlossen auf die Seite der ersteren.

Hortense ist also die HELDIN. Und doch kann ich hier und heute kein Porträt von ihr machen.

Der Grund ist einfach: Mein Verleger hat es mir verboten.

Und warum verbietet mir mein Verleger, ein Porträt von Hortense, meiner schönen Heldin, zu machen, die alle moralischen und körperlichen Vorzüge einer jungen und schönen Heldin hat? Nun, gerade *wegen ihrer körperlichen Vorzüge,* über die ich in einer ersten Fassung, dem Manuskript meines Werkes, in unerschöpfliche Begeisterung ausgebrochen war.

Der Zufall will es, daß mein Verleger sich im Augenblick der Selbstzensur befleißigt. In der Welt, um die ich mich nicht kümmere, da ich mit der Art, wie sie läuft, nicht einverstanden bin und sie durch meine Abwesenheit dafür bestrafe, daß sie nicht so läuft, wie ich gern gehabt hätte, daß sie läuft, in der Welt, sagte ich, haben die Verleger im Augenblick zwei ziemlich hartnäckige Feinde: Meinem Verleger zufolge, der es mir am Telefon hingebrummelt hat (brummeln ist ein altes deutsches Wort, das den Ton bezeichnet, dessen sich ein Verleger bedient, der von einem Autor Textkürzungen verlangt), haben es ein gewisser »Wimmerwahn« und ein gewisser »Saugeiler« (das sind die Namen, die ich hinter seinem durch diplomatisches Hüsteln behinderten Brummeln gehört habe) auf die physischen Eigenschaften der Heldinnen abgesehen (und bei den Helden scheint es noch schlimmer zu sein).

Ich habe zu meinem Verleger gesagt: »Ich sehe nicht ein, warum ich, nur, weil die Herren ›Wimmerwahn‹ und ›Saugeiler‹ vom ›Virus der büschelnden Verkümmerung der Tomate‹, vom ›Virus der Satellitennekrose des Tabaks‹ befallen sind, ohne dabei wahrscheinlich den ›Virus der Steckrübenfalte‹ zu vergessen (es sind drei echte Viren, die mir zuvorkommenderweise von Julie Sinouls zur Verfügung gestellt worden sind), ich sehe nicht ein, sage ich (habe ich gesagt), warum ich mich nicht über die körperlichen Vorzüge meiner Heldin auslassen kann, Details, die von meinen Lesern erwartet werden, und zwar besonders über jene außergewöhnlich reizvolle Besonderheit eines gewissen vorderen, mittleren und rückwärtigen Teils ihrer Person, der zugleich so selten und so aufregend ist?«

Er hat nichts davon wissen wollen.

Dabei kenne ich Hortense gut. Ich kenne sie des langen und des breiten, von vorne bis hinten und von oben bis unten, in allen Ehren selbstverständlich, das heißt als Autor. Ich bin sehr häufig durch die unumgänglichen Erfordernisse der Vorbereitung und Imaginierung meiner Erzählung gezwungen gewesen, ihr ins Bett zu folgen oder in eines ihrer langen, von Balsamschäumen schäumenden Bäder oder unter die belebende kalte Dusche, unter der die Spitzen, mit denen ihre tiefer als der Hals sitzenden Halbkugeln gekrönt sind, sich aufrichten. Ich habe sie im

Regen gesehen, im warmen Meer um Mitternacht, im Sommer im frischen Gras; und bei allen diesen Gelegenheiten befanden sich ihre Kleider in einiger Entfernung von ihr, aber nicht an ihr.

Ich habe das alles meinem Verleger gesagt, aber er ist unnachgiebig geblieben.

Ich bin Hortense im Autobus T begegnet, als sie, eine junge Philosophiestudentin und Schülerin unseres großen Philosophen Philibert Orsells, fleißig und lernbegierig in die Bibliothek unserer Stadt fuhr, um sich dort der Orgie der für die Fertigung ihrer (inzwischen abgeschlossenen) Magisterarbeit notwendigen Lektüre zu widmen. ›Über einige eigenartige, aber unausweichliche Implikationen des Grundprinzips der Onthetik‹. Ich besuchte zu jener Zeit selbst öfters die Bibliothek. Wir begegneten uns oft. Ich will damit sagen, daß wir oft zufällig im selben Autobus T zusammentrafen, da die vielschichtigen, engen, aber keuschen Beziehungen eines Autors zu seiner Heldin nichts anderes zulassen als eine unsichtbare Koinzidenz: Ein Roman ist keine Autobiographie.

Und so hat sich eines Tages, nicht weit von mir entfernt, ein junger, schwarzgekleideter Mann ihr gegenübergesetzt und einen Satz gesagt, und das war der Anfang eines intensiven Liebesabenteuers.

Sie sehen, meine Beziehungen zu Hortense sind nicht erst von gestern.

Rekapitulieren wir, was man im Augenblick von Hortenses vergangenen Abenteuern wissen muß:

1) die Begegnung mit einem jungen Mann.

2) Hortense verliebte sich, Hortense wurde mißtrauisch, Hortense wurde verraten (aber nicht in ihrer Liebe), Hortense hörte auf, verliebt zu sein, denn der junge Mann hatte sie verraten und enttäuscht.

3) Nichtsdestoweniger nahm sie auch weiterhin den Autobus T, um sich zur Bibliothek zu begeben, und setzte mutig die Verfertigung ihrer Magisterarbeit fort.

4) Da gab es jedoch eine Katze, besser einen Kater, dessen Name Alexander Wladimirowitsch war. Es war ein sehr schöner Kater, ein Held. *Ein schöner Katerheld.* Er wurde von Madame Eusèbe geliebt. Er verliebte sich in eine rothaarige Katze, eine schöne, kleine, rothaarige Katze namens Tioutcha.

5) Da gab es jedoch einen Verbrecher, der von Inspektor Blognard und seinem treuen Assistenten, Inspektor Arapède, gejagt wurde.

6) Schwerpunkt und Baryzentrum aller dieser Ereignisse der Vergangenheit, aller dieser Abenteuer, Kriminal- oder/und Liebensabenteuer, war mehr oder weniger die Umgebung der Kirche Sainte-Gudule mit ihrer Poldeven-Kapelle und ihrer Grünanlage, der Grünanlage Grands-Edredons (siehe den Plan der Örtlichkeiten S. 150).

7) Inspektor Blognard gelangte jedoch ans Ende seiner Ermittlungen und bestimmte den Schuldigen, der verhaftet wurde.

8) Alexander Wladimirowitsch und ein poldevischer Prinz, Prinz Gormanskoi, verschwanden am gleichen Tag.

9) Madame Eusèbe war untröstlich; Balbastre, der Hund des alten Sinouls, war erleichtert.

10) Die Zeit verstrich.

11) Die Zeit verstrich so weit, daß sie schließlich die Frühlingsnacht war, in der der unglückliche Balbastre ermordet wurde.

Alles ist mit allem unentwirrbar verfilzt und verwickelt, man hat das schon oft festgestellt. Was die Gegenwart angeht, so schwimmt sie in der Vergangenheit wie eine Fliege in der Marmelade. Deshalb sind diese Brocken aus Hortenses Vergangenheit notwendig für das Verständnis ihrer Gegenwart, der Gegenwart dieser Erzählung, die uns beschäftigt.

Wir bemerken jedoch, daß Hortense, die den alten Sinouls auf seiner linken Seite führt und stützt, bekümmert ist.

Laurie bemerkt es ebenfalls.

Nun kann man diesen Kummer schwerlich dem Tod Balbastres, so tragisch er auch ist, und dem daraus folgenden Schmerz des alten Sinouls zuschreiben. Der alte Sinouls wird sich davon wieder erholen. Hortenses Beziehungen zu Balbastre sind nie sehr intim gewesen, selbst wenn dieser manchmal mit der Schnauze Körperteile von Hortense zu erforschen versuchte, die zu beschreiben mir verboten ist.

Es muß also etwas anderes sein, davon sind wir überzeugt.

Laurie meint das auch. Folgen wir ihnen.

Nachdem sie den alten Sinouls wieder in seinen Garten zurückbegleitet und ihn dann mit einigen Erinnerungen und moralischen Streicheleinheiten, zusammen mit einem kühlen Bier, ein wenig verwöhnt hatten, verabschiedeten sich Hortense und Laurie mit vier Schmatzern und begaben sich in die »Gudule-Bar«. Laurie bestellte einen Kaffee mit einem Glas Wasser bei dem *Schönen jungen Mann*, der Madame Yvonnes neuer Kellner war; Hortense nahm einen Milchkaffee ohne ein Glas Wasser, aber mit einem Butterbrot.

»Immer noch nicht besser?« sagte Laurie.

»Nein«, sagte Hortense.

Dazu muß gesagt werden, daß Hortense verheiratet war. Das war folgendermaßen geschehen: Nachdem Hortense verliebt und dann nicht mehr verliebt gewesen war, war sie traurig; da sie traurig war, hatte sie es zugelassen, daß sie sich ein wenig in einen verliebte, der ihr als Beistand und Trost nähergetreten war.

Sie hatte sich in die philosophische Arbeit gestürzt.

Ihr Tröster und Beistand hieß Georges Mornacier; er war Journalist und Erzähler: Journalist bei der städtischen ›Zeitung‹, wo er damit beauftragt war, Inspektor Blognards Ermittlungen zu verfolgen, zu dessen Schreiber und Biographen er sich gemacht hatte. Er war Erzähler (der Mensch, der *ich* sagt und erzählt) in dem Roman, den ich geschrieben habe und in dem ich von den Abenteuern Hortenses berichtete, wie sie sich in ihren *Schönen jungen Mann* verliebt hatte, wie und warum sie aufgehört hatte, ihn zu lieben, und wie sie damals Monsieur Mornacier kennengelernt hatte, einen Journalisten, der ausgerechnet der Erzähler des Romans war, in dem Hortense ... können Sie mir folgen?

Sie heirateten.

Zu Anfang war das gar nicht einmal so schlecht. Ihr Mann war sehr verliebt in sie, sie ließ sich mit einer gewissen dankbaren Güte gehen, auch wenn es nicht ganz mit der gleichen regionalen körperlichen Begeisterung geschah (ich drücke mich wegen der Selbstzensur meines Verlegers vorsichtig aus) wie zuvor; aber das ist eben die Ehe!

Unmerklich jedoch verschlechterte sich die Situation. Einerseits nahm Hortenses gymnastischer Eifer immer mehr ab; sie hatte immer weniger Lust, die Puppe zu spielen ... Andererseits begannen die Aufmerksamkeiten und Bemühungen ihres Mannes, die ihr anfänglich als angenehme Beweise für sein Interesse an ihrer Person erschienen waren, sie zu ermüden:

»Wo gehst du hin, mein Liebes?« sagte er zu ihr. »Um wieviel Uhr kommst du nach Hause, mein Liebes?« sagte er und: »Mit wem sprachst du denn, mein zärtlich Geliebtes, um elf Uhr vierunddreißig im Autobus W, zwischen den Haltestellen Casanova und Cléo de Mérode, mein Herz?«

Es ist in der Tat klar, daß, wenn man »mein Liebes«, »mein Liebes«, »mein zärtlich Geliebtes« und »mein Herz« aus den vorhergehenden Aussagen entfernt, ungefähr folgendes übrigbleibt: »Wo gehst du hin? Mit wem unterhältst du dich? Um wieviel Uhr kommst du nach Hause?«

Einige Zeit darauf bemerkte Hortense, daß ihr Mann sie oft mit einem sonderbaren Gesicht ansah. Er sah zerstreut aus. Er sah bekümmert aus, schlechtgelaunt. Er aß kaum noch. Er aß nervös, machte dabei Brotkügelchen und zerschnitt die Schalen der Clementinen in dreihundertfünfundsechzig Stücke (manchmal in dreihundertsechsundsechzig). Er kam plötzlich am Nachmittag von der ›Zeitung‹ heim, nachdem er zuvor angekündigt hatte, daß er bis spät in den Abend hinein arbeiten müsse. Er rief um Mitternacht an, wenn er auf den Fersen Blognards zu einer Reportage in der Provinz unterwegs war. Hortense begriff nicht, was los war.

Eines Tages, es war kurz nachdem sie Laurie kennengelernt hatte, aber sie waren sofort Freundinnen geworden, sie konnten miteinander reden, machte sie ihr Mitteilung von ihrer Ratlosigkeit.

Es war in der »Gudule-Bar«, Laurie trank zwei Tassen Kaffee mit einem Glas Wasser zu jedem (es war Mittag und sie war fast wach). Hortense trank ein Glas heiße Milch und aß ein Butterbrot dazu. Laurie stürzte in einem Zug ihren zweiten, nicht mehr warmen Kaffee hinunter, trank einen Schluck kaltes Wasser, zündete sich mit einem Streichholz, das sie wieder in die Schachtel zu den andern zurücklegte (den abgebrannten und den nicht abgebrannten) eine Zigarette an, schaute Hortense an und sagte: »Hast du keine Ahnung, warum?«

Hortense: »Nein.«

Laurie: »Soll ich es dir wirklich sagen?«

Hortense: »Ja, ja, es klappt nicht mehr, aber ich verstehe das nicht.«

Laurie: »Ist doch ganz einfach, dein Macker ist suchtbeduselt.«

Hortense riß die Augen auf, (sehr schöne, sanfte, ein wenig verschwommene große und verwunderte) Philosophiestudentinnenaugen voller Reinheit und Unverständnis.

Hortense: »Was?«
Laurie: »Er ist eifersüchtig, das ist alles!«

Und am Morgen des Mordes hatte sich das keineswegs zum besseren gewendet, im Gegenteil.

Fünftes Kapitel
Die Geometriestunde

Der Schauplatz verlagert sich von neuem.

Als wir den Schauplatz des Verbrechens verließen, haben wir hinter dem alten Sinouls, der immer noch von Hortense und Laurie gestützt wurde, die Kirche Sainte-Gudule verlassen, haben die Rue des Grands-Edredons überquert, haben den alten Sinouls bis zu seinem erholsamen, trostspendenden Garten geführt und sind dann in die »Gudule-Bar« eingekehrt, um dort auf Hortense und Laurie zu warten. Ruhig tranken wir, ich einen Canadadry, wie gewöhnlich, und Sie, Leser, was Sie wollen, ich überlasse Ihnen die Wahl. Wir schauten zwischen den Grünpflanzen aus dem Fenster der »Gudule-Bar« und sahen jemanden aus der Kirche kommen und entschlossenen Schrittes auf die nahe Grünanlage Grands-Edredons zugehen.

Wer ist das?

Ich.

Ja, ich, der Autor dieses Buches.

Ein kleiner Schlauberger hat früher einmal geschrieben: »Man kann sich nicht ins Fenster legen, um sich zuzuschauen, wie man auf der Straße vorbeigeht.« Und genau das tun wir im Augenblick. Ich bin auf der Straße, und Sie, mein Leser, gehen neben mir her. Und gleichzeitig bin ich in der »Gudule-Bar« immer noch zusammen mit Ihnen, zwei Tische von Hortense und Laurie entfernt, die uns nicht bemerken,

a) weil sie in ihr Gespräch und in ihr Augengespräch mit dem »schönen jungen Mann«, der gerade zum Bedienen in die »Gudule-Bar« gekommen ist (er war das letzte Mal nicht da, dessen sind sie sich sicher) vertieft sind,

b) weil wir unsichtbar und begrifflich sind.

Aber aufgepaßt, es gibt »wir« und »wir«. Oder genauer, es gibt »ich« und »ich« (was Sie angeht, so ist die Sache noch komplizierter, und nun sehen Sie zu, wie Sie sich aus dem Schlamassel der topologischen und existentiellen Implikationen Ihrer Situation ziehen).

Nennen wir, wenn Sie damit einverstanden sind, ich^1 denjenigen (mich), der in der »Gudule-Bar« ist. Ich^1 schaut zu und erzählt, was vorgeht. Das ist das unantastbare Recht und die heilige Pflicht des Erzählers: zuzuschauen, was vorgeht, und es jeweils dem Leser zu erzählen. Aber es liegt, darin werden Sie mir zustimmen, manchmal etwas ein wenig Enttäuschendes und sogar Ärgerliches in der rein passiven Rolle des unsichtbaren Voyeurs, der kein Wörtchen mitzureden hat, der in keiner Weise handeln kann.

Hier schaltet sich nun Ich^2 ein. Ich^2 bin immer ich, der Autor, aber ein »ich«, das unmittelbar in die Erzählung eingreift, ein »ich«, das ebenso aus Fleisch und Blut wie aus Auge und Gedanken ist. Ich werde von der Sonne beschienen, die morgendlich ihr Licht ergießt über die Fassaden der Rue des Grands-Edredons, die »Gudule-Bar«, die Ecke der Rue des Milleguiettes, wo wir am Tag zuvor waren, das Feinkost-Theater, das gerade an der Ecke der Rue Vieille-des-Archives aufgemacht hat (die übrigens ausgezeichneten Stücke, die im Feinkost-Theater aufgeführt werden – die Zuschauer sitzen auf Kisten mit Dosenmilch – haben alle einen obligatorischen Bezug zum Spielort: ›Die Abenteuer einer Ölfrucht‹; ›Die Karotte, die im Sande wachsen wollte‹; ›Die Memoiren einer pfiffigen Aubergine‹), während die Fassade der Hausnummer 53 der Rue des Citoyens (wohin ich mich begebe) auf der Seite der Grünanlage noch im Schatten liegt.

Ich gehe in dieses Haus. Ich gehe zu meiner Geometriestunde.

Die Tür zum Treppenaufgang D stand offen, und am Fuß der Treppe traf ich Carlotta. Sie war mit ihrer Freundin Eugénie ins Gespräch vertieft.

An diesem Morgen war Carlotta 15 Jahre und 80365tel alt. Sie war rothaarig und maß vorläufig 5 Fuß und 5 Daumen (in raschem Übergang zu 16 Jahren und 5 Fuß 6 Daumen). Eugénie war blond und Carlotta gegenüber 155 Tage und 1 Daumen im Rückstand (ihre Haltung zeigte, daß sie im Augenblick keine große Hoffnung hatte, die hundertfünfundfünfzig Tage aufzuholen). Eugénie wohnte im dritten Stock des Treppenaufgangs A.

Nun war Carlotta theoretisch seit einigen Tagen des Umgangs mit Eugénie und Eugénie des Umgangs mit Carlotta beraubt. Das ergab sich aus einem Dekret von Madame Eugénie-Mère, die mit ihrer Tochter eine schulische Meinungsverschiedenheit gehabt hatte und sie zu größerer Konzentration anregen wollte. Sie durften sich gegenseitig nicht mehr die siebenunddreißig täglichen Besuche abstatten und die dreiundsiebzig Telefongespräche führen, die für ihre Freundschaft unerläßlich waren (außerdem hätte sich Madame Eugénie-Mère, das muß gesagt werden, auch gern selbst einmal ihres Telefons bedient). Daher trafen sie sich abwechselnd an den Treppenaufgängen A und D. Man konnte praktisch sicher sein, sie außerhalb der Schulstunden an einem dieser beiden Orte zu finden.

»Ciao«, sagte Eugénie, als sie mich erblickte, denn es war die Stunde meines Unterrichts.

In dem Wunsch, mich über die letzten Entwicklungen der Wissenschaft auf dem laufenden zu halten, was heutzutage für einen Autor unbedingt notwendig ist, war ich mir kürzlich meiner völligen Ignoranz auf dem Gebiet der Geometrie bewußt geworden. Wie mir der alte Sinouls entgegenkommenderweise mit Hilfe von Beispielen aus der prädikativen Arithmetik Edward Nelsons, der Lambda-Rechnung (»die nicht die Rechnung Lambda ist«, hatte er mit einem gutmütigen Lachen hinzugefügt) und nicht zuletzt der Faserkategorien à la Bénabou erklärt hatte, war ich auf Grund meiner Ignoranz praktisch unfähig:

1) zur Informatik, 2) zum tieferen Verständnis der Mechanismen unserer »guten Gesellschaft« (wobei die » « in der sinoulsschen Sprache als zugleich sarkastische und exklamative Anführungszeichen verstanden werden müssen).

Ich bat ihn schüchtern um einen kleinen Grundnachhilfekurs. Er hatte die Güte, mir schnell eine der hundertundeins ersten Beweisführungen des Theorems von Pappus auf der Ecke eines Blattes der Sozialversicherung zu skizzieren, doch er hielt sogleich inne, wobei er auf seine Gicht, seine ontologischen Probleme und seinen Tennisarm hinwies. Er riet mir, mich an Carlotta zu wenden, gegenwärtig Schülerin am Lycée Faraday in der Untersekunda. »Sie ist die Tochter von Laurie«, sagte er zu mir, »Hortenses neuer Freundin.«

Die Verhältnisse werden klarer, nicht wahr? Carlotta ist die Tochter von Laurie; Laurie ist die Freundin von Hortense; Hortense, die Heldin, ist die Freundin des alten Sinouls; der alte Sinouls ist ein alter Freund des Autors. Sie gehören der gleichen Generation an, sie haben das gleiche durchgemacht. Ich werde meinen Geometrieunterricht nehmen.

Sie können in der Tat beruhigt sein, mein lieber Leser, Sie selber brauchen keinen Geometrieunterricht zu nehmen. Es genügt, wenn Sie als Zuschauer an dem teilnehmen, der vor Ihren Augen stattfinden wird. Die Geometrie ist für die Erfassung der Grundlagen dieser Geschichte nicht unbedingt erforderlich. Sagen wir, daß sie uns einen ausgezeichneten Grund gibt, in die im dritten Stockwerk der Rue des Citoyens Nr. 53 auf der rechten Seite des Treppenaufgangs D gelegene Wohnung zu gelangen. Und das ist wirklich notwendig.

Ich betrat die Wohnung unter ganz besonderen Vorsichtsmaßnahmen (ich hatte die besten Gründe, vorsichtig zu sein). Ich befand mich in einem stark verzweigten

Eingangsflur, der zu den vier Zimmern und Nebenräumen führte. Rechts vom Hauptflur: die Küche, links: der wichtigste Raum für Auge (Fernsehen), Ohr (der Zwitscherkasten) und Geist (die eingeschrankten Bücher). (Außerdem ein Sofa für ein zusätzliches Schläfchen und ein Schaukelstuhl, in dem man beim Singen eines Lieds von Jane Birkin schaukeln konnte). Dem Eingang gegenüber: das Bad, rechts: Carlottas Zimmer. Links führte der Flur auf der rechten Seite zum »Ort des ruhigen Aufenthalts und der Lektüre von den Ängsten der wankelmütigen Welt« (er enthielt auch Hotellos Kiste und die ›Kreuzworträtsel‹ von Georges Perec), geradeaus schließlich zum Zimmer von Madame Carlotta-Mère, Laurie.

Die Küche und Carlottas Zimmer gingen beide auf die Kreuzung Rue des Citoyens/Rue Vieille-des-Archives, wo die Stadtverwaltung dank der in meinem ersten Roman enthaltenen scharfen Bemerkungen sich endlich dazu entschlossen hatte, eine Ampel aufzustellen, und damit die Anzahl und die Lautstärke des Blechgerassels, der Fußgängerquetschungen und der lebhaften Auseinandersetzungen unter Autofahrern (zur großen Verzweiflung der Ornithologen, die sich nach dem Aussterben der meisten Vogelarten auf das Sammeln der Vogelnamen verlegt hatten) um 83 pro 100 verringerte.

Wenn am Morgen die Sonne aufging, kam sie in die große und gemütliche Küche, um ihr Frühstück zu sich zu nehmen. Sie hob den Store am Fenster an, um ihre Strahlen bequem durch die Scheiben zu schieben, ohne sie zu verbiegen oder zu beschädigen, warf einen Blick auf das rote Mitteilungsheft, wo sie (mit einer leichten Indiskretion) den letzten Meinungsaustausch zwischen Carlotta, Laurie und Hotello las, schaute zerstreut zur Decke und begab sich dann langsam zum Flur. (Die Sonne beeilt sich nie, sie rückt majestätisch und unerbittlich vor.) Wie konnte die Sonne wissen, daß die Decke die Decke war? Ganz einfach, weil Laurie für sie in Schönschrift genaue Angaben hingemalt hatte, mit Pfeilen versehen. Die Richtung der Decke war angegeben mit »Dekke«; ebenso wurde der Kaltwasserhahn mit »kaltes Wasser« und der Warmwasserhahn mit »warmes Wasser« kenntlich gemacht; so gab es für die Sonne in dieser Wohnung keine bösen Überraschungen. An der Wand über dem Küchentisch erlaubte ihr ein Haus für Haus gezeichneter Plan des Viertels nachzuprüfen, daß sie sich wirklich dort befand, wo sie zu sein meinte: »Sie sind hier«, las sie in Rot.

Lassen wir die Sonne in der Küche und finden wir sie in Carlottas Zimmer wieder, wohin sie gleichzeitig vorrückt (ein Wunder des Lichts, dessen geometrische Erklärung höchst lehrreich ist). Als ich in Carlottas Zimmer trat, hatte ich ernstliche Schwierigkeiten, mich zurechtzufinden, denn die Anordnung hatte sich völlig geändert seit meiner letzten Geometriestunde, die noch keine Woche zurücklag, weil Carlotta tatsächlich ihr Zimmer im Schnitt alle sechs Tage von Grund auf neu ordnete, eine Neuordnungsmaßnahme, die mir eine Vorstellung von der mit endlichen Mitteln erreichten Unendlichkeit gab, denn das Ergebnis war niemals zweimal das gleiche. Es waren nicht nur das Bett, der Schreibtisch, der Stuhl, die Lampe, der Kleiderschrank, die Bücherregale, die ihren Platz oder ihr Aussehen änderten, sondern auch die Poster, Illustrationen und Fotografien, deren Anordnung und Eigenart gewissen Hierarchiefluktuationen unterlag und damit den immer schneller werdenden Fortschritt Carlottas auf dem Weg, der von fünfzehn zu sechzehn Jahren führt, anzeigten. Nicht zu vergessen das Radio und den Fernseher.

Ich setzte mich vorsichtig auf einen Küchenstuhl zur Rechten des Schreibtischs, der sich an diesem Tag mit dem Rücken zur Tür befand, das Fenster zu seiner Linken. Ich nahm mein Heft heraus, um einen letzten Blick auf meine Aufgaben zu werfen, während Carlotta das Tonbandgerät im Hauptraum in Gang setzte. Hotello hatte sich nachlässig auf der Oberfläche des Schreibtischs ausgestreckt; er sah friedlich und schläfrig aus, aber es gab ein gewisses Zittern seiner Schnurrhaare, das mir nichts Gutes verhieß. Ich schätzte seine Gewohnheit, mich zur Zielscheibe für sein Hinterhaltstraining zu machen, nicht sonderlich, so wenig wie seine Versuche, unaufhörlich neue Rekorde im Hochklettern an meinen Hosenbeinen aufzustellen. Gewiß, Hotello kletterte sehr schnell, aber er mußte seine Griffe absichern, und darunter litt nicht nur der Stoff. Außerdem haßte er ganz offensichtlich die Geometrie.

Sechstes Kapitel
Immer noch die Geometriestunde

Die Gesamtheit der verfügbaren freien Flächen in Carlottas Zimmer war, wie ich bereits gesagt habe, und ich wiederhole es nun genauer, belegt und behängt mit:

– Postern,

– Farbfotos, hauptsächlich von Menschen und Pferden, ohne jedoch die Koalas und die Känguruhs auszuschließen,

– Selbstermahnungen und guten Ratschlägen,

– Postkarten, die ihr Laurie von verschiedenen Orten des Erdballs geschickt hatte,

– Abschnitten und Ausschnitten aus Zeitungen, Zeitschriften, Rundfunk- und Fernsehprogrammen ...

Das Ganze war in einem ständigen Fluß und durchlief Mutationen und Variationen, da Anordnung, Neuordnung und Variationen die ethischen und ästhetischen Bewegungen Carlottas im Verlaufe der Zeit abbildeten. Das Ergebnis war ein dreidimensionales Werk (Höhe, Breite und Zeit), ein Wandfresko, dessen unaufhörliche Neuanordnung ihren sich beschleunigenden Fortschritt entlang des Zeitpfeils markierte, von der Kindheit zum Jungmädchenalter und schon vom Jungmädchenalter weg, das bereits auf die ungeahnten Gefilde ihrer rothaarigen und selbständigen Jugend hindeutete.

Als ich etwas mehr als ein Jahr zuvor unter ihrer einsichtigen Leitung mit meinem Studium der Geometrie begonnen hatte (wobei es mir noch schwerfiel, ihr zu folgen, da sie schneller als ihr Schatten dachte und rechnete), war der Schwerpunkt ihres Wandgemäldes ganz eindeutig pferdesportlicher Natur: Weiße oder braune Mähnen herrlicher Pferde und kühne Ausschnitte aus dem ›Pferde-Magazin‹ oder vom Victoria and Albert Museum in London reproduzierte Stubbs nahmen praktisch den ganzen Platz ein. Doch allmählich, zunächst ganz schüchtern, dann immer schneller, hatte sich der Schwerpunkt, das *Baryzentrum* des Werkes zur Musik hin verschoben. Eugénie und Carlotta hatten ihre erste Gemeinsamkeit in einer gemeinsamen und absoluten Liebe für die Chansons und Porträts der jungen Leute der Gruppe Hi Hi entdeckt: Es war eine finnisch-poldevische Gruppe (die poldevische Großmutter eines der jungen Männer hatte sich zu Anfang des Jahrhunderts in Helsingfors (damals noch nicht Helsinki) niedergelassen, und sie nahmen diese Herkunft nachdrücklich für sich in Anspruch), deren manchmal unter den Tönen erkennbare Worte dank einer unbestreitbaren syntaktisch-lexiko-morphologischen Originalität ins Ohr gingen, ein Kompromiß im Grenzland zwischen den verschiedenen Ansprüchen (insbesondere was die Anordnung der Wörter betraf) des Finnischen, des Poldevischen und des Englischen, denn im Prinzip sangen sie auf englisch.

Das ging so: *I have my heart insidethr...* (nicht zu entziffern) *by yr image penetratedgangen in unless you with your kiss again my heart inside me d... skoi be givin'*

Aber diese geistige Übereinstimmung zwischen Carlotta und Eugénie im Hi Hi-Fantum hatte nicht lange gedauert. Denn Eugénie (wahrscheinlich diese hundertfünfundfünfzig Tage, die sie hinter Carlotta herhinkte und die sie nicht aufzuholen vermochte) war unbeweglich auf die Hi Hi (und ihre endgültige und heftige Liebe zu Martenskoi, dem bestaussehenden Schönen jungen Mann der Schönen jungen Männer der Gruppe) fixiert geblieben, während Carlotta sie allmählich in ihren Gedanken und an ihren Wänden (ebenso wie in ihrer Unterhaltung) durch eine andere Gruppe ersetzt hatte, pur-british aus Liverpool (wie ihr großer Erfolg ›No‹ (auszusprechen wie »nau«, im unteren Bereich der Tonleiter; es ist ein typisch liverpoolisches »no«, von dem die Linguisten behaupten, es werde nur von den Männern gesprochen, während die Frauen den Linguisten zufolge »neuo« sagen, im oberen Bereich der Tonleiter) bewies). Diese Gruppe nannte sich die Dew-Pon Dew-Val.

Carlotta hatte alle Posters der Dew-Pon Dew-Val, alle ihre Platten und Alben, alle ihre Interviews in den deutschen, japanischen oder poldevischen Zeitschriften mitsamt Interlinear-Übersetzungen oder Wort-für-Wort-Wörterbuch-Übersetzungen, die sie den Klassenkameradinnen, die Deutsch (beziehungsweise Japanisch beziehungsweise Poldevisch) als erste (oder allenfalls) als zweite Sprache hatten, abgeluchst hatte. (Sie befleißigte sich eines konstanten, vergleichenden und philologisch genauen kritischen Studiums dieser verschiedenen Dokumente, um bei den widersprüchlichen Auskünften, die aus den kessen Behauptungen dieser jungen Leute und den Sinnwidrigkeiten in den Übersetzungen, ganz zu schweigen von den Erfindungen der deutschen, japanischen und poldevischen Journalisten, zum Vorschein kamen, das Wahre vom Falschen zu trennen.

Sie hatte auch alle Videokassetten ihrer Live-Auftritte und ihrer Erklärungen in den elf Musikprogrammen der Fernsehanstalten. Sie hatte, ein äußerst seltener Schatz, drei Raubkassetten aus ihren Anfängen, die Jim Wedderburn ihr aus Liverpool geschickt hatte (ein Geburtstagsgeschenk).

Und sie war in Tom Butler verliebt, den *Schönsten jungen Mann* der Gruppe. Da Eugénie noch zu kindlich war, um die echte Überlegenheit Tom Butlers über Martenskoi, den Schönsten jungen Mann der Gruppe Hi Hi, zu begreifen, hatte sie über die Dew-Pon Dew-Val mit einer anderen Freundin, Aurélia, kommunizieren müssen; und es war zwischen ihr und Aurélia abgemacht, daß sie, sobald sie Tom Butler einmal verführt hätten (sie würden ihn in der Rue de Nottingham treffen, wo sich das Aufnahmestudio befand, dessen Adresse in einer italienischen Zeitschrift stand, die Aurélia während ihrer Ferien in Rom gekauft hatte), es war also abgemacht, daß sie ihn sich teilen würden, jede eine Woche, und sie wären nicht eifersüchtig aufeinander und auch nicht auf Tom Butlers Braut, deren Foto an gut sichtbarer Stelle an der Wand hing. Die antagonistischen Gruppen hingegen würden mit all der Strenge behandelt werden, die sie verdienten ... Carlotta hatte in der Küche vor meinen Augen ein Interview mit der widerlichen Gruppe Landau Valley in kleine Stücke zerrissen, zertrampelt und in den Müllschlucker geworfen, weil sie sich eine verächtliche Bemerkung über den ultra-elementaren und hartnäckig binären Rhythmus der Dew-Pon Dew-Val erlaubt hatten (später stellte sich dann heraus, daß dies eine reine Verleumdung des Journalisten war, daß die Dew-Pon Dew-Val und die Landau Valley in Wirklichkeit die besten Freunde von der Welt waren, daß außerdem Tim Butler (nicht zu verwechseln mit *Tom* Butler), das zweite Gestirn der Dew-Pon Dew-Val, zum ursprünglichen Kern der Landau Valley gehört hatte und daß sie das gleiche Aufnahmestudio hatten).

Während Carlotta den letzten Erfolg der Dew-Pon Dew-Val trällerte, der in den ›Neununddreißig Stufen‹, der an der musikalischen Wertebörse entscheidenden Fernsehsendung, soeben vom zwölften auf den elften Platz vorgerückt war, stellte sie das Radio auf die gewünschte Lautstärke (man brachte gerade ein anderes Lied der Dew-Pon Dew-Val), während das Fernsehen zum sechsten Mal die wichtigsten Stellen aus ihrem Interview auf dem Flughafen von Osaka vor ihrem Abflug zu ihrer nächsten Konzerttournee brachte (Romorantin am 4., Bédarieux am 5., Clermont-l'Hérault am 6., Chelles am 7., Bedford am 8., und nicht Bedford am 4., Romorantin am 5., Chelles am 6., Bédarieux am 7., wie mich Carlotta über einen absurden Fehler aufklärte, den sie im Fernsehprogramm entdeckt hatte). Mit der rechten Hand hielt sie mir ein Stück Papier hin, auf das sie die Figur meiner heutigen Geometrieübung gezeichnet hatte.

Ich nahm es mit Besorgnis entgegen (bewundern Sie diese stilistische Subtilität: »nahm entgegen« und »Besorgnis«, ist das nicht schön?). Es gab eine entsetzliche Fülle von Linien, manche parallel zu anderen, andere nicht, die durch ihre Begegnung zahllose Dreiecke *zusammenbrauten* und gewisse Gebilde, die aussahen wie Parallelogramme, das Ganze farbig, die Schnittpunkte mit Großbuchstaben bezeichnet und manchmal mit einem ' und sogar mit einem " versehen (die von Carlotta gezeichneten Figuren waren immer von großer Eleganz, was meine Ahnungslosigkeit in Geometrie unentschuldbar machte). Oh ja, leider waren es wirklich Parallelogramme, oder besser, es waren ganz augenscheinlich Parallelogramme auf der Zeichnung, die mir Carlotta gab, aber genau das war die Übung: Es mußte nachgewiesen werden, daß diese Gebilde, den Gegebenheiten nach als eindeutige Parallelogramme gezeichnet, wirklich Parallelogramme waren. Ich war so unvorsichtig, sie darauf aufmerksam zu machen, und sie hielt für einen kurzen Augenblick in ihrem Lied inne, um mir ganz streng zu sagen: Die Geometrie ist kein Kriminalroman (Carlotta war eine kompetente Leserin der Romane Agatha Christies, und sie hatte sofort die Lösung des Geheimnisses meines ersten Romans gefunden, die kein Kritiker entdeckt hatte), man darf nicht mit der Schlußfolgerung *anfangen*, um zur Hypothese zu gelangen; man muß die Schlußfolgerung *beweisen*, indem man dazu die Hypothesen *benutzt.* »Verstehst du?« fügte sie sanft, aber entschlossen hinzu. Mein Herz sank in meiner Brust um neun Zentimeter, während mein Kopf leicht wackelte unter dem Ansturm der widersprüchlichen Dezibels, die mir in die Ohren drangen und Hotello nicht zu berühren schienen.

Denn Carlotta hatte eine Phobie: sie *verabscheute*, fast ebenso stark wie die Landau Valley, die Feinde der Dew-Pon Dew-Val (in Wirklichkeit *haßte* sie sie), sie verabscheute Thales, und folglich durfte ich mich des bei den

Fans der Geometrie als »Satz des Thales« bekannten Theorems nicht bedienen. In Anbetracht der zahllosen Parallelen, mit denen die Figur an allen Ecken bestückt war, ließ mir das nicht viel Hoffnung. »Schau zu, wie du zurechtkommst«, sagte Carlotta zu mir. »Aber nicht mit Thales.« Und sie ließ wieder siebenunddreißigmal das geliebte Gesicht Tom Butlers auf dem Videorekorder vorüberziehen.

Ich machte mich mit Feuereifer an die Arbeit; einerseits weil ich in den strengen, aber gerechten Augen Carlottas nicht allzu sichtbar an Achtung verlieren wollte, andererseits weil ich die Hoffnung hatte, daß ich, falls ich mit dem parallelogrammatischen Beweis anständig zu Rande käme, mit ihrer erleuchteten Hilfe bei einem Projekt rechnen dürfe, mit dem ich mich seit kurzem trug und für das mir ihre Kenntnisse unerläßlich waren, aber auf dieses Projekt werde ich zu gegebener Zeit noch zu sprechen kommen.

Hotello hatte sich vom Schreibtisch entfernt, da es ihm unter den wachsamen Augen Carlottas nicht gelungen war, mir meinen Bleistift zu stehlen, um ihn zu seinem Kriegsschatz zu schleppen (der im wesentlichen Gegenstände enthielt, die er Laurie und Carlotta aus Liebe entwendet hatte). Im angrenzenden Zimmer gab es so etwas wie ein Geräusch, ich hörte nichts Genaues wegen dem Fernseher, dem Radio und meiner intensiven Bemühung, mich auf das Baryzentrum von C und M' mit den Koeffizienten 15 beziehungsweise −37 zu konzentrieren, doch dieses Geräusch mußte für Carlottas geschärftes Ohr eine Bedeutung haben, denn sie verließ plötzlich das Zimmer, und kurz darauf hörte ich, diesmal ganz deutlich, das Geräusch eines Schlags und wie Hotello über den Fußboden rutschte, der auf seiner gesamten Fläche durch die von der Oberflächentechnikerin auf ihm verteilten Menge Panzer-Brillanz auf Hochglanz gebracht worden war, ein Hotello, der versuchte, den Strafmaßnahmen zu entgehen. Seine wilde Eifersucht bezüglich Laurie tobte er in der Tat an dem aus, was er als Rivalen in ihrer Zuneigung ansah: den Grünpflanzen. Sobald er die Möglichkeit hatte (und die Geometriestunde war ihm als ein günstiger Augenblick erschienen), war er bestrebt, mit Krallenhieben mit ihnen abzurechnen, wobei er die Erde aus ihrem Kübel verstreute und ihre Blätter zerkaute.

»Na«, sagte Carlotta, »wird's bald mit dem Beweis?«

Zweiter Teil

Die Poldeven-Connection

Siebtes Kapitel
Hotello und Laurie

Hotello hatte sich einige Monate zuvor bei Laurie und Carlotta vorgestellt. Er hatte im dritten Stock rechts des Treppenaufgangs C an der Tür gekratzt. Er habe erfahren, erklärte er, daß es in dieser Wohnung einen freigewordenen Katzenplatz gebe.

In der Tat hatte einige Wochen früher Lauries Katze, Liiliii, die smarteste Katze ihrer Generation, die mit einem Zucken ihrer grauen Schultern, begleitet von einer unmerklichen Wellenbewegung ihres Schwanzes, ein ganzes Universum von Gefühlen auszudrücken wußte, sich dummerweise in der Grünanlage Grands-Edredons, wo sie ihren täglichen Verdauungsspaziergang machte, kidnappen lassen.

Dieses Kidnapping, über das es viel zu sagen gäbe (denn es gehört nicht zur Vor-Vorgeschichte des Dramas, das wir miterleben, wie Madame Eusèbes Sünde, sondern zu den prämonitorischen Ursachen und Umständen der Ereignisse, über die wir im Augenblick gerade berichten), hatte Laurie und Carlotta voller Schmerz, Kummer, kalter Wut und Ratlosigkeit zurückgelassen. Alle unternommenen Schritte erwiesen sich als vergeblich. Dabei hatte man eine Personenbeschreibung der (allem Anschein nach war es eine *Sie*) Kidnapperin, und ihr Phantombild war überall im Viertel zusammen mit einem schönen Farbfoto von Liiliii öffentlich angeschlagen worden. Laurie und Carlotta hatten Hunderte von Anrufen bekommen. Man hatte ihnen angeboten: elf Katzen, braune, gelbe oder schwarze; drei Hunde: einen Schäferhund und zwei Cockerspaniels; ein Fahrrad; und sie hatten vier Heiratsanträge bekommen. Liiliii war gesehen worden, als sie sich eine Fahrkarte für den Schnellzug nach Lyon-Perrache kaufte, als sie aus dem Ministerrat kam, als sie den ›Ratgeber für Züchter von Ziegen in kleinen Mengen‹ las (auf englisch, erschienen im Verlagshaus Overlook Press) …

Nach dem Mißerfolg von Cordelia James, der Privatdetektivin, die Laurie und Carlotta aus reiner Verzweiflung engagiert hatten, kamen sie überein:

– daß es im Augenblick keine Hoffnung gäbe, Liiliii wiederzufinden;

– daß es nicht in Frage käme, ein neues Leben mit einer anderen Kätzin zu beginnen, die einfach nicht so smart sein konnte,

– daß es nicht in Frage käme, ganz ohne Katzenvieh zu bleiben (der Grund wird etwas weiter unten angegeben).

Da Laurie die von Carlotta geäußerte Idee eines niedlichen Panther-Babys zurückgewiesen hatte, mußten sie wohl oder übel einen Kater in Betracht ziehen.

Am Tag nach diesem Entschluß stellte sich Hotello vor. Ich bitte Sie, sich diesen Sachverhalt zu merken, und damit Sie ihm auch Beachtung schenken, wiederhole ich den Satz und unterstreiche ihn:

<u>Am Tag nach diesem Entschluß stellte sich Hotello vor.</u>

Er sagte, er sei ein Jahr alt; seine Eltern seien unbekannt; sein Haar sei schwarz und seine besonderen Kennzeichen: keine.

Tatsächlich war sein Fell von einem schönen leuchtenden und strahlenden Schwarz, glänzend und geschmeidig, fast zu schön, fast zu vollkommen.

Über seinen Herkunftsort, über sein Leben, bevor er ins Haus kam, gab er nur ausweichende Antworten. Er hatte nur etwas Undeutliches von einem Park, von einem Waisenhaus gemurmelt. Aber Carlotta und Laurie hatten seine Zurückhaltung respektiert, da sie von Natur aus nicht inquisitorisch veranlagt waren und selber nicht übertrieben zu Vertraulichkeiten neigten. Genau genommen war das seine Sache. Er wollte Katze sein in der Rue des Citoyens Nummer 53, dritter Stock rechts. OK, sie brauchten eine Katze; er war eine Katze, man konnte es ja einmal versuchen und sehen, was dabei herauskommen würde.

Die Frage, die sich jetzt stellt, ist folgende: Warum braucht man in dieser Wohnung eine Katze (männlich oder weiblich), in der es schon Pferdeposter gibt, zwei Radios, zwei Walkmen, einen Zwitscherkasten, zwei Fernsehapparate, einen Videorekorder im Gemeinschaftseigentum Mutter-Tochter, ganz zu schweigen von dem Ficus und anderen Grünpflanzen und der Sonne, die am Morgen durchs Küchenfenster hereinkommt und am Abend durch die Grünanlage zurückkehrt, bevor sie sich in der Schulterkuhle von Sainte-Gudule schlafen legt? Ich gebe Ihnen meine Deutung preis, die taugt, was sie taugt, und zuvor einige Hinweise in der Art einer Präambel erfordert.

Einige Jahre nach dem Anfang des Jahrhunderts, das, wenn ich den Zeitungen Glauben schenken darf, im Begriffe ist, zu Ende zu gehen, ließ sich ein rothaariger Ire namens Bloom irgendwo in der Gegend der rechten Hüfte unseres Landes nieder, im Zwischen-zwei-Gemeinden, das über dem Fluß liegt, der dann zum Meer weiterfließt; der Name der einen ist im Namen der andern enthalten, was, wie ich denke, genügen wird, sie zu identifizieren. Gut zehn Jahre später kam ein kleines Mädchen zur Welt, rothaarig und Laurie Bloom genannt (Ihr Protest bringt Sie in Verlegenheit, Sie dachten wohl, ich würde die ganze Geschichte der Familie erzählen); dieses kleine Mädchen, das genau so viele Jahre ein kleines Mädchen blieb, wie nötig, wurde seinerseits, als es groß war, Carlottas Mutter. Laurie war, wie ihr irischer Großvater, rothaarig, und Carlotta war es auch.

Dorothy Edwards hat einmal eine kluge Bemerkung gemacht, die ich aus dem Gedächtnis und nur ungefähr zitiere: »Im Skelett einer Rothaarigen liegt etwas echt Köstliches. Wenn man eines Tages einmal ein Gespräch mit einem Gespenst haben sollte, wäre es vergnüglicher, wenn es das Gespenst einer Rothaarigen wäre.« Das ist ganz und gar wahr. Es muß allerdings hinzugefügt werden, daß die Skelette der Rothaarigen noch eine andere Besonderheit aufweisen; sie sind, und das ist nicht weniger wahr, mit einer ungeheueren, mit einer unerschöpflichen Menge statischer Elektrizität aufgeladen.

Sie wissen vielleicht nicht, was statische Elektrizität ist. Ich rate Ihnen zu folgendem Experiment: Versuchen Sie an einem sehr heißen Augusttag die Metallklinke einer Zimmertür in einem Motel am Ufer des Mississippi zu berühren (zum Beispiel zwischen Canton und Dogs-Prairie); Sie werden dann bei dem ebenso irradiierenden wie unerwarteten Stromschlag, der sich durch Ihren Ellbogen bis in die Schulter fortpflanzt, verstehen, was die Entladung einer beachtlichen Dosis statischer Elektrizität ist. Nun enthält eine Rothaarige ständig eine hundertmal höhere Dosis an Elektrizität, die in ihrem köstlichen Skelett gespeichert ist. Wenn Sie sie leicht berühren, ich sage nicht physisch, sondern verbal und ohne Vorsicht, ist die Starkstromreaktion so heftig und so rasch, daß sie Sie an die Decke haut. Es sei denn, wie es bei Laurie Bloom der Fall ist, ein Schutzmechanismus für Fremde leitet den elektrischen Strom nach innen; aber dann wird sie selber an die Decke gehauen, was nicht viel besser ist.

Stellen Sie sich nun vor, was beim Zusammentreffen *zweier* Rothaariger in derselben Wohnung, die darüber hinaus noch ein gutes Stück des Erbguts gemeinsam haben, da die eine die Tochter der anderen und die andere die Mutter der einen ist, herauskommt. Dann begreifen Sie das Problem.

Was tun? Ganz einfach. Eine Katze muß her. Eine Katze hat ihre eigene Dosis moralischer und nervlicher Elektrizität, und sie ist bestens geeignet, die Rolle des dritten Pols in diesem elektromagnetischen System zu spielen, das der alte Maxwell nicht vorgesehen hatte. Die Katzen verstehen die Rothaarigen vollkommen; und die schwarzen Katzen ganz besonders, wegen dem Farbkontrast, den sie zu dem weiblichen und rothaarigen Doppelpol bilden.

Dies, so scheint mir, ist der Grund, weswegen die Kandidatur Hotellos angenommen wurde, trotz gewisser dunkler und sonderbarer Einzelheiten in seiner Geschichte, die ich in meinem Innern registrierte, als er mir vorgestellt wurde. Hotello muß meinen Argwohn wohl gespürt haben, denn er brachte mir zwar keine grundsätzliche Feindseligkeit, wohl aber eine stille Verachtung entgegen; und er bemühte sich, mich durch Überraschungssprünge von Schränken oder den höchsten Bücherregalen herab auf meine Schultern, oder indem er mir unter den Sesseln hervor die Waden blutig schlug, zu terrorisieren. Das gelang ihm bestens.

Er hatte eine zwar unbekannte, aber tiefgründige Absicht gehabt, als er sich hier niederließ. Sein Leben war nicht ohne Risiko. Man sah seinem Verhalten deutlich an, daß er gewohnt war zu befehlen, seinen Willen durchzusetzen, aber hier klappte das nicht. Jedesmal, wenn er ausgeschimpft wurde, machte er ein bockiges Gesicht, senkte die Ohren, bewegte den Schwanz mit einer Schwingungsdauer von drei sieben Zehntel Sekunden und setzte wieder zum Angriff an auf Carlottas zartes Fleisch – und bekam einen tüchtigen Klaps. Er wich aus, verlor vorübergehend an Terrain, dachte sich aber seinen Teil.

Trotz der Gefahren, die ich durch Hotellos unvorhersehbare Hinterhalte lief, kam ich weiterhin her. Denn ich mußte in meinen Geometriekenntnissen unbedingt Fortschritte machen. In zweiter Linie machten mich Hotellos geheime Schlichte, deren sich Laurie und Carlotta nicht bewußt zu sein schienen, neugierig. Ich weiß jetzt (weil ich im Begriff bin, diesen Roman zu schreiben, weil ich also alles weiß), was Hotellos Ziel gewesen ist, als er sich an diesem Ort niederließ.

Schließlich lenkte noch ein anderer Grund meine

Schritte durch die Grünanlage Grands-Edredons: Ich machte mir im Geiste Notizen für meine große ›Abhandlung über vergleichende Rothaarigkeit‹, mit der ich begonnen hatte, als ich Armance, die älteste der Sinouls-Töchter, genauer beobachtete. Als der alte Sinouls zum erstenmal zu Laurie kam, löste er bei Carlotta eine solche elektrische Reaktion aus, daß er ganz erschöpft wegging und mir gestand, daß er nun begriffen habe, wieviel sanfter seine Tochter Armance geworden sei; er hatte sich um acht Jahre zurückversetzt gefühlt, in die Zeit, als Armance vierzehn Jahre alt war.

Achtes Kapitel
Die Poldeven-Kapelle

Es gab mehrere Anomalien in Hotellos autobiographischem Diskurs, mehrere Absonderlichkeiten in seinem Verhalten. Ich werde hier die Aufmerksamkeit auf drei Tatsachen lenken.

Es war, erstens, höchst merkwürdig, daß er genau am Tag nach Lauries und Carlottas Entschluß, bis zur Rückkehr Liiliis einen Kater als Kostgänger aufzunehmen, an der Wohnungstür aufgetaucht war. Sie hatten noch mit *niemandem* darüber gesprochen. Hotellos unvermutete Ankunft kam ihnen wie ein Zufall vor. Aber ich hatte meine Zweifel. Der Zufall ist der Todfeind des Romanciers. Wenn der Romancier etwas hat, dann ist es eine absolute Macht über die Ereignisse (vorausgesetzt, sie bleiben in einer *möglichen Romanwelt,* was die ganze Schwierigkeit und die Ehre unserer Kunst, um nicht zu sagen ihren Heroismus ausmacht; wir brauchen diese Macht, selbst wenn es nur eine Papiermacht ist, denn die *reale Welt* ist nicht sehr liebenswürdig zu uns, wie man im nächsten Kapitel sehen wird). Die Ereignisse müssen sich also nach einem im voraus festgelegten Plan richten, müssen ihre Erklärung finden; die Ankunft Hotellos durch die Tatsache zu erklären, daß er genau in dem Augenblick da vorbeikam, als diese beiden Rothaarigen (Hyperrothaarigen) gerade eine Katze wollten, das ist zuviel!

Zweitens hatte sich Hotello als schwarzer Kater vorgestellt, und tatsächlich war die Schwärze seines Haars unschlagbar. Und doch war Hotello eines Tages, an einem sehr kalten Tag, an dem ich auf dem Sofa im großen Zimmer auf den Augenblick meiner Geometriestunde wartete – ein Augenblick, der solange warten mußte, bis Carlotta mit den siebenunddreißig Salti mortali fertig war, die sie auszuführen begonnen hatte, um auf andere Gedanken zu kommen und einen Teil der energetischen Begeisterung zu verbrauchen, die ihr am Tag zuvor der Kauf eines seltenen Posters der Dew-Pon Dew-Val als Außerirdische verschafft hatte –, an diesem Tage also war Hotello, vielleicht von den Salti mortali eingeschüchtert oder durch die Temperatur besänftigt, die das überhaupt nicht war (nämlich sanft), zu mir gekommen, um sich, ein ungewöhnliches Ereignis, auf meine Knie zu setzen. Er schnurrte. Und da entdeckte ich doch, als ich ihm den Bauch kraulte, zu meiner großen Überraschung, daß sein Haaransatz nicht anthrazitschwarz war, sondern grauschwarz, ein wenig bläulich. Hotello warf mir einen raschen, sogleich von Schnurren verschleierten Blick zu, sprang geschickt von meinen Knien und stieg mindestens drei Wochen lang nicht mehr herauf; und diesmal waren seine Haare schwarz, bis auf die Fingernägel, wenn ich mich einmal so ausdrücken darf.

Schließlich gibt es noch etwas Wichtigeres: Als Carlotta eines Nachmittags auf Grund eines unfreiwilligen Irrtums des Geschichtslehrers eine Stunde früher aus der Schule kam – er war dank eines Manövers von Carlotta überzeugt gewesen, es sei eine Stunde später, als es in Wirklichkeit war (sie mußte noch zwei Monate später darüber lachen) –, sah sie (Carlotta) keinen Hotello. Sie rief nach ihm, lief durch die ganze Wohnung, schaute in alle möglichen Ecken, nichts. Ein wenig beunruhigt beugte sie sich aus dem Fenster, warf einen Blick in die Grünanlage, rief noch einmal: nichts. Vor ihrem inneren Auge sah sie ihn schon aus dem Fenster gefallen, vielleicht verletzt, wie er sich unter einen Busch schleppte, unfähig, um Hilfe zu rufen. Laurie, telefonisch in ihrem Hauptquartier, dem Café »L'Impérial Sentier qui bifurque« (das mein Übersetzer doch tatsächlich mit »Der Abbiegende Kaiserpfad« wiederzugeben versucht war), wo sie ihr nachmittägliches Guinness vom Faß trank, befragt, sagte, Hotello sei bei ihrem Weggang noch dagewesen und sie habe ihn nicht hinausgelassen.

Doch fünfzig Minuten später, nach einem erfolglosen Suchgang im Viertel, fanden Carlotta und Laurie, als sie wieder nach Hause kamen, Hotello in der Küche vor. Befragt, wo er gewesen sei, behauptete er doch allen Ernstes, im Wandschrank über dem Müllschlucker eingeschlafen zu sein, obgleich Carlotta sich sicher war, daß sie dort nachgesehen hatte. Das Geheimnis wurde nie aufgeklärt, aber mir fiel dennoch auf (ohne daß ich es sagte), daß er genau zu der Zeit wieder auftauchte, zu der Carlotta *normalerweise aus der Schule hätte heimkommen müssen.*

Aus diesen drei Fakten lasse ich Sie Ihre eigenen Schlußfolgerungen ziehen.

Eines war in meinen Augen sicher: Hotello, so frühreif er auch sein mochte, war mit Sicherheit nicht die kleine, einjährige Katze, die zu sein er vorgab.

Etwa zum gleichen Zeitpunkt wie die Ankunft Hotellos im Hause von Laurie und Carlotta – ich weiß nicht, ob es etwas früher oder etwas später war, das sind Einzelheiten, die für die Geschichte unwichtig sind – wurde die Wohnung im dritten Stock links des Treppenaufgangs C der Hausnummer 53 neu bezogen, das heißt ein neuer Mieter zog ein. Ich weiß es deshalb, weil ich der Autor bin und daher alles weiß, und Sie wissen es, weil ich es Ihnen sage.

Ich kann Sie nicht an dem Ereignis teilnehmen lassen, weil uns das zu raum-zeitlichen Verrenkungen führen würde, die ohne Eleganz und ohne Gewinn wären. Vergessen wir nicht, daß wir einerseits in der »Gudule-Bar« neben Laurie und Hortense sitzen und daß wir andererseits gerade im Begriff sind, meiner Geometriestunde beizuwohnen. Das genügt als Gymnastik. Glauben Sie mir also aufs Wort und auf die Erzählung.

Die betreffende Wohnung stand seit sehr langer Zeit leer, seit dem Tag nach der Einweihung der Poldeven-

Kapelle und der Taufe der Rue de l'Abbé-Migne durch Monsignore Fustiger. An jenem Tag, dem Tag von Alexander Wladimirowitschs Verschwinden, das Madame Eusèbe so untröstlich zurückgelassen hatte (wenngleich nicht verwitwet, da Eusèbe, ihr Mann, noch quicklebendig war), war ein Möbelwagen gekommen, um die unbestimmte Gesamtheit der Möbel und Gepäckstücke, die die Wohnung enthielt, wegzufahren: unbestimmt, weil die Kisten und Kasten hermetisch abgeschlossen waren, und Gesamtheit, weil ich es Ihnen sage. Und jetzt war wieder jemand in dieser Wohnung. Ein Möbelwagen brachte eine unbestimmte Gesamtheit von Möbeln und Gepäckstücken in hermetisch abgeschlossenen Kisten und Kasten. Der neue (?) Eigentümer (oder Mieter?) der Örtlichkeiten gab den rüden und kräftigen Möbelpackern ein Trinkgeld, nachdem er sie bei ihrer Arbeit durch ein Gespräch ermuntert hatte: »Schönes Wetter«, sagte der neue Wohnungsinhaber des dritten Stockwerks links, Treppenaufgang C zu den Möbelpackern, »aber die Luft selber ist kühl.« Und die Möbelpacker kommentierten im Chor: »Es regnet Binsenweisheiten. Halten wir unsere roten Schürzen auf.« (Es waren noch Möbelpacker vom alten Schlage.) Oder er sagte zu ihnen, wobei er ihnen ein Geldstück hinhielt, das sich als ein poldevisches Goldstück erwies: »Hier, trinkt einen auf mein Wohl, ihr Braven«; und die Möbelpacker dankten ihm mit einem: »Auf unsere Nacken, unsere Rücken, laden wir schwere Lasten, für die wir uns bücken.« Es war so ziemlich der einzige rege Augenblick seiner Gegenwart. Er zeigte sich weder bei Madame Batus, der neuen Concierge, noch bei Monsieur Boillault, dem Metzger, der im Haus wohnte; man sah ihn weder in der Bäckerei Groichant noch in der »Gudule-Bar« oder bei den Eheleuten Lalamou-Bêlin in der Haushaltwarenhandlung. Er bekam keine Post, ging bei Einbruch der Nacht aus, unsichtbar wie jemand, der durch die Wand gehen kann, und kam erst im Morgengrauen wieder nach Hause. Es war, Madame Batus zufolge, die ihm zwei- oder dreimal wegen ihrer Terminkalender (seines, ihres) am Fuße der Treppe begegnete, ein nicht übler junger Mann von etwa siebenundzwanzig bis dreißig Jahren, etwas größer als der Durchschnitt, mit hellbraunem Haar, Augen von unbestimmter Farbe (es war nachts, und er sah gleich wieder weg), langer, schmaler Nase, äußere Kennzeichnen: keine. Er war sehr ruhig: Kein Geräusch aus seiner Wohnung drang zu Laurie, obgleich sie eine gemeinsame Zwischenwand hatten.

Etwa gleichzeitig mit Hotellos Ankunft und dem Einzug des neuen (?) geheimnisvollen Mieters (Eigentümers?) des Treppenaufgangs C, ein klein wenig vorher oder ein klein wenig nachher oder dazwischen, aber das ist ohne Bedeutung, machten Carlotta und Eugénie eine wichtige Entdeckung.

Es war Samstagnachmittag, und sie spielten in der Grünanlage Badminton, bis im Fernsehen die Sendung ›Star-Trek‹ mit Mister Spock kam (vielleicht war es auch Super Jaimie, ich bin nicht ganz sicher, man müßte das in den Fernsehprogrammen nachprüfen), als plötzlich ein besonders wuchtiger Schlag Carlottas den Ball mit seinem Spitzenfallschirm über das Gitter schleuderte, das die Grünanlage von dem an die Poldeven-Kapelle angrenzenden kleinen Gemüsegarten trennte. Es war ein ganz besonders leerer Samstagnachmittag, es herrschte schönes Wetter, sie waren alle oder fast alle ins Wochenende aufgebrochen, die Grünanlage lag gewissermaßen still und leer da. Also kletterte Carlotta gelenkig über das Gitter und sprang, ohne lange zu überlegen, hinüber. Damit befand sie sich im poldevischen Gemüsegarten, mitten zwischen den Salatköpfen. Die Stille war majestätisch; die Schnecken, die Bewohner des Gemüsegartens, schnarchten leise in der frischen Luft. Carlotta entdeckte den Ball nicht sofort und machte Eugénie ein Zeichen, zu ihr zu kommen und ihr beim Suchen zu helfen. Von seinem ballistischen Enthusiasmus getragen, war der Ball in einer anmutigen Bahn am Fuße eines kleinen, aus losen

Brettern errichteten Schuppens heruntergekommen, der vor den von außen, von der Grünanlage, den Fenstern der Hausnummer 53 oder der Rue de l'Abbé-Migne kommenden Blicken durch einen besonderen Höckervorsprung der Kirchenmauer von Sainte-Gudule verborgen war. Carlotta trat näher, wobei sie sorgfältig achtgab, daß sie nicht den erhabenen Schlaf der Schnecken störte, und ... blieb stumm vor Schrecken stehen; aus dem Schuppen kam ein Geräusch, eine Art vornehmes, leicht klagendes und hoffnungsloses Wimmern, gemischt aus Unmut und Mut, auf jeden Fall aber handelte es sich, welche psychologischen Nuancen aus diesem Geräusch durch eine Analyse der verschiedenen Klangelemente, aus denen es sich zusammensetzte, auch immer herauszuhören gewesen sein mochten, um ein unbestreitbares, ein unmißverständliches *Wiehern.* Zu jener Zeit nun stand Carlotta noch völlig im Banne des Pferdes. Sie kannte die Artikel aus der ›Pferde-Enzyklopädie‹ auswendig, sie war auf die Zeitschrift ›Pferde-Magazin‹ abonniert, sie überwand die Hindernisse ebenso leicht wie die Lehrsätze der Geometrie und hatte einen Bräutigam, einen arabisch-britisch-poldevischen Vollbluthengst namens Rostang. Das heißt, daß sie selbst ein unterdrücktes Wiehern auf zehn Kilometer Entfernung erkennen konnte.

Sie machte Eugénie ein Zeichen, so leise wie möglich näherzukommen. Sie drückten die Nasen zwischen die Bretterritzen und erblickten

ein Pony –

das süßeste, traurigste, einsamste, aufregendste aller kleinen Poldeven-Ponys, mit üppiger, rothaariger Mähne und graugoldenem Fell, ein Vertreter der stolzesten, wildesten, ungestümsten, schönsten Pony-Rasse der Welt. Das Pony schaute sie nun ebenfalls an, fand sie sympathisch und äußerte den dringenden Wunsch, nähere Bekanntschaft mit ihnen zu machen. Das beruhte völlig auf Gegenseitigkeit. Sie fütterten es mit Salatköpfen (wobei sie sich bei den Schnecken entschuldigten, die sie wachmachten und sonstwohin setzten), küßten es aufs Maul, versprachen, ihm Karotten zu bringen, und versprachen ihm auf sein Drängen hin auch Radieschen. Es tat ihnen kund, daß es Cyrandzoi hieß. Von neuem küßten sie sich alle drei aufs herzlichste. Eugénie und Carlotta kletterten wieder über das Gitter und gingen sofort zu einer Gipfelkonferenz in Carlottas Zimmer hinauf.

Zu jener Zeit waren die Wände von Carlottas Zimmer selbstverständlich ganz den Pferden gewidmet, Dew-Pon Dew-Val waren noch in einer nebelhaften Zukunft. Aber bereits seit einiger Zeit herrschte eine polemische Spannung zwischen Madame Carlotta-Mère, Laurie, und Carlotta einerseits, und zwischen Madame Eugénie-Mère und Eugénie andererseits. Der Grund für die theoretische Divergenz zwischen Mutter und Tochter war in beiden Fällen der gleiche; die Tochter wollte ein Pferd, und die Mutter widersetzte sich, wobei sie so schreckliche Argumente vorbrachte wie: »Ich habe kein Geld« oder »Wo sollen wir es hinstellen?« Diese Argumente erschienen den Müttern als rein und unwiderlegbar, den Töchtern hingegen als kleinliche und unehrliche Ablenkungsmanöver.

Zur allgemeinen und gleichzeitigen Überraschung von Madame Eugénie-Mère und Laurie (aber sie teilten sich ihre Eindrücke nicht mit, wodurch ihnen eine Gelegenheit entging, mehr über ihre jeweiligen Töchter zu erfahren) hörte die laute und seit Monaten andauernde, ständig wiederholte Pferdeforderung (in der Art einer chinesischen Folter) plötzlich auf, und es war keine Rede mehr davon. Laurie dachte, Hotellos Ankunft, die in der Zwischenzeit erfolgt war, sei der Grund hierfür. Madame Eugénie-Mère dachte (sie dachte zwar irgend etwas, aber ich weiß nicht was), aber bald dachten sie nicht mehr daran. Einige Zeit darauf stellten die beiden Mütter unabhängig voneinander, aber gleichzeitig einen gewissen Schwund bei ihrem Kleingeld und dem bei den Einkäufen übrigbleibenden Wechselgeld fest, hier und da und ab und zu; als kluge Mütter machten sie kein Aufhebens davon, weil sie dachten, es sei der Zeitpunkt, das Alter, die Umstände, die die Bedürfnisse vergrößerten, machten einige Garderobenzulagen, erhöhten das Taschengeld; der Kleingeldschwund nahm ab, ohne jedoch ganz aufzuhören.

Ich bin in der Lage, heute enthüllen zu können, daß dieses metallische Verschwinden einen edlen, zwingenden und unabwendbaren Grund hatte: Es mußten Süßigkeiten gekauft werden für ihren Freund, das Pony Cyrandzoi, um die Leiden zu lindern, die ihm die Heimlichkeit und das Eingesperrtsein zufügten, Erfordernisse einer Mission von langer Dauer und hoher Wichtigkeit, über deren Art es ihnen nichts sagen durfte, obgleich es das brennend gern getan hätte.

Manchmal kletterten sie in der Dämmerung über das Gitter und machten im Galopp einige Runden durch den Garten. Hotello sah sie und lächelte in seine Schnurrhaare.

Neuntes Kapitel
Ich bin nicht Madame Bovary (mit einer unveröffentlichten Korrespondenz zwischen dem Autor und dem Verleger)

Ich bin ein bescheidener, aber entschlossener Autor. Als ich im Alter von vierzehn Jahren den Plan zu einem Romanfresko in siebenunddreißig Bänden faßte, in dem die Gesamtheit der menschlichen (sowie der tierischen) Erfahrungen in einer schrecklich genialen Prosa subsumiert werden sollte, verlor ich nicht den Kopf,
nein,
(ich erinnere mich daran so gut, als sei es gestern gewesen, sogar noch besser. Übrigens ist es in der Erinnerung immer gestern oder schlimmer noch, jetzt, das gerade vergangen ist: Es war an einem Mittwoch, und wie es damals meine Gewohnheit gewesen ist, war ich auf den Hügel gekommen, um mich bei Sonnenuntergang im Schatten der alten Eiche niederzulassen. Ich ließ meinen Blick lange durch die Ebene schweifen, deren schillerndes Gemälde sich zu meinen Füßen ausbreitete. Hier brauste der Fluß mit schäumenden Wogen usw., und in seiner Flut ...)
ich verlor also nicht den Kopf und wartete. Ich wußte genau, daß ich das Leben nicht kannte und daß ich den Roman nicht kannte, zwei für mein Projekt ganz wesentliche »Prärequisiten«. Ich faßte mich in Geduld; ich lebte, und ich las. Ich las, während ich lebte, und ich lebte, während ich las (habe ich mehr gelesen als gelebt oder umgekehrt? Dieser Gedanke quält mich manchmal). Da ich aber ein Kind war, verging die Zeit, und ich kannte die Welt nicht viel besser.

Was den Roman angeht, so wußte ich nicht recht, was ich davon halten sollte: Einerseits wurden weiterhin jede Menge Romane geschrieben, geschrieben und veröffentlicht; es kamen welche aus allen Sprachen, unter allen möglichen Verkleidungen und Buchdeckeln. Nie konnte ich mit Lesen aufhören, um ein wenig zu verschnaufen und das genaue Maß der gesamten Romanproduktion zu nehmen, bevor ich mich ans Werk machte. Das hatte ich mir vorgenommen, sobald ich einmal Zeit dazu hätte. (Hier liegt ein echtes Problem, und ich möchte diejenigen, die mir in der Laufbahn des Romanciers folgen werden, lieber gleich warnen: leben und lesen, das erfordert Zeit. Außerdem mußte ich in all diesen Jahren auch essen! Ich habe alles gemacht, alle Berufe ausgeübt, ein einfaches Leben fernab vom Lärm geführt, fernab vom Geschrei des Neids und dem eitlen Streben. Ich bin sogar auf dem Montmartre gewesen, in seinen Gipsbrüchen, als Verkäufer von Gläsern für Küchen.)

Zum andern änderte sich der Roman unaufhörlich, in der Form ebenso wie im Format; und seine Bezeichnung, weit davon entfernt, streng zu bleiben, wie es ein großer zeitgenössischer Kritiker, Saul Kripke, empfiehlt, blieb nicht stabil. Es gab den sogenannten Nouveau Roman; es gab den Anti-Roman, den Extra-Roman und den Post-Roman; es gab den »Manro« (den doktrinären Roman), den »Maron«, ganz zu schweigen vom »Morna« und vom Marno«. Ich habe gesehen oder besser gelesen, daß Pâquerette d'Azur, unser Ruhm und Herrlichkeit, von der Avantgarde zur Abendgabe kam und Odilon Joyaux zur ehemaligen Garde, ohne daß es auffiel. Und ich, wo war ich während dieser ganzen Zeit? Nirgends, ich muß es offen zugeben.

Eines Tages bin ich aufgestanden und habe mir gesagt: Du weißt nichts, nichts, nichts; du bist ein Versager, Versager, Versager (ich duze mich). Aber ist das ein Grund, keinen Roman zu schreiben? Natürlich nicht. Darauf habe ich den Stier bei den Hörnern gepackt und einen Pakken Papier extra-strong 80 Gramm (meine Maschine verschmäht anderes Papier) aufgemacht. Ich habe ein Blatt vom Haufen genommen, ich habe es in die Maschine eingespannt, eine Brother CE-50, und ich habe gewartet.

Ich habe darauf gewartet, daß es kommt, und als es gekommen ist, habe ich getippt, wie es gekommen ist. Gut.

Ich brauchte selbstverständlich eine Heldin. Ich habe Hortense genommen.

Ich wußte, daß ich überhaupt keine Phantasie habe. Macht nichts: Ich werde nur, beschloß ich, die Wahrheit sagen. Ich werde einfach die Dinge erzählen, wie sie beim Passieren passiert sind (denn so, ich weiß nicht, ob Sie das wie ich schon festgestellt haben, passieren die Dinge). Ich werde die Ereignisse ungeschminkt darlegen und sie von allen zufällig hinzukommenden Motivationen und äußeren Explikationen reinigen. Ich werde nur schreiben: Das ist geschehen; das ist geschehen, weil es geschehen ist; es ist zuerst das geschehen, dann das, dann das ... Wenn ich alles erzählt hätte, würde das einen Roman ergeben. Ich würde ihn zu einem Verleger bringen, und das wär's.

Wie naiv war ich doch für mein Alter (ich war im dreiundfünfzigsten Lebensjahr, als mein Roman erschien). Ich werde Ihnen sagen, inwiefern. Aber zunächst einmal aufgepaßt: *Ich Bin Nicht Madame Bovary.*

Mit anderen Worten, die schöne Hortense ist nicht Madame Bovary, ich bin nicht die schöne Hortense, und daraus folgt, daß ich nicht Madame Bovary bin. Im übrigen ist Hortense schön, jung und Heldin, und ich bin nicht jung, nicht schön und nicht heldenhaft: Der alte Sinouls und Jim Wedderburn (Lauries Teilhaber) (selber Romancier, aber englischer Romancier, der glückliche) sind sich in diesem Punkt einig: »Du bist kein Held.«

Als mein Roman erschien, war ich voller Hoffnung. Damit Sie das Ausmaß meiner Enttäuschung ermessen können, wird es, glaube ich, das beste sein, ich lege Ihnen einige vielsagende Auszüge aus meiner (unveröffentlichten) Korrespondenz mit meinem Verleger vor. Ich gebe sie Ihnen so preis, *wie sie ist.* Ich habe nur einige Eigennamen ausgelassen, um gerichtliche Auseinandersetzungen zu vermeiden.

Ein letzter Hinweis: Mein Roman ist, wie alle zeitgenössischen französischen Romane, ein Plagiat von ›Vom Winde verweht‹.

Brief des Autors an den Verleger anläßlich der Korrekturen an den Druckfahnen seines Romans mit dem Titel: ›Die schöne Hortense‹

Grünanlage Grands-Edredons, den 4. März 19..

Lieber Verleger,
Sie haben mir freundlicherweise die Korrektur der Druckfahnen eines Romans mit dem Titel ›Die schöne Hortense‹ eines gewissen Jacques Roubaud anvertraut. Ich habe mich dieser Aufgabe entledigt und schicke sie Ihnen korrigiert zurück in der Hoffnung, daß Sie mir dafür freundlicherweise die Druckfahnen *meines* Romans mit dem Titel ›Die schöne Hortense‹ zukommen lassen. Der Roman, den Sie mir geschickt haben, darauf muß ich Sie hinweisen, enthält *sehr große Ähnlichkeiten* mit dem meinen, so daß er Gefahr liefe, sollte er das Licht der Veröffentlichung erblikken, des *Plagiats* bezichtigt zu werden: Er stimmt in der Tat Wort für Wort mit dem meinen überein, mit Ausnahme des Zwischenraums, der den 28. Buchstaben in der 7. Zeile von unten auf der Seite 168 meines Manuskripts vom Ende der 18. Zeile auf Seite 168 trennt, deren Wörter durch eine Leerstelle ersetzt und auf Seite 219 (hypothetisch, da abwesend) aufgezählt worden sind.

Inspektor Blognard, dem ich sogleich die Frage gestellt habe, ist sich seiner Sache ganz sicher: *die Aussichten sind sehr gering*, daß es sich um einen Zufall handelt.

Übrigens ist der »Plagiator« (wenn es einen »Plagiator« gibt, was ich zwar befürchte, aber nicht zu behaupten wage) dem Inspektor zufolge mit Sicherheit ein *Poldeve*. In der Tat kann man feststellen, daß die Klammern der meisten Parenthesen im Text zwar auf-, aber *nicht zuge-*

hen (sie gehen vielleicht an anderer Stelle zu, aber wenn dem so ist, *wo?*). Nun weiß man, daß in der Logik in der sogenannten *polnischen* Notation nur *aufgehende* Klammern benutzt werden. Doch die polnische Notation ist in Wirklichkeit eine *poldevische*, wie ihr Erfinder, Professor Likasiewyczmanskoi ein Poldeve ist. Q.e.d. (Was zu beweisen war und bewiesen ist.)

Ich verbleibe, lieber Verleger, mit *autorisierten* Grüßen

Ihr Autor

P.S.: Ich habe gehört (aber ich wage es nicht zu glauben), daß Sie dieses Jahr noch *andere Bücher als das meine* zu publizieren gedenken. Befürchten Sie nicht, in den Köpfen des Publikums eine bedauerliche Verwirrung anzurichten und somit nicht nur dem Raum meines Werkes, sondern auch Ihrem Ruf zu schaden?

Sechster Brief des Autors an den Verleger

Die Stadt, Rue des Citoyens 53, den …

Der Autor des Romans ›Die schöne Hortense‹, Roman, an den Verleger des Romans ›Die schöne Hortense‹, Roman.

Lieber Verleger,
gemäß unseren Abmachungen habe ich mich am …, dem Tag der *Auslieferung meines Romans* (ich lasse das Datum aus Sicherheitsgründen im Dunkeln), in drei Buchhandlungen der Stadt begeben, die auf dem Stadtplan nach der sogenannten »Monte-Carlo-Methode«, welche, wie Sie wissen, von François Le Lionnais, dem Gründungspräsidenten Pfründungsgräzidenten der Werkstatt für potentielle Literatur, kurz Oulipo genannt, und seinem Sekretär, Marcel Duchamp, empfohlen wird, aufs Geratewohl ausgesucht worden waren.

Ich hatte erwartet, die Regale von den zufällig dort

stehenden und unnützen Büchern geräumt und die Tische mit jeweils gleichhohen Stapeln von vierzehn Exemplaren meines Romans beladen zu sehen, unterstützt von einigen Exemplaren (in geringerer Zahl und bescheidener präsentiert) bestimmter Werke, die die Lektüre meines Werkes begünstigen und erhellen könnten:

– ›Mein Freund Pierrot‹ von Raymond Queneau,

– ›Einführung in die Theorie der Elektrizität und des Magnetismus‹ von Max Planck (Heidelberger Edition, 1902),

– ›Prolegomena Rhytmorum‹ von Pater Risolnus,

– ›Die provençalische Köchin‹ von Reboul,

– ›Adversos mathematicos‹ von Sextus Empiricus.

Ich stellte mir mit Vergnügen die Schlangen von Kaufwilligen vor, die mein Buch hätten erwerben wollen und sich, von freundlichen Angestellten geleitet, im Besitze einer laufenden Nummer und eines Erkennungsbogens mit ihrem Alter und ihrem Geschlacht (ich habe das Wort Geschlacht hingeschrieben, um jeder Strafverfolgung aus dem Wege zu gehen), ihrem Vornamen und ihrem Beruf, zu dem Tisch begeben hätten, wo ihnen ein eigens für sie konzipiertes und mit einer computerprogrammierten Widmung versehenes Exemplar gegen ihre Piepen ausgehändigt worden wäre.

Wie groß war jedoch meine Überraschung, als ich feststellen mußte, daß nicht nur die notwendigen Maßnahmen nicht ergriffen worden waren, sondern daß diese drei Buchhandlungen *auch weiterhin noch andere Bücher als das meine verkauften* (einschließlich, ich sage es voller Trauer und ohne Vorwurf, *der von Ihnen selbst publizierten Bücher*, mein lieber Verleger (haben Sie das Postscriptum meines ersten Briefes nicht gelesen?)). Ich verliere mich in Mutmaßungen über die Gründe dieses widrigen Umstandes: Zufall? Mißverständnis? *Sabotage*??? Wegen einer ärgerlichen Verstauchung, die ich mir zuzog, als ich in der dritten dieser Buchhandlungen die Tische mit dem erforderlichen Kraftaufwand von diesen

lästigen und unangebrachten Büchern räumte, die das meine störten, habe ich meine Nachforschungen noch nicht auf andere Buchhandlungen ausdehnen können. Zum andern ist der alte Sinouls, an den ich mich sogleich gewandt habe, im Augenblick ans Bett gefesselt wegen der Schmerzen infolge, ich zitiere ihn, »des Ischias, den er bekommen hat, als er, in seiner Falle liegend, im Morgenfunk eine Gymnastiksendung hörte«. Außerdem hat das seinen Tennisarm geweckt. Ich weiß nicht, was ich tun soll.
Schmerzlich, aber immer,
Ihr, Komma, Autor.

P. S.: Ich möchte Sie darauf hinweisen, denn man hat Sie vielleicht nicht darüber unterrichtet, daß ein wichtiger Artikel über mein Buch soeben im ›Indépendant des Côtes Sud du Minervois-Nord‹ erschienen ist. Hier der Wortlaut:

»Jackes Roubod: ›Die schöne Helene.‹ Sollte unbedingt gelesen werden, falls Sie wirklich nichts anderes zu tun und auch keinen Schlaftee mehr im Hause haben«.

Wenn man mit Hilfe einer Fotokopie nur die vier ersten Wörter des Artikels übrigläßt, könnte man ihn vorteilhaft für die Werbung verwenden, finden Sie nicht auch?

Brief 6a des Autors an den Verleger

(am selben Tag)

Unmittelbar nach dem Wort »Ihr« am Schluß meines vorigen Briefs muß es anstelle von:
»,Komma,«
heißen:
Anführungszeichen, »,«

Mit freundlichem Gruß

Der Autor

P. S.: Das Wort »Anführungszeichen«, Komma, weiter oben, ist unnötig und überflüssig. Punkt. Da aber mein Korrekturband zu Ende war und der alte Sinouls wegen seiner durch den Tennisarm erschwerten Gicht nicht zur Verfügung stand, um es auszuwechseln, habe ich sie leider nicht lesssssschen können.

(Fortsetzung der Korrespondenz im achtzehnten Kapitel)

Zehntes Kapitel
Inspektor Sheralockiszyku Holamesidjudjy

Wir haben Inspektor Blognard in der Kirche Sainte-Gudule vor dem Leichnam Balbastres, dem ermordeten Hund des alten Sinouls, zurückgelassen. Sein Blick, scharf wie ein Laserstrahl, der sich auf Madame Eusèbe gerichtet hatte, war vorübergehend unterbrochen worden, und wir finden ihn jetzt wieder. Für uns haben sich in der Zwischenzeit viele Dinge ereignet, aber der Inspektor hat sich gerade erst vom alten Sinouls verabschiedet. Der alte Sinouls und er sind bereits alte Bekannte; sie sind einander während der furchtbaren, der »Schrecken der Haushaltwarenhändler« genannten Affäre begegnet und dann während der nicht minder grausamen, das »Entsetzen der chemischen Reinigungen« genannten Nachwehen. Wenn er Zeit hat, besucht der Inspektor den alten Sinouls, um mit ihm zu diskutieren; er bringt Arapède mit, der Sinouls auf einige skeptische Argumente bringt. Der alte Sinouls und Madame Blognard wetteifern in der Zubereitung von Schmorbraten und Hähnchen in Wein. Aber heute ist leider nicht der rechte Zeitpunkt für Küche und Unterhaltung.

Der alte Sinouls ist zwar ein Freund, aber ist er nicht auch, so unwahrscheinlich, so entsetzlich das erscheinen mag, ein Verdächtiger? Sein Schmerz ist nicht geheuchelt, aber ist es Kummer oder sind es Gewissensbisse? Das hat es alles schon gegeben, Herrchen, die ihre Hunde ermorden (öfter als umgekehrt). Blognard ist gezwungen, an all das zu denken, auch wenn es ihm keine Freude macht. Er drückt Sinouls die Hand und wendet sich Madame Eusèbe zu. Aber er hat keine Muße, seiner Intuition zu folgen, denn schon wieder muß er etwas anderes tun. Diesmal wird er am Telefon verlangt. Wir nutzen die Gelegenheit, um an den Ort des Geschehens zurückzukehren; wir haben praktisch nichts von der erzählerischen Substanz verloren.

Wer rief bei Blognard an? Wieder war es Joubert, der Große Chef. Er machte keine großen Umstände (auch keine langen Umwege, zum Beispiel über Bobigny (an der zweitschönsten Station der Stadt aussteigen: Bobigny-Pantin-Raymond Queneau (die schönste ist P ......))).

»Blognard, das ist eine sehr heikle Affäre!« hörte Blognard am Telefon sagen. »Ich weiß zwar, daß die Hundemorde in der Regel nicht zu Ihrem Aufgabenbereich gehören (sie kannten sich seit dreißig Jahren, aber Joubert siezte ihn immer noch), aber ich mache mir die Tatsache zunutze, daß Booled' Hogg (der mit der Hundebrigade befaßte Inspektor) voll mit der Affäre Ventoux beschäftigt ist (eine Gangsterbande im Super-Senioren-Alter, eher linksradikal, brach in die Supermärkte ein, um dort Vorräte von Ventoux, der »Nahrung des eleganten Hunds«, zu stehlen; diese verteilten sie dann kostenlos an die Greise der Stadt), um Sie auf den Fall anzusetzen. Monsignore Fustiger hat mich gerade wieder angerufen; das Innenministerium und das Bistum sind übereingekommen, Ihnen jemanden zur Verfügung zu stellen, der Ihnen bei den Ermittlungen helfen wird. Ich kann das nicht ablehnen. Es ist ein poldevischer Inspektor, ein Supersuperintendent, wie es bei den Engländern heißt, das heißt also ein Oberinspektor, der größte Spürhund, wie man mir sagt. Er heißt, er heißt ... das Papier, Herrgott, nicht die Wäschereirechnung meiner Frau, so ein Dusseltier! Ich meine nicht Sie, Blognard, ich spreche mit meiner Sekretärin ... gut, es war aber auch langsam an der Zeit, er heißt Sheralockiszyku Holamesidjudjy oder so ähnlich; gut, alles klar, ich muß jetzt auflegen, viel Glück!«

Und in genau diesem Augenblick erschien, geleitet von Arapède, der poldevische Insepktor bei Blognard:

»Mein Name ist Shurelykasziko Halimysudejedjo«, sagte er.

»Guten Tag Inspektor Blognard i vermute? ich glaube? ich bin sicher?
Geehrt bin aufs allergeehrtenhafteste ich alleräußerst äußerst
Die berühmtissimen und Blognard Inspektoren Inspektorissimen zu arbeiten mit Arapède
Beispielhaftigst sind Sie Poldevien als Beispiele in meinem Land seiende
der Deduktion deduktiv der honorabilen artistischen detektivantistischen Kunst
mit Ihnen gemeinsam zu wettöfner schwachmatikus aber voller guter Wille und demütig untertänigst mit allen meinen Einsichten und ich werde mich bemühen

Bin ich sicher? Guten Tag Ich glaube? Inspektor i vermute? Blognard
äußerst geehrt alleräußerst ich bin aufs allergeehrtenhafteste
Aprapède die Berühmtissimen mit und Blognard zu arbeiten Inspektorissimen Inspektoren
seiende Beispielhaftigste in meinem Land Sie sind als Beispiele Poldevien
artistisch der Deduktion detektivantistisch deduktiv honorabil der Kunst
und ich werde mich bemühen mit Ihnen gemeinsam zu wettöfern mit allen Einsichten schwachmatikus und demütig untertänigst aber voller guter Willen

Blognard bin ich sicher? i vermute? Guten Tag Inspektor ich glaube?
aufs alllergeehrtenhafteste äußerst bin geehrt ich alleräußerst
Inspektoren Inspektorissimen Arapède zu arbeiten die Berühmtissimen und Blognard mit

Poldevien seiende als Beispiele beispielhaftigste Sie sind in meinem Land

der artistischen Kunst honorabil von der Deduktion deduktiv detektivantistisch

aber voller guter Wille und ich werde mich bemühen in meiner demütig untertänigst mit Ihnen gemeinsam zu wettöfern schwachmatikus mit allen meinen Einsichten

....
....
....
....
....
....
......
......

Ich bin sicher Geehrt Blognard Beispiel Detektivantistisch In meiner demütig untertänigst Wille«

(die Zeilen, wo die Punkte schwächer werden, zeigen die schwächer werdende Aufmerksamkeit Blognards während der Einführungsrede des poldevischen Insepktors an)

Es trat so etwas wie Schweigen ein.

Blognard wandte sich an Arapède.

»Was sagt er?«

»Das ist französisch«, sagte Arapède taktvoll.

»Ach«, sagte Blognard, der damit nicht viel klüger war, »übersetz.«

»Sieht man von allen auf die permutierende Wiederholung zurückzuführenden Subtilitäten ab, sowie von den wesentlichsten Drohungen und Nuancen, und reduziert die Botschaft auf die oberflächlichste Oberflächlichkeit«, sagte Arapède, der poldevisch konnte, »so bedeutet sie folgendes: Nachdem er seinen Namen genannt hat, deutete der Inspektor an, daß er im Begriffe sei zu vermuten, daß er sich an Sie wende. Er hat noch gesagt, daß er froh sei, mit uns zusammenzuarbeiten, weil unser Ruf in seinem Lande recht gut sei (leicht über dem Durchschnitt, wenn ich die Anordnung der Adverbien richtig verstanden habe), und daß er versuchen wolle, uns in dem Maße zu helfen, in dem unsere Ermittlungen die Lebensinteressen Poldeviens nicht verletzten.«

»Ach«, sagte Blognard, »sprechen die immer so?«

»Nein«, sagte Arapède, »das ist die vom Inspektor ausgebrütete französische Fassung, mit der er der bekannten Begriffsstutzigkeit der Ausländer (Ausländer im Bezug auf Poldevien natürlich) und dem in der Regel schwachen Gedankengehalt ihrer sprachlichen Äußerungen Rechnung tragen will.«

»Ach«, sagte Blognard, der eine unwiderstehliche Neigung zur Einsilbigkeit verspürte (die nicht unbedingt, wie man nur allzuoft zu glauben geneigt ist, mit dem Monotheismus einhergeht, »das wird lange dauern.«

Und so war es. Inspektor She. Hol. (wir wollen ihn von nun an zur Abkürzung She. Hol. nennen; das heißt, daß künftig und für die gesamte Folge des Romans, ausgenommen die ausdrückliche Erwähnung des Gegenteils, der Ausdruck She. Hol., der sich aus den typographischen Zeichen S, h, e., H, o, l,., zusammensetzt, wobei vor dem Zeichen H eine Leerstelle ist, den poldevischen Inspektor bezeichnet), Inspektor She. Hol. also informierte Blognard über folgende Fakten (infolge eines handstreichartigen Übergriffs von seiten des Verlegers sind die siebenundvierzig Seiten Dialog zwischen den Inspektoren, die alle notwendigen Nuancen enthielten, in den Druckfahnen getilgt und durch die nachfolgende Zusammenfassung, für die der Autor jegliche Verantwortung ablehnt, ersetzt worden).

's gibt sechs Prinzen in Poldevien; 's gibt den Regierenden Prinzen, Gormanskoi, der eher sympathisch ist, jedenfalls was die vorliegende Angelegenheit angeht, und 's gibt fünf andere Prinzen, was zusammen sechs macht (fünf plus eins gleich sechs); einer dieser anderen Prinzen, die nicht regierend sind, möchte Regierender Prinz werden; er ist der Ansicht, daß er ein Recht dazu hat. Er heißt K'manoroigs. Prinz Gormanskoi ist aus persönlichen Gründen und aus Gründen der Liebe für einige Monate nicht in Poldevien. Prinz K'manoroigs hätte gern, daß er nicht mehr zurückkommt, damit er seinen Platz einnehmen kann. Nun fügt es sich, daß sich die Prinzen alle sehr ähnlich sehen; es sind lauter Schöne junge Männer, die praktisch nicht voneinander zu unterscheiden sind; sie haben alle ein großes Talent, sich zu verkleiden. Wie soll man sie auseinanderhalten? Es gibt nur ein Mittel; es ist ihr Markenzeichen, das sich auf der linken Pobacke befindet. Es ist eine Schneckenspirale (die Schnecke ist das heilige Tier der Poldeven); jeder hat die gleiche, jedoch mit einem subtilen Unterschied. Sechs Punktehäufchen sind in die Spirale eintätowiert; die Punkte der Häufchen sind abgezählt, aber bei jedem Prinzen anders.

K'manoroigs Plan ist einfach. Nach dem Mord an Balbastre (wahrscheinlich ist er der Schuldige) will er Gormanskoi an seiner Stelle verhaften lassen und selbst in aller Ruhe nach Poldevien zurückkehren, um dort Regierender Prinz zu werden. Ein letztes Detail: jeder der Prinzen hat eine andere Religion. Prinz K'manoroigs ist Computeraner. Er ist ein ausgezeichneter Programmierer.

Elftes Kapitel
Gedanken über die Ehe

Und am Morgen des Mordes hatte sich das keineswegs zum besseren gewendet, im Gegenteil.

Dieser Rückgriff auf den letzten Satz unseres fünften Kapitels ist dazu bestimmt, unsere Rückkehr zu Hortense nach dieser langen Rundreise zu erleichtern. Sie hat uns geführt:

– von der »Gudule-Bar« zur Wohnung von Laurie und Carlotta im Gefolge des Autors,

– von der Rue des Citoyens Hausnummer 53, Treppenaufgang D, zu dem hinter der Poldeven-Kapelle versteckten Schuppen (flachbak),

– vom Schuppen zur Kirche Sainte-Gudule, um die Bekanntschaft des Inspektors She. Hol. zu machen.

Und jetzt sind wir also wieder zurück in der »Gudule-Bar«, bewirtet von Madame Yvonne, die einen neuen Kellner hat, einen Schönen jungen Mann. Wir respektieren entschieden eine topologische Konzentration auf die Örtlichkeiten, die auf der mit diesem Buch verkauften Karte (siehe Seite 150) erwähnt werden.

Wir sind in der »Gudule-Bar«, Laurie trinkt ihren zweiten Kaffee und steckt sich eine blaue Jack-Please-Zigarette an. Hortense beißt in ihre Butterstulle, die Madame Yvonne, die Hortense in letzter Zeit etwas magerlich-bleichlich findet, reichlich mit Butter bestrichen hat. Sie wischt sich mit ihrer Papierserviette die Lippen ab; sie ist eine gut erzogene junge Frau.

»Du hattest recht«, sagt sie, »er ist eifersüchtig. Eine andere Erklärung gibt es nicht. Was soll ich tun?«

»Eifersucht ist heilbar«, gibt Laurie zur Antwort. »Aber ich habe keine Zeit zum Reden; außerdem bin ich noch nicht wach.«

Der Anruf des alten Sinouls hatte sie aus dem Bett

geworfen, und sie hatte ihren Tag in der umgekehrten Reihenfolge begonnen, wie es natürlich gewesen wäre: Sie war aus dem Haus gegangen, bevor sie wach war, bevor sie ihren Tee getrunken und geduscht hatte, und sie hatte bereits Kaffee getrunken, bevor sie Tee getrunken hatte. Alles war total durcheinander. Sie warf einen Blick aus dem Fenster, sah die Turmuhr von Sainte-Gudule und schreckte entsetzt vor der Uhrzeit zurück: »Das darf doch nicht wahr sein; es ist kurz vor zehn! Ich bin schon zu spät dran!« Sie hatte in der Grünanlage eine Verabredung mit ihrem Teilhaber, Jim Wedderburn, der ein Frühaufsteher und pünktlich war. Zum Glück zeigte seine Uhr die englische Zeit, und so war es für ihn kurz vor neun.

»Bis später«, sagte Laurie, »ich rufe dich heute abend an.«

Und sie ging weg.

Sie hatten sich in einer Boutique kennengelernt: Laurie kaufte einen Unterrock von knappem Ausmaß und leuchtender Mandarinenfarbe (wie weit das doch zurückliegt, dachte sie, als sie sich erinnerte, wie sie sich das erste Mal zulächelten), und Hortense kaufte das gleiche, aber in leuchtendem Himmelblau. Sie lächelten einander zu, dann verließen sie die Boutique, dann gingen sie in dieselbe Richtung, dann fanden sie bei verschiedenen Themen eine ganze Reihe von Gemeinsamkeiten; und Laurie empfahl Hortense einige Filme, während diese ihr wiederum einige Bücher gab und umgekehrt. Hortense nahm Laurie mit, um Agamben zu lauschen, der ihnen mit einer solchen Überzeugungskraft und einer solchen Subtilität von Platons siebtem Brief erzählte, daß sie einen Augenblick lang glaubten, sie verstünden es, was keine geringe Freude macht; dann sprachen sie wieder über etwas näherliegende Dinge und tranken in Lauries zweitem Hauptquartier (es gab das Näherliegende Hauptquartier für den (die) Kaffee(s) am Morgen, welches die

»Gudule-Bar« war, und es gab das Große Hauptquartier für das (die) Guinness am späten Nachmittag, das etwas weiter entfernt lag, in Richtung Stadtmitte, am »Impérial Sentier qui Bifurque«). Dann lud Hortense Laurie zum Abendessen ein, aber der Abend verlief nicht sehr gut wegen ihrem Mann. Und Hortense kam in den Treppenaufgang D zum Abendessen. Dort waren auch Armance und ihr Freund Pib, die beide sechsundzwanzig von vierundzwanzig Stunden arbeiteten, um die Computerspiele der sechsten Generation zu revolutionieren; und man trank weißen Johannisbeerwein, man aß Calamares mit Gurken und Kräutern und weißen Käse. Hortense war begeistert. Aber in begeistert steckt Geist, und ihr Geist sagte ihr, daß ihr Leben nicht so verlief, wie es im Vergleich hätte verlaufen müssen. Der Spiegel ihres Lebens warf ihr ein Bild ihrer selbst zurück, das sie nicht mochte.

Apropos Bild, nachdem Laurie gegangen war, blieb Hortense nachdenklich mitten in ihrer Butterstulle zurück. Man darf dieses Bild nicht wortwörtlich nehmen: ich will damit sagen, daß Hortense nicht wortwörtlich zwischen zwei Butterstullen steckt, sondern nur, daß sie ihre Schluckoperation von Brot und Butter unterbrochen hatte, während Laurie die »Gudule-Bar« verließ, und daß ihre Butterstulle noch nicht ganz aufgegessen ist.

Sie wußte zwar nicht allzu genau warum, aber auf einmal rief sie sich mit zärtlicher Nostalgie die gesegneten Zeichen ins Gedächtnis zurück, als sie allein in ihrer großen Wohnung aufwachte, die noch ganz ihr gehörte und nur ihr allein. Das war nach dem Weggang ihres Liebhabers Morgan (mit seinem richtigen Namen Prinz Gormanskoi, Sie haben das Recht, das zu wissen). Das war, bevor Morgan sie enttäuscht und wahrscheinlich auch verraten hatte; er war Einbrecher: nicht aus moralischer Verworfenheit und auch nicht aus harter ökonomischer Notwendigkeit, sondern auf Grund einer atavistischen

Berufung, die genetisch und kulturell durch seine Herkunft bedingt war, eine Herkunft aus einem fernen Land, dessen Kriterien, aber auch Geschichte und Geographie in Wahrheit – Wahrheit diesseits der Pyrenäen, Irrtum jenseits, falls es nicht die Alpen sind – von den unseren so verschieden sind.

(Wir befinden uns, Sie haben es erraten, im Augenblick in einer etwas merkwürdigen Romansequenz, für die es den Terminus technicus »innerer Monolog« gibt. Wir sind, selbstverständlich immateriell und nicht greifbar, als Modelle im verkleinerten Maßstab, Sie, mein treuer Leser, und ich, durch Hortenses linkes Ohr – sie hat ein für Liebesbisse ganz besonders leckeres Ohrläppchen – eingedrungen und schweben nun in ihren Gehirnwindungen (die höchst bezaubernd sind, wie alles übrige an Hortenses Person; es sind nicht nur Hortenses äußere Oberfläche und ihre Volumina, die den Scheren der Zensur der Herren Wimmerwahn und Saugeiler zum Opfer zu fallen drohen, es ist auch ihr Gehirn mitsamt ihren Gedanken). Wir sammeln die Gedankenbrocken auf, die sie bewegen, während sie zwischen zwei Butterstullen sitzt und, die Ellbogen auf dem Caféhaustisch, in der bereits abnehmenden Frische dieses warmen Frühlingsmorgens nachdenkt. Wir sammeln ihre Gedanken auf und übersetzen sie in einen Stil des »gemäßigten inneren Monologs«, das heißt ohne die zeitweiligen Unterbrechungen, die Ungenauigkeiten und Abschweifungen aller Art, die in Hortenses Träumerei auftauchen, wiederzugeben. Ende der technischen Klammer.)

Morgan, dachte sie, war kein Einbrecher wie die andern, und er war ein wunderbarer Liebhaber gewesen (eine sanfte, reminiszierende Wärme durchflutete sie), allerdings hätte er bei *ihr* nicht einbrechen dürfen, noch dazu ohne Risiko, ihr absolutes und ganzes Vertrauen ausnützend, ihre Naivität, unverzeihlich wie die ihrer Knie, und vor allem hätte er nicht, nein, er hätte ihre Schuhe nicht stehlen dürfen, sie konnte nicht anders als nach wie vor der Ansicht sein, daß sie recht gehabt hatte, ihm nicht zu verzeihen und aufzuhören, ihn zu lieben, als sie die Wahrheit entdeckt hatte, und auf jeden Fall war es zu spät, sie würde ihn nie wiedersehen, nie nie wieder, was für ein furchtbares Wort, nie, sie war in die Ehe gestolpert, wie soll man sonst sagen, gestolpert, und die Ehe, das also war die Ehe? Deshalb hielt man die wirklichen Erfahrungen so geheim sie war darauf hereingefallen auf diese Geschichte und wie unangenehm ist das doch ein eifersüchtiger Mann noch dazu wegen nichts und wieder nichts was werde ich jetzt mit meinem Leben anfangen mein Leben ist verpfuscht, dachte Hortense, und die Tränen traten ihr in die Augen (beachten Sie bitte, wie der innere Monolog danach strebt, die Interpunktion aufzuheben), sie mußte etwas tun sie mußte mit jemandem reden dafür gab es nur Laurie aber Laurie konnte an diesem Morgen nicht übrigens konnte Laurie ganz allgemein am Morgen nicht es hatte keinen Sinn von Laurie vor fünf Uhr abends etwas zu erwarten das mußte sie einfach begreifen und warum sollte sie ihrer Freundin damit auf die Nerven gehen man geht einer Freundin nicht mit seinen kleinen Problemen wie das Leben die Liebe und die Ehe auf die Nerven aber andererseits mußte sie reden sie konnte nicht weiterhin so schweigend im Unglück und in der Reue verharren das Leben war verpfuscht wegen einem Übermaß an Strenge allerdings hätte er nicht die Schuhe klauen dürfen und ihre Kleider auch ihre Kleider und ihren Schmuck allerdings hatte er ihre Kleider geklaut um sie zu verkaufen o Morgan das hättest du nicht gedurft o Morgan du hast mich verlassen und verraten und jetzt passiert mir das ich bin mit einem eifersüchtigen Mann verheiratet! ... Ihre Gedanken begannen sich im Kreis zu drehen und wir selbst als Seefahrer-Forscher des bezaubernden Nebels in Hortenses Gehirn, wir bekommen allmählich den Drehwurm bei diesen Gedanken die sich im Kreise drehen obgleich ich Sie frage mein Freund mein Leser bedeutet die Tatsache daß sich Hortenses Gedanken im Kreise drehen notwendigerweise daß ihre mnestische Spur im Gehirn notwendigerweise kreisförmig ist vielleicht ist sie ellipsoid vielleicht sogar helicoidal vielleicht besteht ein völlig verbogener Homomorphismus zwischen Gedanken und Gehirn eine Art umgestülpter Kugel was weiß ich entschuldigen Sie bitte jetzt bin ich es der anfängt innere Monologe zu halten und ich bin im Innern von Hortenses so bezauberndem Gehirn es gibt keinen Grund daß Sie gezwungen sein sollten in mein überhaupt nicht bezauberndes zu schauen ...

Die Tränen flossen jetzt ungehindert aus Hortenses schönen grauen Augen, sie flossen auf ihre Butterstulle und in ihre kalte Milch.

»Aber aber, Hortense«, sagte Madame Yvonne, »wegen solcher Kleinigkeiten dürfen Sie nicht weinen, Sie werden Ihren Liebhaber schon wiedersehen.«

Hortense schneuzte sich in ihr Taschentuch, trocknete ihre tränenfeuchten schönen grauen Augen, dankte Madame Yvonne und ging weg. Sie wußte, was sie tun mußte: mit dem alten Sinouls reden.

Zwölftes Kapitel
Vorbereitung zur Einführung in die Beeranalyse

Aus der »Gudule-Bar« ging Hortense und trocknete dabei immer noch die Tränen, die wie die Sehnsucht unaufhörlich flossen; die Sonne stach ihr in die Augen. Mit unsicherem, aber immer entschlossenerem Schritt wandte sie sich der Grünanlage zu, obgleich sie doch beschlossen hatte, sich zum alten Sinouls zu begeben. Ein Blick auf den Plan der Örtlichkeiten (Seite 150) zeigt uns, daß da ein Widerspruch besteht: um sich zum alten Sinouls zu begeben, muß man die Rue des Milleguiettes nehmen, folglich wenn man aus der »Gudule-Bar« kommt, *nach links* in die Rue des Grands-Edredons einbiegen. Und das tat Hortense nicht!

Doch wenn Hortense das getan hätte, wären wir in einen ganz anderen Roman abgedriftet als den, welchen wir beim Lesen gerade erleben. Allerdings tauchen in den Romanen, genau wie im wirklichen Leben, immer wieder Abzweigungen auf, und man muß sich leider entscheiden. Manchmal zögert man einen Augenblick, man macht dann eine Klammer auf und begibt sich in diese Klammer, aber das kann ziemlich gefährlich sein. Man weiß genau, wann man hineingeht, aber man weiß nicht, wann man wieder herauskommt. Man kann sehr leicht vergessen zurückzukommen: Da ist der von anderen möglichen Abenteuern noch nicht durchdrungene Wald, der uns seine Geheimnisse darbietet. Kaum ist man einige Schritte weit hineingegangen, zögert man auch schon: Da ist auf einmal ein anderer Weg mit einer anderen Abzweigung. Warum also nicht eine zweite Klammer aufmachen, eine Klammer in der Klammer, und so fort. Und man kommt nicht auf den Weg zurück.

Gern hätte ich einige dieser Parallel-Welten der Fiktion erforscht, und ich hatte meinem Verleger trotz des ungeheueren Arbeitsaufwandes, der mir dadurch entstanden wäre, vorgeschlagen, ihm einen richtigen Wald vielschichtiger divergierender und wieder konvergierender Erzählungen zu liefern, mit einer Karte der empfohlenen raum-zeitlichen Wege, einen kommentierten Fremdenführer für die Touristen der Fiktion. Man hätte nicht gedankenlos das gleiche Buch unverändert für alle Welt gedruckt, sondern, sich auf die guten alten Gewohnheiten des 13. Jahrhunderts (das war gestern), auf die Zeit der Manuskripte besinnend, hätte jeder Leser sein *eigenes, personalisiertes Buch* bekommen. Das Buch hätte nicht in den Regalen der Buchhandlungen gestanden. Oder vielmehr, in den guten Buchhandlungen hätte man die Möglichkeit gehabt zu wählen: entweder das gewöhnliche Exemplar, das Exemplar von jedermann (ausgezeichnet, gewiß, wie alle Bücher des Autors, hätte der Buchhändler gesagt), oder man hätte *sein* Exemplar bestellt, ausgewählt nach einem »Menü« möglicher Abzweigungen im Laufe der Erzählung. Dieses Exemplar *wäre noch nicht gedruckt gewesen.* Der Buchhändler hätte auf einige Tasten seiner Tastatur gedrückt und dem Computer-Drucker die Spezifizierungen der vom Kunden gewählten Romanfassung übermittelt, und sogleich hätte sich das Buch dank moderner Satz- und Druckverfahren, ritsch ratsch, auf den Weg gemacht; und das hätte nicht lange gedauert. Der alte Sinouls bestätigt mir, daß das *bereits heute* in jeder Hinsicht machbar sei, daß die großen Firmen sich aber weigern, weil sie ihre demnächst unverkäuflichen Lager an Compact-Discs absetzen wollen. (Ich verstehe zwar den Zusammenhang nicht so richtig, aber der alte Sinouls ist sich seiner Sache ganz sicher; er weiß es von der Kusine eines Verkäufers bei der FNAC, und das bestätigt genau das, was er immer gemeint hat.)

Sie sehen, wie schön das ist: Der Leser hätte ein einmaliges Exemplar bekommen, das keinem anderen gleicht, und hätte, durch seine Auswahl, am Schöpfungsakt teilgenommen. Die Kreativität, das ist die Zukunft (ebenso wie die aktive Mitwirkung). Das Buch, das er gelesen hätte, wäre von *niemand anderem* gelesen worden, nicht einmal vom Autor.

Es hätte somit für ganz verschiedene Bücher ganz verschiedene Leser gegeben; ich nehme an, daß die Leser alle verschieden sind (wenn Sie zwei Exemplare des Buches zu verschiedenen Zeiten kaufen, werden sie verschieden sein, da der Augenblick der Nachfrage auf subtile Weise in den vom Computer-Drucker ausgeführten Entscheidungen enthalten ist, und ich bin der Ansicht, daß es sich um einen *anderen Leser* handelt), aber gleichzeitig wären die Leser nicht völlig voneinander getrennt worden, denn die in den verschiedenen Fassungen erzählten Geschichten hätten viele Gemeinsamkeiten (alles wäre von mir geschrieben gewesen); sie hätten sich überschnitten, sich ineinander verschachtelt, einander bestätigt (oder widersprochen), ohne sich jemals in der unendlichen Entfernung privater, unwiderruflich fremder Welten zu verlieren. Selbstverständlich hätte das meine Arbeit verzehn-, vielleicht verhundertfacht, doch wie dem auch sei; ich war bereit, mich aufzuopfern, um so die Kunst des Romans zu fördern. Nun, Sie werden es mir nicht glauben, aber so unglaublich es auch erscheinen mag, mein Verleger hat nicht einmal länger als siebenunddreißig Sekunden lang etwas davon hören wollen. Sie werden also nicht erfahren, was passiert wäre, wenn Hortense, statt in Richtung Grünanlage zu gehen, sich sofort zum alten Sinouls begeben hätte (wenn ich darüber nachdenke, wird mir klar, daß Sie, wenn Sie erfahren haben würden, was in dieser Hypothese geschieht, nie erfahren hätten, was Sie jetzt erfahren werden, nämlich was Hortense im vorliegenden Roman, dem einzigen, der schließlich geschrieben worden ist, tun wird; das ist verwirrend, aber ich habe keine Zeit, länger bei dieser Frage zu verweilen.

Als Hortense die Grünanlage durchquerte, sah sie Laurie in angeregter Unterhaltung mit ihrem Teilhaber Jim Wedderburn; sie sah Jim Wedderburn, und wir sahen ihn auch, da wir Hortense gefolgt sind. Wollen Sie sich diesen Umstand bitte merken. Sie winkte ihnen kurz zu, ohne stehenzubleiben, nahm die Rue de l'Abbé-Migne, wobei sie einen möglichst großen Bogen um die Lebensmittelhandlung Eusèbe und um den gnoseologischen und durchbohrenden Blick Eusèbes, des Lebensmittelhändlers, machte, bog nach links in die Rue des Citoyens ein und ging in die Bäckerei Groichant, die auf dem gegenüberliegenden Bürgersteig lag, vor dem Hinterausgang der Kirche Sainte-Gudule, genannt »Ausgang der Frömmlerinnen«, wegen dem gewissermaßen direkten Zugang, den er zu Monsieur Groichants zu Recht gerühmten Liebesknochen bot.

Und warum? Weil sie ihre Butterstulle nicht zu Ende gegessen hatte, die keine gewöhnliche Butterstulle, sondern eine Stulle mit gesalzener Butter gewesen sein dürfte, wegen der Tränen, die sie darüber vergossen hatte. Sie war noch hungrig. Madame Groichant saß majestätisch und sahnevoll hinter ihrer Theke. Sie saß in ihrer ganzen, halb windbeutelhaften (ich spreche von dem Gebäck und nicht vom Charakter), halb vacherinen (ich spreche vom Gebäck und nicht vom Käse) Schönheit zwischen zwei kleinen Groichants (zwischen dem zehnten und dem elften, glaube ich). Sie begrüßte Hortense liebevoll und beunruhigt; sie fand sie blasser als sonst, ohne Schwung. Sie war durch die Ehe nicht aufgeblüht, im Gegenteil. Madame Groichant war darüber nicht verwundert: bei diesem Ehemann, der nie da war und sich nie um sie kümmerte. Hortense war eine Zeitlang in der Bäckerei Groichant beschäftigt gewesen und stand damals unter dem kulinarischen Schutz von Madame Groichant, die ihr kleine Kuchenpäckchen machte, um ihren Appetit anzuregen. Es war kaum jemand im Laden; nur Madame Groichants neuer Konditorgehilfe, der ein beliebtes Lied trällerte, während er die letzten Liebesknochen brachte:

Eine Linzer Torte
Sieht an diesem Orte
Karamellenfarben aus
Doch im Elsaß
Macht die Ananas
Was ganz anderes daraus

(Musik von Wolfgang Amadeus Mozart, Köchelverzeichnis 331, erster Satz, Rondo; Text vom Autor.)

Hortense warf ihm einen Blick zu, während sie Madame Groichant auf die Wangen küßte. Es war ein Schöner junger Mann, ein sehr Schöner junger Mann sogar. Und sie dachte, daß es plötzlich viele Schöne junge Männer (ganz zu schweigen von den hübschen Jungmännern) im Viertel gab. Seit ihrer Heirat hatte sie den Eindruck gehabt, daß die Schönen jungen Männer mehr oder weniger verschwunden waren, und nun tauchten sie auf einmal wieder auf. Sogar im Fernsehen sah man welche. Als sie das letzte Mal zu Laurie gegangen war, hatte ihr Carlotta ein Stück eines Werbespots gezeigt, den sie vor dem Konzert der Dew-Pon Dew-Val auf ihrem Videorekorder aufgenommen hatte. Sie erblickte (und wir blicken in Hortenses Augen, notieren Sie das bitte) den Schönen jungen Mann wieder, der am Strand zum Meer ging. Als er am Meer angekommen war, zog er langsam seine Jeans aus, und man sah ihn in einer winzigen Badehose und seiner ganzen Pracht. Die Badenden, alles Frauen, die auf dem Werbesand am blauen Werbemeer lagen, stützten sich auf den Ellbogen, um ihn zu betrachten, wie es Hortense selber gemacht hatte. Er drehte sich langsam um, aber man sah das Ende des Werbespots mit dem Namen der Jeans-Marke nicht, wahrscheinlich weil Carlotta die Szene abgebrochen hatte, um ja keinen Krümel der Dew-Pon Dew-Val zu versäumen. Hortense erinnerte sich an dieses Bild und war ganz aufgewühlt davon. Ihr wurde kalt, ihr wurde heiß, sie spürte einen Schauder in der

Mitte, wie sie schon seit langer langer Zeit keinen mehr gespürt hatte. Und von neuem dachte sie: O Morgan o Morgan warum hast du mich verlassen?

Der alte Sinouls war in seinem Garten, umgeben von Beileidstelegrammen. Er warf Hortense einen fragenden Blick zu.

»Ich komme zu einer Sitzung«, sagte sie.

Dritter Teil

Leidenschaft

Dreizehntes Kapitel
Einführung in die Beeranalyse

Als ich weiter oben »dreizehntes Kapitel« tippte, habe ich so etwas wie ein Zögern meiner Schreibmaschine gespürt. Mit dem dreizehnten Kapitel gibt es ein Problem. Nach dem Wegfall der dreizehnten Stockwerke in den Hotels haben die Amerikaner in den Zeitungen die Seiten 13 und seit neuestem die dreizehnten Kapitel in allen Romanen gestrichen (einschließlich der Neuauflagen von Romanen, die geschrieben wurden, als man noch ein dreizehntes Kapitel schrieb). Ein dreizehntes Kapitel in einen Roman einzubringen erscheint heute als veraltete, vergangenheitsverliebte Sitte eines Romanciers aus dem alten Europa. Dennoch habe ich mich entschlossen, es aus folgendem Grund beizubehalten: In meinem Buch spielen die Zahlen eine wichtige Rolle, und zwar besonders durch die Unterscheidung in gerade und ungerade. Es ist für eine Romanfigur, für ihre Reaktionen, nicht gleichgültig, ob sie in einem geraden Kapitel vorkommt oder in einem ungeraden. Wenn ich das dreizehnte Kapitel weglasse, kommt das vierzehnte Kapitel unmittelbar nach dem zwölften Kapitel. Das macht aus dem vierzehnten Kapitel ein *ungerades* Kapitel, da das zwölfte Kapitel, das ihm vorausgeht, ein, wie Sie mir zugeben werden, *gerades* Kapitel ist. Doch die *Zahl* 14 wird deshalb noch lange keine ungerade Zahl; sie bleibt eine gerade, wie üblich. Hier liegt eine Diskrepanz vor, die bohrende Kusine jener anderen, die Präsident Le Lionnais in seinem ›Wörterbuch der bemerkenswerten Zahlen‹ hervorhebt: ist 13a gerade oder ungerade? Das dreizehnte Kapitel wegfallen zu lassen würde also einen numerischen Paritätszweifel aufkommen lassen, der unweigerlich die dieser Unentschiedenheit ausgesetzten Romanfiguren negativ beeinflussen würde. Etwas derartiges kann ich dem alten

Sinouls, der in diesem Kapitel die Hauptrolle spielt, nicht antun, nachdem er gerade Balbastre, seinen feige ermordeten Hund, verloren hat.

Aber, sagen Sie, Leser, zu mir, was ist mit der amerikanischen Übersetzung? Das ist eine echte Frage: Und in der Tat, wenn ich an eine eventuelle amerikanische Übersetzung meines Buches denke (die von der englischen verschieden sein wird, wo sich diese Fragen noch nicht stellen), müßte ich es da nicht in Anbetracht der Tatsache, daß das dreizehnte Kapitel in jedem Fall wegfallen wird, so einrichten, daß es keine wesentliche Weiterentwicklung enthält, daß es ein Übergangskapitel ist, welches man ohne Schaden für die übrige Geschichte streichen kann? Aber auch hier kann ich nichts tun. Ich kann aus diesem Kapitel nicht das wegfallen lassen, was seinen besonderen Reiz ausmacht: Bemerkungen über die Beeranalyse, eine Erfindung des alten Sinouls, auf die ich im zwölften Kapitel deshalb nicht zu sprechen kommen konnte, weil sich Hortense auf ihrem Weg verspätet hatte.

Ich habe also ein dreizehntes Kapitel beibehalten müssen. Hier ist es.

Was ist nun die Beeranalyse? Betrachten wir Zusammensetzung und Etymologie des Wortes. Beer kommt aus dem Englischen; es ist ein englisches Wort, das von dem deutschen Wort *Bier* (auf französisch »bière«) kommt und natürlich Bier bedeutet. Analyse enthält *ana*, wie in »Anna«. Schließlich gibt es noch *lyse*, das dazu dient, das Wort harmonisch abzuschließen. Beer + Anna + Lyse ergibt »Beeranalyse«.

Die Beeranalyse kommt nach zahlreichen anderen x-Analysen, deren Krönung sie ist: Zuerst hat es die Patanalyse von Alfred Jarry gegeben; es hat die Psychoanalyse gegeben mit ihren verschiedenen alten oder neuen Seitenzweigen, wie die »S'aimeanalyse« (auch »Liebtsich-analyse«) von Julio Bouddheveau. Und der alte Sinouls schließlich hat die Beeranalyse erfunden.

Das geht folgendermaßen: Der Patient oder die Patientin kommen in die Praxis des alten Sinouls. Hier gibt es einen Schreibtisch, einen Stuhl vor dem Schreibtisch, eine Lampe und Papier auf dem Schreibtisch. Es gibt eine Couch. Soweit nichts Neues. Aber aufgepaßt: Bei den meisten klassischen Analysen legt sich der Patient auf die Couch und spricht. Der Analytiker sitzt an seinem Schreibtisch und liest seine Post. Der alte Sinouls hatte einen epistemologischen Einschnitt von entscheidender Bedeutung bewirkt, an dem man von nun an nicht mehr vorbeikommen wird.

Es war es nämlich, der sich mit seinem Bier auf die Couch legte. Der/die Beeranalysierte setzte sich an den Schreibtisch und sprach.

Warum das Bier? Um an die Atmosphäre eines Pub zu erinnern (was auch die englische Form *beer* erklärt), die der Rede förderlich ist; nehmen wir zum Beispiel eine typisch englische Familie zur Essenszeit. Der Vater liest die ›Times‹, hinter der er vollständig verschwindet. Die Mutter läuft nervös hin und her vom Eßzimmer in die Küche, um den Garvorgang einer »Kasserolle« (französisches Rezept) zu überprüfen. Die Kinder sind weder zu sehen noch zu hören. Stille. Um zu reden, geht man in den Pub. Das hatte den alten Sinouls auf den Gedanken mit dem Bier gebracht.

Nach einer Weile schlief er ein und schnarchte. Und dies war der wesentliche Punkt der Methode: Denn wenn der Patient aufhörte zu reden, weckte er den alten Sinouls durch sein unvermitteltes Schweigen, und die Sitzung war ein Mißerfolg. Er mußte also sprechen, weitersprechen, er war gezwungen zu sprechen, durchdrungen von dem Gedanken an das jeden Augenblick mögliche, dann wahrscheinliche, dann unmittelbar bevorstehende Erwachen des alten Sinouls. Auch hier drängt sich der Vergleich mit dem Pub wieder auf: Bedenken Sie die Fieberhaftigkeit, die in den Pubs aufkommt, wenn die Stunde der Schließung naht, wenn die Glocke der »closing time«

ertönt. Beim alten Sinouls gab es etwas Entsprechendes: Denn wenn der Patient weitersprach (eine gelungene Sitzung also), unterbrach er die Sitzung durch ein automatisches und unfehlbares Verfahren. Je mehr die Worte dahinflossen, desto tiefer versank er in seinen Schlaf. Darauf ließ seine Hand das Bierglas fallen, sein Handgelenk drehte sich, und seine poldevische Wecker-Uhr sagte (auf poldevisch): »I love you.« Der alte Sinouls wurde wach, und die Sitzung war beendet.

Weisen wir der Vollständigkeit halber noch auf eine andere *entscheidende Umkehrung* der klassischen Analysen hin: Die Beeranalyse war *völlig kostenlos.* Und wenn die Stunde günstig war, machte der alte Sinouls auch noch was zum Mittagessen.

Hortense setzte sich an den Schreibtisch und redete. Aber sie blieb nicht zum Mittagessen, denn sie mußte nach Hause, um sich um das ihres Mannes zu kümmern. Der alte Sinouls riet ihr zu einem Menü, das dem entsprach, was er während der Sitzung gehört hatte. Er schlief zwar während der Sitzungen, aber er hörte ganz genau, was man ihm erzählte; das drang direkt in seine Träume ein und nährte so, ohne daß er es merkte, die verblüffende Richtigkeit seiner Diagnosen und seiner Ratschläge.

Allein geblieben, beschloß der alte Sinouls, arbeiten zu gehen.

Da der alte Sinouls Organist in der Kirche Sainte-Gudule war, denke ich, daß wir kostenlos einem Orgelkonzert beiwohnen werden, dessen Programm wir uns bereits vorstellen können: ein wenig Bach, ein wenig Pachelbel, vielleicht Buxtehude, um dann zum Beispiel mit einem schönen, mächtigen Choral von Praetorius zu schließen. Ein krasser Irrtum. Der alte Sinouls war vom Mittagsdämon erfaßt worden. Er hatte sich mit der Computerleidenschaft angesteckt. Das war folgendermaßen gekommen: Während seiner (immer häufigeren) Gichtanfälle war es ihm gewissermaßen unmöglich, die Tastatur der Orgel zu berühren, er schrie dabei vor Schmerzen. Allgemeiner und ontologisch gesehen aber ermüdete es ihn mit zunehmendem Alter, wie ein Tauber für Taube auf sein Instrument zu hauen. Er wollte nur noch spielen, wenn er Lust dazu hatte (das kam vor), vor allem aber hatte er die Nase voll von seiner Orgel: Er wollte neue Orgeln ausprobieren, einige große Tourneen machen: Orgeln, Wein und Käse vom Loir, Orgeln und Pubs der Grafschaft Kent zum Beispiel. Es gab so viele Dinge, die ihn mehr interessierten als seine Arbeit: neue Science-Fiction-Romane lesen, mit alten Freunden, darunter dem Autor, über »unsere schöne Gesellschaft« diskutieren, die Beeranalyse vervollkommnen und dabei einer schönen jungen Frau voller spannender Probleme lauschen, sich mit seinen Töchtern streiten, seine Frau, seinen Sohn anschnauzen usw.

Darauf kam ihm eine geniale, verblüffende Idee: Er schnitt gerade von Julie geschälte Kartoffeln für ein Gratin dauphinois, das mit dem von Laurie verglichen werden sollte, als das Messer plötzlich ausrutschte und der Finger aufs herrlichste geöffnet ward; das Blut floß auf allen Seiten herunter. Julie brachte ihn ins Krankenhaus, aber während dieser ganzen Zeit dachte er an seine großartige, erleuchtende Idee: Wenn er nicht selber auf seiner Orgel spielen wollte, mußte x an seiner Stelle spielen. Aber x konnte kein käufliches Individuum sein, denn:

– wenn er x bezahlt, hat er kein Geld mehr für das Bier, die Science-Fictions, die Compact-Discs, ganz zu schweigen vom Entrecôte zur Ernährung seiner Lieben (vor allem der Rothaarigen und der Blonden);

– wenn er x nicht bezahlt, welcher x würde dann wohl an seiner Stelle spielen wollen?

Daraus folgt, daß x kein zur menschlichen Gattung gehörendes Wesen sein kann. Denken wir also an ein bespieltes Tonband. Gut. Sagen wir ein von y bespieltes

Tonband. Doch y kann kein zur menschlichen Gattung gehörendes Wesen sein, wenn y in Wirklichkeit eine Variante von x ist. Man könnte daran denken, mit Hilfe einer seiner so teuren Compact-Discs, etwa Chapuis oder Isoir zu benutzen. Das aber würde man, falls man keine Tomaten auf den Ohren hätte, beim Abhören sofort merken, und er würde mit Sicherheit Gefahr laufen, entlassen zu werden. Zwangsläufig wäre also:

x = y = Sinouls.

Sie können sich wohl vorstellen, daß wir damit noch nicht wirklich weiter sind, denn wir sind dem Anschein nach wieder an den Ausgangspunkt zurückgekehrt: Wenn Sinouls, um nicht Orgel spielen zu müssen, eine Tonbandaufnahme von seinem Orgelspiel machen muß, wo liegt da der Gewinn?

Und hier wird nun die Genialität der Sinoulsschen Idee offenbar. Er würde einen Computer spielen lassen. Der Computer würde lernen, nach dem unnachahmlichen sinoulsschen Orgelstil zu spielen, er würde Sinouls in Reinkultur produzieren, und er, Sinouls, würde sich währenddessen ausruhen.

Das Problem wurde nun in zwei unterteilt:

– Zunächst einmal mußte ein Apparat entwickelt werden, der, während er sich ruhig mit seinem SF vor seine Klaviatur setzen würde, dem Computer das Programm eingäbe. Dieser Teil wäre der einfachste, da es Dinger dieser Art bereits auf dem Markt gab. In Wirklichkeit (aber das war vor allem ein Geldproblem, das nur gelöst werden konnte, indem der zweite Teil des Problems gelöst wurde) könnte er etwas sehr viel Besseres machen: einen Roboter hinsetzen, der an seiner Stelle spielen würde (der den Computer in Gang setzen würde), so daß er (dank einer Fernsteuerung) nicht einmal mehr persönlich vor seine Klaviatur zu kommen bräuchte.

– Blieb die Musik. Er brauchte:

a) einen Computer

und mußte

b) lernen, sich seiner zu bedienen, um die für sein Befreiungsunternehmen angemessene musikalische Software zu produzieren.

Dank seiner Freunde vom »Zentrum für vergleichende Patanalyse«, die ganz in der Nähe, in der Rue Vielle-des-Archives im »Hôtel des Ambassadeurs de Poldévie« (einem herrschaftlichen Stadthaus aus dem siebzehnten Jahrhundert) saßen, bekam er ohne Schwierigkeiten einen Computer von der gewünschten Flexibilität ausgeliehen. Zuerst hatte er ihn ganz einfach in seinem Schlafzimmer aufgestellt. Aber nachdem Madame Sinouls zunächst große Geduld an den Tag gelegt hatte, sagte sie schließlich: »Entweder sie oder ich. Entweder verläßt deine Mätresse die eheliche Wohnung, oder ich gehe zurück zu meiner Mutter.«

Und deshalb war der alte Sinouls, wenn er zur Arbeit gehen wollte, gezwungen, die neunundvierzig Meter zurückzulegen, die ihn von der kleinen Kammer trennten, in der sein Computer stand.

Vierzehntes Kapitel
Geburt eines multinationalen Unternehmens

Es gibt in der Grünanlage Grands-Edredons, auf der Seite der Kirche Sainte-Gudule, drei Bänke. Jede Bank wird von einem Baum gekrönt. Ein Kastanienbaum zur Rue des Grands-Edredons hin, eine Linde in der Mitte, ein Judasbaum auf der Seite der Poldeven-Kapelle. Es ging auf Mittag zu; die kreischenden Kinderhorden waren in den anliegenden Häusern verschwunden, um dort vollzutanken (Hamburger und anderes), bevor sie wieder zum Sturm auf den Sand und die Ohren ansetzten. Es blieb nur noch ein kleiner vierjähriger Junge zurück, der seinen Eimer mit Erde füllte, die er am Brunnen naßmachen ging, und der dann zurückkam, um seinen klatschnassen Kuchen Laurie, die auf der mittleren Bank im Lindenduft saß, als Huldigung vor die Füße zu setzen.

Die Sonne stieg zögernd höher, als ob dieses plötzliche Abebben der Dezibels sie aus der Fassung brächte. Sie wagte sich auf ihrer Umlaufbahn nicht allzu weit zu entfernen, um Laurie nicht zu stören, die die Augen geschlossen hatte und, übergossen von Licht und Wärme, mit ihrem Schicksal recht zufrieden zu sein schien.

Diese Bank, die Bank im Zentrum der Grünanlage, also im Zentrum des Viertels, war die, auf der einst Inspektor Blognard, als Stadtstreicher verkleidet, eine mit Frittenfett übergossene Baskenmütze auf dem Kopf, in einen Morgenrock aus alter Pyrenäenwolle gehüllt, Kanalarbeiterstiefel an den Füßen, zahlreiche Stunden zugebracht hatte, um den tollkühnen Verbrecher zu jagen, den man den »Schrecken der Haushaltwarenhändler« nannte. Wenn man aufsah, konnte man alle Fenster des Gebäudes der Rue des Citoyens 53 sowie die der Rue des Grands-Edredons, zumindest bis zur »Gudule-Bar«, sehen. Wenn die Wolken hinter der Schulter von Sainte-Gudule hervorkamen und über der Grünanlage anlangten, sah es aus, als blieben sie wie angenagelt stehen, als zögerten sie, ihren Gang fortzusetzen, so neidisch waren sie auf die Ruhe und die Heiterkeit des Ortes; doch der Wind trieb sie an, und gegen ihren Willen mußten sie weiterziehen, um über Lothringen abzuregnen und dabei ihr Nomadendasein zu verfluchen. In diesem Augenblick war der Himmel wolkenlos blau und leicht. Durch die Augenlider hindurch, auf denen eine zarte Schicht Frühlingssonne lag, sah Laurie hinter den Scheiben des großen Zimmers undeutlich die Vorwärts- und Rückwärtssaltos ihrer Tochter Carlotta, die auf diese Weise fröhlich einen kleinen Teil der Überfälle tierischer Geister vertrieb, von denen sie bis zum Überschwang erfüllt war.

Es gab ein kleines Geräusch: Der ältere Bruder des kleinen Jungen mit dem roten Eimer und dem Schlamm kam seinen Bruder holen. Als er ging, rief er Laurie zu: »Mademoiselle, Mademoiselle, nehmen Sie mich zum Bräutigam, ich bin frei.«

Die Grünanlage war leer.

Als Laurie in die »Gudule-Bar« kam, sah sie im Fernsehen den jungen Mann, der über den Sand des Strandes ging. Er näherte sich dem Ufer des Meeres, das mit seinen blauen Fluten sehr maritim wirkte, und zog seine Jeans aus, um nur noch seine knappe Badehose anzubehalten. Wie die anderen Male erhoben sich die auf dem Sand liegenden weiblichen Badegäste ein wenig, um ihn zu betrachten, denn er war ein Schöner junger Mann. Er gönnte ihnen keinen Blick, sondern drehte sich nach der noch fernen Silhouette eines Hundes um, der auf dem Sand angelaufen kam. Der junge Mann hielt seine Jeans in der Hand, und als die Kamera näher heranfuhr, um die Marke der Jeans zu zeigen, schien es Laurie, als habe er eine Tätowierung auf der Pobacke: Sie erschien undeutlich am Saum seiner Badehose, doch das Bild wurde plötzlich unterbrochen, denn Madame Yvonne hatte den Sender gewechselt.

Der Kellner lächelte sie an. Sie bestellte einen Kaffee mit einem Glas Wasser.

Was Laurie nachdenklich machte, war nicht so sehr der fehlende Schlaf und die durch die Sonne in der Grünanlage verursachte angenehme Schläfrigkeit, sondern ihre Unterhaltung mit ihrem Teilhaber, Jim Wedderburn. Wie wir schon so manches Mal gesagt haben, hatte Laurie einen Teilhaber, dessen Name Jim Wedderburn war. Das Wort »Teilhaber« scheint auf ein Geschäft hinzuweisen. Wir irren uns nicht. Es war tatsächlich ein Geschäft, und dazu noch eins auf dem Weg zu einer großen Expansion, das im gemeinsamen Besitz von Laurie und Jim Wedderburn war. Und der Aufschwung ihres Geschäftes war so, daß er allmählich Probleme hervorrief, die Laurie Sorgen machten. Es ist also notwendig, diese Probleme in wenigen Worten zu beschreiben.

Jim Wedderburn war Engländer durch seine Mutter (deren Namen er angenommen hatte) und Poldeve durch seinen Vater, den er nie gekannt zu haben behauptete. Er lebte in London im Souterrain *(basement)* eines im hintersten Winkel des Royal Borough of Kensington and Chelsea gelegenen *mews.* Dort schrieb er Romane und gab, um leben zu können, die wenigen ihm von seinem Vater hinterlassenen Schätze aus, die ihm ein bescheidenes, aber bequemes Leben ermöglichten. Er schrieb, sagte ich, Romane, englische Romane. Wohlgemerkt, ich sage englische Romane, ich sage nicht Romane in englisch: Es gibt englische Romane, die nicht englisch sind, und es gibt Romane in englisch, die keine englischen Romane sind. Jim Wedderburn schrieb englische Romane in englisch. (Woran erkennt man den englischen Roman? An einem gewissen undefinierbaren Duft von Englischkeit, der nicht täuscht.) Sein erster Roman hatte den Titel: ›Finite corpse‹. Er hatte insgesamt fünf Romane geschrieben, die nach der Veröffentlichung einer liebenswürdigen Vergessenheit anheimfielen, als der sechste zu seiner ebensogroßen Überraschung wie der seines Verlegers anfing, ein Bestseller zu werden. Man muß zugeben, daß dieser Roman von den fünf anderen ein wenig verschieden war, vielleicht weniger englisch als die anderen. Der Titel lautete ›Lady Bovary's Lover‹.

Jim Wedderburn sah interessiert einem wahrscheinlichen finanziellen Wohlstand entgegen, der es ihm erlauben würde, weiterhin jahrelang der Vergessenheit anheimfallende liebenswürdige englische Romane zu schreiben, ohne sich um den nächsten Tag sorgen zu müssen. Und vor allem konnte er ins Auge fassen, den Traum seines Lebens zu verwirklichen: in der weiten Welt herumzureisen und dabei alle Buchhandlungen aufzusuchen. Die Buchhandlungen waren seine einzige, seine verzehrende Leidenschaft. Doch genau in diesem Augenblick geschah die Katastrophe. Es lebte nämlich, sehen Sie, in Texas eine Dame namens Bovary, die die Witwe eines bescheidenen Ölmagnaten war, der ihr genügend hinterlassen hatte, um bescheiden zu leben; für ihren Geschmack etwas zu bescheiden. ›Lady Bovary's Lover‹ war in den USA kaum von der Bestseller-Liste verschwunden (auf der er siebenunddreißig Wochen gestanden hatte), als Jim Wedderburns Verleger in seinem Büro den Besuch der Herren Smallbone und Pettigrew, zweier Bostoner Advokaten, erhielt. Sie kamen mit der Concorde. Sie teilten ihm mit, daß sie im Namen ihrer Klientin, Mrs. Bovary aus Paris, Texas, die Summe von 1 Million 178 Tausend Dollar wegen »Eindringens ins Privatleben« verlangten.

Jim Wedderburns Verleger lächelte höflich.

»Der Roman von Mr. Wedderburn, Gentlemen«, sagte er mit erlesener Höflichkeit zu ihnen, »ist gewissermaßen ein Koffer-Roman, dessen Autor auch D. H. Flowbert heißen könnte. Lady Bovary hat mit keiner realen, vergangenen, gegenwärtigen und vielleicht auch zukünftigen Bovary auch nur die geringste Ähnlichkeit.«

»*This we know very well* (das wissen wir ganz genau)«, gaben die Herren Smallbone und Pettigrew, die in Harvard studiert hatten, zur Antwort. »*We dont't think you get the point* (wir fürchten, daß Sie nicht verstehen, wo das Problem liegt).«

Gewiß, Mrs. Bovary aus Paris, Texas, gab (durch ihren Mund) gern zu, daß Lady Bovary (die des Romans) nicht einen einzigen Punkt mit ihr gemein hatte. Aber genau das war der Grund für ihre Klage: Die beiden Bovarys waren so verschieden voneinander, daß dies ihrer Klientin schwer schaden mußte, die in der wenig beneidenswerten Lage war (welche ihr schlaflose Nächte bereitete), ihren Freundinnen und Bekannten im Club der Witwen von Paris, Texas, erklären zu müssen, sie sei *nicht das exakte Vorbild* der Heldin eines vom ›Cow-Boy Examiner‹ empfohlenen Buches, das siebenunddreißig Wochen auf der Bestseller-Liste gestanden hatte.

Daraufhin wurde der Verleger britisch und eisig. Er weigerte sich, einen Vergleich zu schließen, strengte vor dem Massachusetts District Court einen Prozeß an und verlor.

Das amerikanische Gesetz und die amerikanische Gerichtsbarkeit sind in der Tat eindeutig: Jede Fiktion ist biographisch, dies ist das erste Axiom. Und, zweites Axiom, jede Biographie ist ein »Einbruch ins Privatleben«. Richter Nickson erklärte es in seiner Urteilsbegründung: Eine nicht mit den sichtbaren oder versteckten biographischen Gegebenheiten der Klägerin übereinstimmende Fiktion ist ein besonders schwerer Angriff auf ihr Privatleben, da sie (die Fiktion), indem sie sie so beschreibt, wie sie nicht ist, bei ihren Bekannten und Verwandten Zweifel über die Rechtschaffenheit, Durchsichtigkeit und Geradlinigkeit ihres Lebens aufkommen lassen kann. Die offensichtliche Ehrlichkeit des Autors kommt als erschwerender Umstand hinzu: Unkenntnis des realen Lebens seiner Romanpersonen schützt vor Strafe nicht. Er hätte sich informieren müssen.

Der Verleger wandte sich sogleich gegen Jim Wedderburn, der damit ruiniert war.

Er mußte ganz dringend seinen Lebensunterhalt verdienen. Aber wie? Er war gerade dabei, melancholisch seine letzten Pfund Sterling in den Pariser Buchhandlungen auszugeben, als er Lauries Bekanntschaft machte.

Sie hatten sich soeben das gleiche Buch gekauft, ein Buch mit Fotos von Jean-Yves Cousseau. Laurie verstaute ihren Kauf in einer Plastiktüte, die sie von der Ile de Ré mitgebracht hatte, Jim Wedderburn verstaute den seinen in einer Plastiktüte, die ihm eine Buchhandlung auf der Isle of Man gegeben hatte. Laurie dachte, daß sie gern die Plastiktüte einer Buchhandlung von der Isle of Man hätte, wo es Katzen einer ganz besonderen Rasse gab, die sonst nirgends zu finden sind und wo Manx gesprochen wird. Und Jim Wedderburn dachte. »Ach, *wenn* ich doch nur die Plastiktüte einer Buchhandlung von der Ile de Ré hätte, auf deren *Boden* die portugiesischen Gastarbeiter Mitte August so schöne *Fados* singen.« Das war der Auslöser: Sie tauschten ihre Tüten aus, sie gingen zu Laurie, um diesen Tausch mit einer guten Flasche weißem Saint-Joseph und Austern zu feiern. So entstand ihre PME: Sie gingen in die weite Welt, besuchten alle Buchhandlungen und brachten Plastiktüten mit, die sie für teures Geld weiterverkauften oder auf Bestellung lieferten. Auf diese Weise.

– verdienten sie ihren Lebensunterhalt,
– konnten sie Reisen machen,
– verbrachten sie viel Zeit in den Buchhandlungen.

Jim Wedderburn hatte das Schicksal besiegt.

Doch Laurie fand, daß der Erfolg ihre Hoffnungen übertraf. Von überallher kamen die Bestellungen. Was nützte es, ein Geschäft zum Verkauf und zum Tausch von Buchhandlungsplastiktüten zu haben, wenn man keine Zeit mehr hat, in die Buchhandlungen zu gehen. Aus ganz bescheidenen PME-Anfängen heraus wurden sie ganz allmählich zum Multi. Es wurde Zeit, Unterlieferanten zu finden und sich die schwierigsten Fälle, die seltensten Akquisitionen vorzubehalten.

Fünfzehntes Kapitel
Liebe auf den ersten Blick in einem Vorortzug

Um sechs Uhr abends traf Hortense Laurie in ihrem Großen Hauptquartier im Café »L'Impérial Sentier qui Bifurque«. Sie bestellten Guinness vom Faß und tauchten voller Wonne in den braunen und nicht allzu kühlen Schaum dieses göttlichen Getränks. Dort gab Laurie zwischen ihrem ersten und ihrem zweiten Guinness einige Empfehlungen, die wir schnell zusammenfassen wollen, denn die Zeit drängt, es sind kaum vierundzwanzig Stunden seit Anfang des Romans vergangen, und wir sind bereits beim fünfzehnten Kapitel; es ist also nicht der richtige Zeitpunkt, sich den Freuden der haargenauen Dialogtranskription hinzugeben. Es gab drei Hauptempfehlungen, eine interne und zwei externe. In folgender Reihenfolge:

I. Was du willst, das machst du.

II. Das Philosophiestudium wieder aufnehmen, folglich in die Bibliothek gehen.

III. Bereits am nächsten Tag, einem Sonntag (es war also Samstag, was Sie sich wohl hätten denken können. Warum?), ihre Tante Aspasie in der Vorstadt, in Sainte-Brunehilde-lez-Forêts, besuchen.

Und tatsächlich, die Tante Aspasie:

a) gibt es,

b) ist taub und antwortet nicht am Telefon.

Warum die Tante Aspasie besuchen? Weil das immer zu was nützen kann.

Und so saß Hortense am nächsten Tag, einem Sonntag, am frühen Nachmittag im Vorortzug, der sie zu ihrer Tante Aspasie nach Sainte-Brunehilde-lez-Forêts bringen sollte. Sie sollte nie dort ankommen (Vorsicht, was Sie denken, ist falsch: Hortense wird noch nicht in diesem Kapitel entführt; es ist noch zu früh).

Als sie am Abend zuvor beim Dessert verkündet hatte: »Mein Freund, ich fahre morgen zur Tante Aspasie«, sagte ihr Mann nichts, aber er runzelte die Stirn, und sein Gesicht bekam den mißtrauischen Ausdruck, den Hotello vor seinem Teller annimmt, wenn er unter der sichtbaren Makrele das heimliche Gemüse errät.

Der Vorortzug nach Sainte-Brunehilde-lez-Forêts war eine Mischung zwischen einem zweistöckigen orangefarbenen Passagierzug und einem Intercity. Hortense setzte sich vorn in den zweiten Stock des ersten Wagens, wo man die beste Aussicht auf die Landschaft hat, und nahm aus ihrer Plastiktüte einer Buchhandlung in Barcelona (ein Geschenk Lauries) den dritten Band der ›Logik‹ von Hegel und ›Stanze‹ von Giorgio Agamben (in der Originalsprache, dem Etruskischen) und bereitete sich auf einen ausgezeichneten Nachmittag vor.

Zwischen zwei Spalieren riesiger schwarzer Sozialwohnungsbauten verließ man die Stadt und fuhr zwischen zwei Spalieren schwarzer, aber nicht ganz so hoher Sozialwohnungsbauten in die Vorstädte. Es gab verfallene Fabriken, man sah SCHRAUBENGETRIEBE DURAND, kleine Vororthäuser aus schmutzigen Backsteinen, Gemüsegärten voller Schlacken. Man fuhr über den Fluß mit einer Halbinsel, auf der unter der stinkenden Bewässerung der Abwässer der ruhige Spargel wächst. Ein starker Geruch nach verbranntem Gummi zog durch den Wagen. Die Landschaft eben.

Man hielt in Bacon-les-Mouillères. Ein Herr in Schwarz setzte sich auf die andere Seite des Abteils, dem Gang zu. Er zog ein kleines Buch mit grünem Umschlag der Loeb Classical Library aus der Tasche. Es war Sextus Empiricus (links der griechische Text), und der Herr war Inspektor Arapède. Arapède beschattete Hortense. Sie hatte keine Ahnung davon.

Nicht einmal eine Minute später kam ein junger Mann ins Abteil. Er setzte sich Hortense gegenüber.

In diesen Vororthöchstgeschwindigkeitspassagierzügen sind, wie man weiß, die Abteile ziemlich eng. Man sitzt da, man stellt die Beine vor sich hin, und wenn einem jemand gegenübersitzt und ebenfalls die Beine vor sich hinstellt (das heißt, wenn er kein beinloser Krüppel ist oder sich unter Mißachtung der Vorschriften auf der Bank ausstreckt), ist es außerordentlich schwierig, Fuß-, Bein- oder Knieberührungen zu vermeiden. Was Hortense sehr schnell feststellte.

Sie hatte nicht von ihrem Buch aufgesehen, als der junge Mann sich hingesetzt hatte, derart gefesselt war sie von der Beschreibung, die Giorgio Agamben vom »Dämon der Melancholie«, vom »Mittagsdämon« gab, der einem die Sonne am Himmel ganz schwarz erscheinen läßt und einen mit der Droge der Verzweiflung verführt. Aber da sie irgendein Kniedurcheinander spürte, sah sie auf und

sah sie auf und
wurde mittendrin vom Blitz getroffen.

In einem Film von Peter Greenaway, den Sie sicherlich gesehen haben, erzählen einige Engländer von ihrer Erfahrung als »vom Blitz Getroffene«, die überlebt haben. Wenn er Hortense gekannt hätte, würde er sie sicherlich seiner Sammlung einverleibt haben. Einen Augenblick meinte sie wirklich, sie würde es nicht überleben: Ihr Herz schlug schneller, langsamer, schneller, ihr Gehirn verflüssigte sich wie das Hirn eines Lammes in einer Butter- und Zitronensoße, ihr war so ziemlich überall dort, wovon ich nicht reden darf, heiß und kalt, sie spürte, wie sie bebte, schwankte, zitterte. Es war der Blitz.

Als sie einigermaßen sicher war, diesen Sturm ihrer Sinne zu überleben, warf sie einen Blick in die Scheibe, um die Ursache einer solchen Erschütterung ihres Inneren zu betrachten: Sie sah einen Schönen jungen Mann mit zugleich seltsam vertrauten und unbestimmten Zügen. Der Magnet seiner Augen wandte sich ein wenig und zog dadurch Hortenses Blick an.

Das alles ging in der allergrößten Stille vor sich. Man hörte nur das Geräusch des Zuges, der auf seinen Weichen quietschte. Der Zug hielt auf einem Bahnhof, fuhr wieder an, den Vororthäusern folgten andere Vororthäuser, und Hortenses Knie waren immer mehr in die Knie des jungen Mannes verkeilt, ihre Blicke verflochten mit seinen.

Der Zug hielt in Sainte-Brunehilde-lez-Forêts. Der Zug wartete in Sainte-Brunehilde-lez-Forêts geduldig, daß Hortense ihre Geister und ihre Plastiktüte zusammenraffen und aussteigen möge, um ihre Tante Aspasie zu besuchen. Hortense rührte sich nicht. Mit einem Seufzer setzte sich der Zug wieder in Fahrt. Der Bahnhof zog an unseren Augen vorbei:

Sainte-Brunehilde-lez-Forêts Sainte-Brunehilde-lez-Forêts Sainte-Brunehilde-lez-Forêts Sainte-Brunehilde-lez-Forêts Sainte-Brunehilde-lez-Forêts Sainte-Brunehilde-lez-Forêts, sagten die immer schneller vorbeiflitzenden und in dem Maße, in dem der Zug, um seine Verspätung einzuholen, seufzend beschleunigte, immer weniger lesbaren Schilder.

»Sie haben Ihre Haltestelle verpaßt, Mademoiselle«, sagte der junge Mann höflich.

Hortense sah ihn ungläubig an. Diese Stimme. Diese Stimme. Das gab es doch nicht. Das war. Das war Morgan (Prinz Gormanskoi, wie wir wissen). Als hätte er erraten, daß sie seinen Namen aussprechen würde, machte er mit dem linken Zeigefinger auf seinen Lippen (senkrecht) *pst.* (Ich bin es der Wahrheit schuldig zu sagen, daß dieses Zeichen auf poldevisch eine völlig andere Bedeutung hat, die Hortense bestens kannte. Sie wurde rot.)

»Vielleicht können wir an der nächsten Haltestelle aussteigen. In siebenunddreißig Minuten fährt ein Zug in die andere Richtung.«

Die folgende Station war Saint-Gabriel-sur-Seigle. Sie lag, wie Sainte-Brunehilde-lez-Forêts, am Rande des Waldes, aber am anderen Ende. Als sie ausstiegen, fühlte sich Hortense ein wenig schwach, es flimmerte ihr vor den Augen, und Morgan (der Prinz) schlug ihr einen kurzen Aufenthalt in der Bahnhofswirtschaft vor, um sich zu erholen. Arapède war nicht sichtbar am Horizont.

Sie betraten die Bahnhofswirtschaft, wo sie schweigend Limonade tranken. Dann machte Morgan den Vorschlag, langsam durch den Wald nach Sainte-Brunehilde zurückzugehen; die Luft würde ihr wohltun. Hortense willigte ein.

Der Wald war grün und dicht und düster. Ein Pfad führte durchs Unterholz bis nach Sainte-Brunehilde. Am Waldessaum stand ein Schild:

Sie betreten den Wald. Achtung!
Ein Baum kann durch einen anderen verdeckt werden!

Sie betraten den Wald. Sie sprachen nicht. Sie hielten sich bei der Hand. Es gab kleine bunte Blümchen. Hortense pflückte kleine bunte Blümchen, die sie sich ins Haar steckte, wo sie nicht blieben. Ihr Herz, ihre Sinne, ihr Gehirn kochten nicht mehr so; sie gewöhnten sich allmählich an diese neue, unwahrscheinliche, unmögliche, reale Situation.

Sie gingen durch den Wald. Sie sprachen immer noch nicht. Sie kamen in Sainte-Brunehilde an, aber sie gingen nicht zu dem kleinen Haus der Tante Aspasie. Sie stiegen in einen Zug, der wieder in die Stadt zurückfuhr. Sie hielten in Bacon-les-Mouillères. Sie stiegen aus. Eine riesige, fast blinde Fassade überragte die Gleise. Darauf stand: »Flaubert Hôtel«. Sie gingen hinein. Die Hotelwirtin, einäugig und halbblind auf dem andern Auge, hielt ihnen den Schlüssel von Zimmer 37 und ein Handtuch hin. Sie gingen hinauf. Das Zimmer lag im dritten Stock, es hatte nur ein einziges Fenster mit schmutzigen

Vorhängen, das auf die Gleise ging. Züge fuhren in beiden Richtungen vorbei.

»Zieh dich aus«, sagte Morgan.

»Du zuerst«, sagte Hortense.

Und so beging Hortense an diesem späten Sonntagvormittag im »Flaubert Hôtel« in dem zugleich schäbigen und erhabenen Zimmer Ehebruch (so sagt man nämlich, doch nach der Untersuchung, die ich angestellt habe, kennen nur sechs Prozent der von den Meinungsforschungsinstituten befragten Personen die Bedeutung dieses Wortes).

Am Abend servierte Hortense grüne Erbschen zum Abendessen. Ihr Mann verabschiedete sich, er mußte zur *Zeitung*, um zu arbeiten. Hortense ging in ihr Zimmer. Die sechs Teddybären erwarteten sie brav auf dem Klavier. Sie sahen sie gehässig an, außer einem, dem sanftesten, dem samtigsten, ihrem Liebling. Sie nahm ihn mit ins Bett, drückte ihn an ihre Brust und schlief ein.

Im Schlaf träumte sie von Gormanskoi, von Morgan, ihrem Liebhaber. Wie am Nachmittag im »Flaubert Hôtel« beugte sie sich über ihn und küßte auf seiner linken Pobacke das Markenzeichen der Poldevischen Prinzen, die Schnecke.

Aber die kleinen Punkte darauf waren nicht an ihrem Platz!

Sechzehntes Kapitel
Das Verhör der Glocken

Nach dem ausschließlich der brennenden Leidenschaft von Hortense, unserer Heldin, und Gormanskoi-Morgan gewidmeten Sonntag müssen wir nun am Montagmorgen wieder zu den Ermittlungen über den Mord an Balbastre zurückkommen, die bisher keine sonderlich großen Fortschritte gemacht haben.

Am Montagmorgen ist Arapède schlechter Laune. In die Lektüre über das Paradox des Schülers bei Lucien de Samizdate vertieft, hat er Hortense in Saint-Gabriel-sur-Seigle aussteigen lassen und sich in Saint-Cucufa wiedergefunden. (Es ist in der Tat ein sehr schönes Paradox, und man kann Arapèdes Faszination verstehen: Ein berühmter Anwalt hat einen Schüler, den er in der Kunst des Plädoyers unterweist. »Wann soll ich Sie bezahlen, Herr Rechtsanwalt?« fragt der Schüler. »Wenn du deinen ersten Prozeß gewonnen hast.« Einige Zeit darauf erklärt der Schüler, er sei nun bereit, in die Laufbahn einzutreten, und kündigt dem Rechtsanwalt gleichzeitig an, daß er ihn unter keinen Umständen bezahlen werde. »Wieso«, fragt der Rechtsanwalt, »du sollst mich bezahlen, sobald du deinen ersten Prozeß gewonnen hast. Meinst du denn, daß du nie einen gewinnen wirst?« »Nein«, sagt der Schüler, »aber ich werde Sie nicht bezahlen.« Wütend lädt ihn der Rechtsanwalt vor Gericht. Aber gerade hier liegt das Paradox: Wenn der Rechtsanwalt gewinnt, muß der Schüler ihn bezahlen, aber er hat seinen ersten Prozeß verloren, also schuldet er ihm nichts. Wenn der Schüler gewinnt, braucht er nichts zu bezahlen, aber er hat seinen ersten Prozeß gewonnen, also muß er bezahlen. In jedem der beiden Fälle liegt ein Widerspruch, nach dem Arapède sich im Geiste die Lippen leckte, so sehr, daß er darüber seine Beschattung vergaß.)

Am Montagmorgen war Blognard zufrieden. Am Tag zuvor hatte Madame Blognard ihren ersten Frühjahrsschmorbraten gemacht. Sie hatte das Rezept des berühmten Kochs Pierre Lartique benutzt, das sich in Form eines sechsstrophigen Gedichts mit einer Zueignungsstrophe, einer *Sestine,* darstellt. Das Ergebnis war ein durchschlagender Erfolg, und Blognard ging die Arbeit der Woche in ausgezeichneter Stimmung an.

An diesem Montagmorgen verhörten Blognard und Arapède die beiden Glöckner, Crétin Guillaume und Molinet Jean. Das Verhör fand an Ort und Stelle im Glockenturm statt, da die beiden Individuen ihn nicht verlassen konnten, um sich in Blognards Büro am Quai des En-la-Matière zu begeben, weil sie die vollen und die halben Stunden läuten mußten. Sie teilten sich die Glöcknerwohnung von Sainte-Gudule, eine Dienstwohnung, die im Glokkenturm lag, im Stockwerk unter den Glocken. Man gelangte über eine Wendeltreppe mit dreiundsiebzig Stufen dorthin.

Bevor Blognard hinaufkletterte, ging er bei Madame Groichant vorbei, um vier Paar Butterhörnchen zu kaufen, für jeden der vier Protagonisten der Verhörsitzung. Das war behaglicher.

Madame Groichant saß an ihrer Kasse und bemühte sich, die aufdringlichen Blicke des Schönen jungen Mannes, ihres neuen Konditorgesellen, der ihr beharrlich den Hof machte, nicht zu beachten. Sie mochte ihn gern, fand ihn hübsch (er glich, dachte sie, ihrem Lieblingssänger, der auch der Lieblingssänger ihrer Mama gewesen war: Jean Sablon), aber sie blieb fest, hielt ihm bald den weichen Widerstand der Brioche entgegen, bald die kalte Undurchdringlichkeit des Zuckergusses. Der Geselle sagte, er heiße Stéphane. Als Blognard in die Bäckerei kam, sang er gerade die Fortsetzung des Liedes von der Linzer Torte, dessen Text Sie in Kapitel zwölf, Abschnitt acht, gelesen haben).

Der Pflaumenkuchen
Hat in Hinterbuchen
Einen Farbstich Katzenpiß
Doch in Ost-Berlin
Macht das Nikotin
Seine Farbe ungewiß

Der Bienenstich
Hat in Österrich
Eine Farbe nicht zu fassen
Doch in der Grenzstadt Kehl
Gibt ihm das Mehl
Eine Farbe zum Erblassen

Das Rosinenbrot
Hat in Rückerroth
Eine Farbe wie das Ei
Doch im Burgenland
Gibt ihm der Pußtasand
Eine Farbe fast wie Blei

Die gefüllte Plunderschneck
Hat im Städtchen Eggebek
Die Farbe eines Hundekötel
Doch in Lunéville
Gibt ihr das Kodizill
Eine Farbe fast wie Ziegelrötel

Die Appenzeller Fladen
Haben in den Karpaten
Eine Farbe rot wie Blut
Doch in Bad Schussenriedeee
Gibt ihnen meine Liebeee
Eine Farbe voller Glut

Nach der sechsten Strophe wird in der Regel eine Pause eingelegt, um Atem zu schöpfen. Wir wollen uns daran halten. In dem Augenblick, als Blognard hinausging, hörte er, daß Stéphane ein anderes Lied angestimmt hatte. Er wandte sich jetzt unmittelbar an Madame Groichant, die zugleich schockiert und geschmeichelt zu sein schien, als sie das erste Couplet hörte von dem

Lied Stéphanes, des Konditorgesellen

Mein Herz ist ganz gefüllt
Mit feinstem Marzipan
Du hast mich aufgewühlt
Ich bin dir untertan
Refrain:
Du zieltest nicht zum Scherz
Mir ins gefüllte Herz

Der Glockenturm war viereckig. Er war ungefähr zwölf Meter sechzehn lang und ungefähr sechs Meter siebzehn breit. Die Glöcknerwohnung war ein einziger komfortabler Raum mit einer Kochnische und einem kleinen Bad von annähernd viereckiger Form: ungefähr sechs Meter acht auf annähernd sechs Meter siebzehn. Über eine Schreinerleiter gelangte man in das darüberliegende Stockwerk, in dem sich die Glocken befanden. Der Raum war sehr spärlich eingerichtet.

Crétin Guillaume und Molinet Jean saßen jeder an einem Ende des Raums. Sie glichen sich wie zwei monozygote Wassertropfen und waren jeder ein Schöner junger Mann. Das Verhör war wie ein Doppel beim Pingpong, wobei die beiden Mannschaften in sich antagonistisch waren: Molinet Jean und Arapède auf der einen Seite des Netzes, Blognard mit Crétin Guillaume auf der anderen.

Als die beiden Inspektoren hereinkamen, saßen die beiden Glöckner gerade vor ihrem Fernseher, wo sie sich ein Interview mit den Dew-Pon Dew-Val ansahen: Tom Butler verriet als Antwort auf eine Frage der Journalistin, daß der sagenhafte Erfolg ihrer Gruppe in Poldevien auf die Tatsache zurückzuführen sei, daß seine, Tom Butlers, Großmutter Poldevin war. »Sie war eine heilige Frau«, sagte er noch und schüttelte dabei seinen hübschen Kopf.

Notizen des Verhörs
(Auszüge aus Arapèdes Heft)

Geburtsort: Mons (Athys- für Molinet Jean, -en-Baroeul für Crétin Guillaume).
Nationalität: Burgonden (Paß dementsprechend ausgestellt; scheint echt zu sein).
Geburt: am selben Tag.
Blognard: Sie sind Zwillinge?
Arapède: Sie sind Zwillinge?
Molinet Jean und Crétin Guillaume (gemeinsam): Ja.
Blognard: Sie haben aber nicht denselben Namen.
Molinet Jean: Nein, auch nicht denselben Vater.
Crétin Guillaume: Auch nicht dieselbe Mutter.
Arapède: Und trotzdem sind Sie Zwillinge?
Molinet Jean: Ja.
Crétin Guillaume: Ja.
Blognard: Wie erklären Sie diese Tatsache?
Molinet Jean und Crétin Guillaume (gemeinsam): Wir erklären sie nicht, das ist eines der Geheimnisse der Existenz.
Arapède (zu Crétin Guillaume): 3 + 7
Antwort: 4
Arapède (zum selben): 7 + 3
Antwort: 1
Arapède (zu Molinet Jean): 9 + 14
Antwort: 5
Arapède (zum selben): 14 + 9
Antwort: 5
Arapède (zu beiden): 18 + 19
Beide: 1

Arapède (zu beiden): 19 + 18
Antwort: 10

Blognard (zu beiden): Können Sie uns die dreiunddreißig Mitternachtsschläge spielen, so wie Sie sie in der Nacht vom Freitag auf Samstag gespielt haben?
Zusammen: c d e f g a a c g d f e e a f c d g g e d a c f f g c e a d d f a

»Kannten Sie das Opfer?«

»Oh, er war ein guter Junge, immer gutgelaunt, immer ein Lecker, wenn er mit seinem Herrn die Orgel spielen kann.«

Alibi:
Molinet Jean: in seinem Bett.
Crétin Guillaume: in seinem Bett.
Zeugen?
Molinet Jean: Crétin Guillaume.
Crétin Guillaume: Molinet Jean.

Siebzehntes Kapitel
Kleine böse Tiere in den Programmen

Als sie die Wendeltreppe hinuntergingen, sagte Blognard zu Arapède:

»Ist dir nichts Merkwürdiges aufgefallen?«

»Nein, was denn?«

»Ich habe keine Fledermäuse gesehen. Hast du Fledermäuse gesehen?«

»Nein, ich habe keine Fledermäuse gesehen.«

»Dabei gibt es in einem Glockenturm immer Fledermäuse. Vor allem in einem so schrecklichen Glockenturm wie diesem (schrecklich wegen der dreiunddreißig Mitternachtsschläge, die dem Mord an Balbastre vorausgegangen waren).«

Kurz danach sagte Blognard:

»Nun, was schließt du daraus?«

»Die sind so wenig Burgunder wie ich.«

»Und sie haben nicht nur in diesem Punkt gelogen.«

»Ja, mir ist aufgefallen, daß in ihrer Glockenmelodie kein einziges *h* vorkam. Und in Poldevien ist das *h* die Note der Wahrheit. Nun zählen sie aber auf poldevisch und nehmen auch ihre Rechenoperationen auf poldevisch vor. Daher glaube ich, daß sie Poldeven sind und daß sie lügen.«

»Das ist auch meine Ansicht«, sagte Blognard. »Aber was haben sie zu verbergen?«

Blognard begab sich anschließend zu Madame Eusèbe, wo wir Jim Wedderburn Joghurt kaufen sahen. Eusèbe lag mit einem Fernrohr im Bett (nein, nicht, was Sie gleich denken! Haben Sie bei Wimmerwahn und Saugeiler studiert, oder was?). Er war wegen Rheuma ans Bett gefesselt, und Madame Eusèbe hatte ihm einen Spiegel angebracht, damit er mit dem Fernrohr die Touristinnen auf der Straße vorbeigehen sehen konnte. Er war begeistert über die scheinbare Nähe der Formen, die er vor Augen hatte (übrigens beschloß er zu diesem Zeitpunkt, sein Bett nicht mehr zu verlassen). Madame Eusèbe fühlte sich nicht wohl in ihrer Haut. Sie erzählte, wie sie den Leichnam entdeckt hatte. Ihre gelbe Katze, dick und dumm, zog jetzt zwei Beine nach; sie hatte ihre Niederlage gegenüber Hotello nicht hinnehmen wollen, und Hotello hatte ihr eine neue Abreibung verpassen müssen. Blognard stellte Madame Eusèbe keine einzige indiskrete Frage; er begnügte sich damit, eine lange, sehr lange Minute lang (dreiundsiebzig Sekunden ganz genau) stillzuschweigen und sie dabei zerstreut anzustarren. Am Ende konnte sie nicht mehr an sich halten:

»Alexander Wladimirowitsch war es nicht, Herr Oberinspektor, das schwöre ich Ihnen. Er war es nicht!«

»Aber wer hat denn gesagt, daß Alexander Wladimirowitsch es war, Madame?« sagte Blognard mit einer sehr sanften Stimme.

Sie wußte nichts, dessen war er ganz sicher, und er ließ sie stehen.

Der Augenblick war gekommen, sich ins Büro zu begeben, um den Computer zu befragen. Das Prinzip war einfach: Blognard würde den Computer nach der Liste aller Personen fragen, die in letzter oder früherer Zeit (aber man würde nicht bis zum Zweiten Weltkrieg zurückgehen) Zwischenfälle mit Hunden gehabt hatten; man bekäme so alle bekannten Hundequäler mit ihrer Methode, alle neueren und ungelösten Fälle von Angriffen auf Hunde oder Hundemorden ... Er glaubte zwar nicht wirklich, daß das umwerfende Ergebnisse bringen würde, aber man mußte es halt versuchen.

Bevor sie im Büro anlangten, kreuzten sie im Flur den poldevischen Inspektor She. Hol., der von der Toilette kam. Die Toiletten befanden sich zwischen Blognards

Büro und dem Raum mit dem Computer, den Blognard dank des auf seinem Schreibtisch stehenden Terminals abfragen konnte. Inspektor She. Hol. folgte ihnen ins Büro. Er trat ein und sagte:

»Mein Name ist Shorulikeszaky Hilumosedjydja. ....«

Es dauerte lange. Arapède übersetzte.

»Der Inspektor weist Sie darauf hin, daß die Toiletten Ihres Quai des En-La-Matière nicht von makelloser Sauberkeit sind. In meinem Land achtet man sehr auf die Sauberkeit der Toiletten. Es gibt ein Sprichwort in meinem Land, das sagt: ›Die Sauberkeit der Toiletten ist ein Schritt auf dem Wege zur Heiligkeit.‹ Ich habe meinem Sohn beigebracht, sich angesichts des Toilettenproblems korrekt zu verhalten. Er ist fünf Jahre alt, aber er vergißt nie, den Klodeckel mit Papier abzuwischen, nachdem er ihn benutzt hat. Die Menschen sind bei Ihnen wirklich egoistisch. Können sie denn nicht die Verantwortung für diese ›Dinge‹ übernehmen, die von ihnen selbst stammen? Warum denken sie nicht an die Person, die die schmutzigen Toiletten saubermacht? Nennt man das Kultur? Neulich stand ich vor der Toilette eines Kaufhauses Schlange, und ich habe von drinnen ein gewaltiges Papiergeraschel gehört. Und doch war die Person, die herauskam, eine junge und elegante Frau. Bei uns zu Hause weiß mein Sohn, der sechs Jahre alt ist, daß man kein Geräusch machen darf, wenn man seine Notdurft verrichtet, und daß man sachte die Wasserspülung bedient.«

Blognard antwortete nicht auf diese Rede, sondern begab sich zu seinem Computerterminal. Er antwortete auf die Frage des Inspektors, daß er einige Hinweise zu erhalten hoffte, wenn er die Liste der Hundequäler durchsehe. Und der Inspektor begann mit diesen Worten:

»Ich sehe und ich fühle mich geehrt, daß ich einer Demonstration der wissenschaftlichen Methoden des großen Blognard, unseres Vorbilds, beiwohne. Es gibt nichts, was mit der wissenschaftlichen Methode vergleichbar wäre. Vor gar nicht langer Zeit hat mein Sohn, der sechs Jahre alt ist, zu mir gesagt: ›Papa, gestern habe ich in der Badewanne einen Furz gelassen. Zuerst habe ich die Luftblasen gespürt, die an die Wasseroberfläche stiegen. Aber dann habe ich die Luftblasen in einer Waschschüssel aufgefangen und habe daran gerochen. Nun, und es stank ganz genau so.‹ Ich glaube, daß mein Sohn einmal ein großer Wissenschaftler wird, meinen Sie nicht auch?«

Inspektor Blognard gab keine Antwort, sondern setzte sich vor den Bildschirm seines Terminals und ließ das gewünschte Suchprogramm für die Liste anlaufen. Man hörte ein Rauschen und Schnauben, und dann

erschienen auf dem Bildschirm folgende Worte:

Pachelbel: *Hexacordum Apollinis,* Aria Sebaldina,

und im selben Augenblick kam aus der Tiefe des Computers der tiefe ernste Klang einer Orgelmusik.

Der poldevische Inspektor, Inspektor Blognard und Inspektor Arapède stehen stumm, starr vor Erstaunen, wie drei Salzsäulen.

Warten wir nicht lange, bis sie sich wieder gefangen haben, sondern machen wir einen jähen Sprung, und kehren wir ins Viertel von Sainte-Gudule zurück. In dem Augenblick, in dem Blognard Madame Eusèbe verließ, um sich in sein Büro zu begeben, schritt der alte Sinouls durch die Tür des »Hôtel des Ambassadeurs de Poldévie«, in dem sich die Räume des Zentrums für Vergleichende Patanalyse befanden, das seinen Computer beherbergte. Er kam zum Arbeiten hierher. Er hatte annähernd achtundvierzig Stunden gebraucht, um diese geringe Entfernung zurückzulegen, da er den Entschluß zur Arbeit bereits nach seiner Beeranalyse-Sitzung mit Hortense im 13. Kapitel gefaßt hatte. Er hatte nämlich einen kleinen Trost gebraucht, um sich von Balbastres Tod zu erholen. Er war in die »Gudule-Bar« gegangen. Madame Yvonne hatte ihm ein Bier spendiert; Monsieur Yvonne, Arsène, war aus seinem Keller heraufgekommen und hatte ihm ein finnisches Bier offeriert, das er gerade bekommen hatte; er hatte sich revanchiert; dabei kamen eine Menge Biere heraus, und er ging nach Hause, um zu meditieren. Am nächsten Tag konnte keine Rede davon sein, ins Büro zu gehen, es war Sonntag, und außerdem kam eine Flut von Beileidsbezeigungen, und die Familie war wieder zurück.

Genau unter den Räumen des Zentrums für Vergleichende Patanalyse befand sich eine Kaffeerösterei, und das Aroma der verschiedenen Arabicas und Columbias befeuchtete gründlich die Atmosphäre. Der alte Sinouls fand das stimulierend. Er schaltete den Computer ein: Auf dem Bildschirm erschien ein sanfter bernsteinfarbener Lichtschein, elegant, beruhigend, schmucklos und verführerisch zugleich. Nachdem er sein »Menü« abgerufen und eine Weile damit zugebracht hatte, mit den verschiedenen Tieren der Menagerie, die ihm für die Textverarbeitung zur Verfügung stand, einige Zeichen in die Bildschirmecke zu jagen (es gab ein hüpfendes Känguruh, einen Waschbären zum Putzen und Reinemachen, eine Katze für die Einfügungen, eine Giraffe, um in die Ecken zu gehen usw.), als Lockerungsübung gewissermaßen, ging er zu den ernsthaften Dingen über.

Er mußte das Programmstück ausprobieren, das er am Freitag, vor dem Drama, geschrieben hatte. Er entkleidete es aus seinen verschiedenen Hüllen, betrachtete es und runzelte die Stirn: er erinnerte sich nicht, worum es ging. Es gab zwar einen Titel, aber der sagte ihm überhaupt nichts. Außerdem stimmte da ganz offenkundig etwas im Programm nicht; etwas fehlte; eine kleine Funktion, ja, irgendwo hatte er eine kleine Funktion auf ein Stück Papier geschrieben. Er zog die Schublade auf, und sein Herz preßte sich zusammen. Alle diese Papierfetzen mit kleinen Funktionen, wie sollte er da die richtige finden? »Dieses verdammte Gedächtnis«, dachte er, »ich muß unbedingt aufhören zu saufen.«

Schließlich war alles bereit. Sinouls setzte sich vor den Bildschirm, dessen schönes Bernsteinlicht ihn immer mit Freude erfüllte. Er hatte die Farbe und das notwendige Material für seinen Bildschirm während einer Reise nach London entdeckt, wohin ihn Madame Sinouls mitgeschleppt hatte, die die neue Anordnung der Turners in der Clore Gallery sehen wollte. Zum Glück gab es die Pubs! In einer Vitrine des Victoria and Albert Museums hatte er das Bernsteinstück gesehen. Sogleich hatte er verlangt, daß der Bildschirm seines Computers so beschaffen sein sollte, daß er genau seine Textur, seinen Glanz, seine Helligkeit, seinen Zauber nachahmte. Das hatte das Zentrum für Vergleichende Patanalyse ein kleines Vermögen gekostet. In den elektronischen Tiefen gab es einige kullernde Geräusche, dann ein triumphales Bip, und das »Vieh«, wie der alte Sinouls liebevoll sagte, sprach:

»Ich bin bereit.«

Sinouls schob eine Diskette hinein und wartete. Auf dem Bildschirm erschien eine Namensliste, mit einigen Zeilen Kommentar. Verblüfft ging Sinouls näher heran, um besser zu sehen, und las folgendes:

Orsells Philibert, Philosoph.
Art des Vorgehens, sich an die Hunde heranzumachen: setzt sich in eine Grünanlage und fängt an, vor einem Hund, den er sich als Opfer ausgesucht hat, Auszüge aus seinen letzten Werken zu lesen. Wenn das arme Tier es nicht mehr aushält und Anstalten macht zu beißen, klagt er gegen den Hundebesitzer und verlangt, daß der Hund getötet wird.

Niedergeschmettert und ungläubig setzte Sinouls seinen Drucker in Gang, der gleich darauf die Liste aller Hundequäler der Stadt ausspuckte, und zwar genau die, die Blognard nicht bekommen hatte, der statt dessen das Recht auf Orgelmusik gehabt hatte. Wir verstehen, daß der Verbrecher die beiden Disketten vertauscht hatte, um die Ermittlungen des Inspektors zu verzögern. Aber Sinouls verstand überhaupt nicht, was da vorging.

Zuerst dachte er, es handle sich um einen Anschlag der »Beugs«, jener kleinen Tiere, die in den Programmen, der Software, den Disketten und den Stromkreisen wohnen und deren Hauptbeschäftigung darin besteht, sie möglichst nachhaltig zu stören, durcheinanderzubringen, aufzufressen und zu beschädigen. Es gehört zu ihrem Artenehrgeiz, in den Computern der großen Weltmächte eine ausreichend große Unordnung hervorzurufen, um irrtümlich einen Krieg auszulösen, der sie von den Menschen befreit und ihnen erlaubt, über den Erdball zu herrschen, ohne ihre Macht teilen zu müssen.

Wieder ein Beug, dachte Sinouls zunächst. Aber gleich darauf brach ihm der kalte Schweiß aus. Er hatte sich gerade daran erinnert, daß es in seiner neuen Sprache, einer geheimen und neuen Erfindung von Professor Girardzoi, dem SUMASSMA (»Sprache, um mit allen Sprachen Schluß zu machen«) *gar nicht möglich war,* daß sich ein Fehler einschlich; *das Programm prüfte sich selber* und würde automatisch alle Beugs abknallen.

Was war geschehen?

Er stürzte sich auf sein SUMASSMA-Handbuch.

Das Handbuch war verschwunden!

Achtzehntes Kapitel
Ein Geheimnis des Autors

Einer Vorladung von Inspektor Blognard Folge leistend, kam ich zwar gerade recht, um Zeuge der Verblüffung dieser drei ehrbaren Detektive zu werden, aber nicht früh genug, um deren Grund zu verstehen. Aus Blognards Computerterminal ertönte eine Orgelmusik, und die Reglosigkeit der drei konnte als eine der göttlichen Überzeugungskraft des *Hexacordum Apollinis* entgegengebrachte Huldigung angesehen werden.

Blognard ließ die erste Variation zu Ende gehen und schaltete dann ab. Es herrschte Schweigen. Niemand gab einen Kommentar ab. Man versuchte nicht, das, was ich gerade gehörte hatte, zu erklären. In stillschweigender Übereinstimmung vertagten sie ihre Überraschung auf später. Nur weil ich, als Autor, notwendigerweise *wußte*, daß etwas Anormales geschehen war, konnte ich gewahr werden, wie kaltblütig sie reagierten, als etwas Anormales geschah. Blognard tat so, als sei bei der ordnungsgemäßesten und routiniertesten aller Ermittlungen alles »planmäßig« verlaufen. Ich leistete der Vorladung des Inspektors gern Folge, weil ich mir Blognards neues Spielzeug, sein mit einem Bildschirm ausgestattetes Computerterminal mitsamt seiner Textverarbeitungsmaschine Mac Alpine, letztes Modell, und der Software Detektiv, die ihm gerade zur Verfügung gestellt worden war, aus nächster Nähe und in Aktion ansehen wollte. Aber trotz allem fragte ich mich, was er wohl von mir wollte.

Er sagte mir, daß er in diesem wichtigen Augenblick der Ermittlungen und vor allem in diesem wichtigen Augenblick meines Romans, der die Ereignisse beschrieb, die seine Ermittlungen erforderlich gemacht hatten, meine Meinung zu erfahren wünsche, da er die Hälfte der Strecke zurückgelegt habe.

Ich begriff sofort, daß er mich verdächtigte. Ich übertreibe vielleicht ein wenig. Er verdächtigte mich nicht wirklich, doch er schloß die Hypothese nicht völlig aus, daß ich möglicherweise auf direktere, intimere Weise in den Fall verwickelt sein könnte, als wenn ich nur der Schreiber, der Erzähler wäre.

Blognards Beziehungen zur Literatur waren nicht sehr groß. Er hatte kaum Zeit zum Lesen und las vor allem die Bücher, Klassiker, die seine Frau, Madame Blognard, ihm empfahl. Daher empfand er ein großes Mißtrauen gegenüber der modernen Literatur. Und er merkte gar nicht, daß nicht die geringste Aussicht bestand, mein Buch könnte jene anstößige und avantgardistische Variante des Kriminalromans sein: die, bei der der *Autor* der Täter ist. Es hat den Detektiv als Verbrecher, als Opfer, den Erzähler als Täter gegeben, man hat alle Kombinationen ausprobiert, aber der Roman, in dem der Leser der Schuldige ist, der, in dem er das Opfer ist, der ist noch nicht geschrieben worden; und es ist auch noch nicht versucht worden, den Autor in diese perversen Phantasien hineinzuziehen. Auf jeden Fall werde ich nicht damit anfangen. Selbst wenn ich, aus Gründen des theoretischen Experiments, die, das möchte ich noch einmal betonen, nicht das geringste mit der hohen Meinung zu tun haben, die ich von den Pflichten des Romanciers habe, eine Sekunde lang hätte in Betracht ziehen können, der Mörder Balbastres zu sein, hätte ich dem mit Sicherheit nicht stattgegeben. Da ich im Körper der andern noch größere Schmerzen erleide als in meinem eigenen, hätte ich schnell aufgegeben.

Blognards Fragen bestätigten mich in meiner Hypothese. Er fragte mich, wobei er sich geschickt und heuchlerisch nach meinen Arbeitsgewohnheiten erkundigte, was ich am Abend des Verbrechens getan habe, und ich begriff, daß er nachprüfen wollte, ob ich ein *Alibi* habe.

Ich hatte eins.

Ich war zu meinem wöchentlichen Fernsehabend zu

Laurie und Carlotta gegangen. Ich hatte nacheinander Super Jaimie geschaut, Mister Spock, meinen Lieblingshelden in ›Star-Trek‹, das Automobil Kit (eine Heldin, die von einer Männerstimme synchronisiert wird), dann Peter Falk in ›Columbo‹ (mein Lieblingsheld: Er hat genau den gleichen Regenmantel wie ich, und er stellt die Fragen genau so, wie ich sie den Verdächtigen gern stellen würde, wenn ich Detektiv und nicht ein logisch denkender und emotionsloser Außerirdischer wäre. Der Kapitän fragt mich: »Das Kräftefeld der Gondwanier liegt vor uns. Wenn wir es gemäß dem Brewsterschen Einfallswinkel anfliegen, wie groß sind dann unsere Chancen, daß wir mit einer einfachen Brechung durchkommen?« Ich antworte, ohne zu zögern: »Genau eine Chance auf eine Million sechshundertvierundsiebzigtausendachtzehn.« Der Kapitän: »Ich gehe das Wagnis ein.« Unter solchen für das Schicksal der von den totalitären Gondwaniern bedrohten Menschheit entscheidenden Umständen ist die Columbo-Methode unbrauchbar. Aber ich hätte sie gern an einigen Personen der vorliegenden Geschichte beweisen wollen, wie etwa an dem Konditorgesellen von Madame Groichant, an Molinet Jean oder Tom Butler zum Beispiel. Das ist mir untersagt, ich kann nicht aus meiner Rolle heraus).

Ohne mich aufzuregen, antwortete ich auf Blognards Fragen. Die, die ich fürchtete, kam nicht. Als ich sagte, daß ich mir auch die Chansonsendung ›Die Neununddreißig Stufen‹ angesehen hätte, war sein Interesse schon erloschen. Er wußte, daß mein Alibi Bestand haben würde. Er fragte mich also nicht, warum ich, ein Romancier, mich für eine solche Musiksendung interessierte. Und ich legte überhaupt keinen Wert darauf, daß er mir diese Frage stellte. Denn das berührte mein *Projekt*.

Ieh werde es Ihnen im nächsten Kapitel verraten, dem ersten der zweiten Hälfte des Buches. Aber zuvor muß ich Ihnen, als unerläßlichen Back-ground zur Erhellung meiner Motive für dieses Projekt, die Fortsetzung der auszugsweisen Wiedergabe meiner Korrespondenz mit meinem Verleger zu lesen geben.

Fortsetzung der auszugsweisen Wiedergabe der (unveröffentlichten) Korrespondenz zwischen dem Autor und dem Verleger hinsichtlich des Romans mit dem Titel: ›Die schöne Hortense‹

Neunter Brief des Autors an den Verleger

Lieber Verleger,
im Hinblick auf das Erscheinen meines Buches in Ihrem Verlagshaus hatte ich mich auf alle regelmäßig erscheinenden französischen und ausländischen Zeitschriften abonniert, um nicht Gefahr zu laufen, die Kritiken zu versäumen, die unaufhörlich über mein Werk erscheinen würden, und um in der Lage zu sein, mit einem persönlichen, eingeschriebenen und gegen Empfangsbescheinigung auszuhändigenden Eilbrief innerhalb kürzester Frist zu antworten.

Sicherheitshalber hatte ich mich auch (sehr teuer) bei einer im Aufstöbern, Ausschneiden und Versenden von Kritiken und gewöhnlichen Anmerkungen spezialisierten Firma abonniert, um sicher sein zu können, am Ende über alle Anspielungen auf meinen Roman, seien sie auch noch so klein, zu verfügen.

Sechs Wochen sind vergangen. Die ersten neuseeländischen Zeitschriften beginnen bei mir einzutrudeln: Zwei der drei Räume meiner Wohnung an der Grünanlage Grands-Edredons sind bereits voll, und ich habe mich in den dritten flüchten müssen. Ich muß jeden Tag persönlich auf den Briefträger warten, da sich meine Hausmeisterin neuerdings weigert, mir die Post bis an die Tür zu bringen. Dabei gibt es in dem großen Heft, das ich speziell für die Kollationierung aller Presseausschnitte vorgesehen hatte – nach Ländern und Erscheinungsdatum geordnet und nach der Bedeutung des Publikationsorgans gewichtet mit Bedacht, einem nach den besten Spezialisten (gemäß der Rhythmustheorie von Pater Risolnus) kalkulierten Bedacht –, in diesem Heft gab es alles in allem nur *sechs* Items, jawohl, genau *sechs*. (Der liebste ist mir immer noch der schöne Artikel, der erste, aus dem ›Indépendant des Côtes Sud du Minervois Nord‹, dessen Inhalt ich Ihnen bereits mitgeteilt habe (wahrscheinlich aus Neid hat der ›Moniteur des Côtes Nord du Minervois Sud‹ das Erscheinen des Werkes nicht einmal gemeldet. So was Kleinkariertes.).) Ansonsten habe ich von der bereits erwähnten Spezialfirma eine Unmenge von Sendungen (alle mit Rechnung) erhalten, doch handelt es sich in Wahrheit um Hinweise auf ein in Monaco erschienenes Werk über die *Hortensien* (eine andorranische Übersetzung ist in Arbeit, und die Rechte sind bereits nach Liechtenstein und San Marino verkauft), ein Werk, dessen Autor ich nicht bin und über das ich mir ebensoviele Gedanken mache wie über die erste Korrektur meiner Druckfahnen. Ein rascher Überschlag zeigt mir, daß weniger als 0,00000001 Prozent des journalistischen Materials meinem Buch gewidmet ist. Ich bin niedergeschmettert.

Nachdem ich lange nachgedacht habe, bin ich zu folgender Schlußfolgerung gelangt: Man muß einen entscheidenden Schlag führen. Ich schlage Ihnen folgendes vor: Dank Ihrer Beziehungen zum Fernsehen organisieren Sie sehr schnell (der Sommer steht vor der Tür!) eine zwanzigeinhalbstündige Sendung, ein Podiumsgespräch, das über alle Fernsehsender läuft und folgender Frage gewidmet ist: Sind Hortenses Pobacken nach der in meinem Buch von Hortenses Liebhaber gegebenen Definition der Vollkommenheit vollkommen vollkommen oder nicht? Die Frage (und hier liegt die Pointe) würde weder unwissenden Literaturkritikern noch irgendwelchen hochnäsigen Spezialisten für Pobacken gestellt werden, sondern Persönlichkeiten von *Gewicht:* Raymond Barre,

François Mitterand, Ronald Reagan, Margaret Thatcher, Monsignore Fustiger und »last but not least« Frau Gorbatschowa.

Wenn Sie schnell und entschlossen in diesem Sinne handeln, ist der Sieg unser!

Mit freundlichen Grüßen

Der Autor.

Der Vollständigkeit halber füge ich auch die *einzige Antwort* meines Verlegers auf die siebenunddreißig Briefe hinzu, die ich ihm in diesen entscheidenden Monaten habe zugehen lassen, bevor ich angesichts der Gleichgültigkeit der Welt den Mut verlor.

Einziger Brief (folglich Nr. 1) des Verlegers an den Autor

Lieber Autor,
ich wundere mich nicht mehr über Ihre Verwunderung: Nach angestellten Nachforschungen muß ich feststellen, daß Sie recht haben: Es gibt wirklich noch andere Bücher in den Buchhandlungen als das Ihre! Nachdem ich selbst die sogenannte Monte-Carlo-Methode angewandt habe, mußte ich in der Tat feststellen, daß parasitäre Werke immer noch allen Platz in den Regalen einnehmen. Nachdem ich die »Nationale IG Verlag«, den »Literatenverein«, die »Werktätigen des Buches« und eine oulipistische Untergruppierung im Haus der Schriftsteller zusammengerufen habe, bin ich in der Lage, Ihnen eine *rationale* Erklärung für diesen entsetzlichen Schnitzer zu liefern: Die Bücher, die Sie in den Buchhandlungen sehen, sind FÄLSCHUNGEN! Ziemlich geschickte Imitationen, aber eben *Fälschungen.*

Ihr Werk ist leider in eine der gigantischsten Affären des Verlagswesens (seit der Aufstellung der gesammelten Werke von Rex Stout in einer Buchhandlung der Rue Charles V) verwickelt. Die ganze Zunft hat sich verschworen, um die Jury-Mitglieder der großen Literaturpreise endgültig zu verwirren: Es geht darum, *wissenschaftlich* zu beweisen, daß die Preise in diesem Jahr ein *falsches Werk* krönen werden. Der Mechanismus ist ganz einfach: Jeder druckt seine eigenen Bücher unter einem anderen Signet, und jeder druckt die Bücher der anderen unter seinem eigenen Signet! Einfach, nicht wahr? Schauen Sie sich die Werke genau an: Sie stammen von Le Seuil und tragen dennoch den Namen Gallimard. Sie sind aus dem Hause Grasset und erscheinen bei Albin. So haben einige unserer Kollegen unser Signet benutzt, um ihre Werke zu veröffentlichen, daher der entsetzliche Zweifel, der sich bei Ihnen einschleichen konnte: »Mein Verleger veröffentlicht andere Bücher als meines!«

Seien Sie versichert, Ihr Buch ist wirklich das einzig *wahre* Buch der augenblicklichen Produktion. (...)

(...) Halten Sie sich diese Gewißheit immer vor Augen: Alle Werke, die Sie sehen und die nicht das Ihre sind, sind TÄUSCHUNGEN (sehr oft steht nichts drin). Sollten aber irrtümlicherweise einige Buchhandlungen ›Die schöne Hortense‹ nicht vorrätig haben, wäre es ratsam, mich darauf hinzuweisen: sie sind nämlich in GEFAHR. Die Verschwörung würde womöglich durch ihre Schuld aufgedeckt werden, denn nur ›Die schöne Hortense‹ macht die augenblickliche Buchproduktion glaubwürdig.

Der Heuchler! *(Anmerkung des Autors)*

Vierter Teil

Die Flucht

Neunzehntes Kapitel
Die neununddreißig Stufen

Wie Sie sich wohl denken können, lieber Leser, hat mein erster Roman nicht den absolut eindeutigen Erfolg gehabt, mit dem ich rechnete. Und weit davon entfernt, mir enorme Summen einzubringen, ist er mich sogar ziemlich teuer zu stehen gekommen: Ich habe nicht nur meine Abonnements auf zahllose Zeitschriften und die (ungerechtfertigten) Rechnungen der mit dem Aufspüren von Erwähnungen meines Werkes beauftragten Firma bezahlen müssen, sondern habe darüber hinaus auch für alle Bücher aufkommen müssen, die im Verlaufe meiner lebhaften Auseinandersetzung mit gewissen Buchhandlungen beschädigt wurden.

Nach einer schweren Depression habe ich mich wieder mutig an die Arbeit gemacht. Ich habe, um mir eine zweite Chance zu geben, und weil ich auch nicht mehr anders kann, diesen zweiten Roman in Angriff genommen, den Sie jetzt lesen.

Aber gleichzeitig habe ich zu mir gesagt: »Jacques Roubaud, du darfst nicht alles auf eine Karte setzen.« Und mir ist eine Erleuchtung gekommen, die mich zu meinem Projekt geführt hat.

Als ich eines Tages meine Geometriestunde nahm und dabei gleichzeitig Radio hörte und mir mehrere Fernsehsendungen ansah, während Carlotta mit Hotellos Training fortfuhr (über das ich zu gegebener Zeit noch sprechen muß) und ihm durch praktische Vorführungen an den Hindernissen (Stühlen, Linealen und Sesseln) ein Beispiel gab, entdeckte ich zufällig die berühmte Musiksendung ›Die neununddreißig Stufen‹.

Ich erinnere kurz an das Prinzip: Die Chansons, die sich der Begehrlichkeit des Publikums stellen, treten in dieser Sendung, bei weitem der volkstümlichsten aller

Fernsehsendungen dieser Art, täglich miteinander in Wettstreit. Die Chansons werden nach der Reihenfolge ihrer Beliebtheit (ermittelt durch die ausgeklügeltsten Meinungsumfragen) geordnet. Die Sänger der verschiedenen Gruppen werden entsprechend ihrer Plazierung auf den neununddreißig Stufen einer riesigen Treppe aufgestellt, wo man sie in Ruhe betrachten, sie hören und ihre Videoclips sehen kann. Die bescheidensten stehen auf der ersten Stufe (es können durchaus Ex-Aeqous darunter sein), die Sieger des Tages auf der neununddreißigsten und letzten Stufe. Soweit also nichts wirklich Originelles im Vergleich zu den klassischen Arten der Präsentation. Auch die Plazierung vom Vortag kann täglich verändert werden. Aber, und darin liegt die große Originalität dieser Sendung, eine Gruppe, die zum Beispiel auf der vierzehnten Stufe steht und den Meinungsumfragen zufolge an die achtzehnte Stelle gesetzt werden müßte, um von der Gruppe abgelöst zu werden, die zuvor an dreiundzwanzigster Stelle stand, kann sich sehr wohl *weigern, ihren Platz zu räumen*, und ihn mit Schnabel- und Krallenhieben (eine gewisse Anzahl von Waffen sind verboten) gegen diejenigen verteidigen, die sie als Eindringlinge ansieht. Es ergeben sich daraus herrliche Schlachten, die wie alles übrige vom Fernsehen übertragen werden und den Vorteil haben, die athletischen Fähigkeiten der Sänger zu verstärken, die das sehr nötig haben.

Mein Projekt läßt sich in einem Satz zusammenfassen: Ich will *zu den ›Neununddreißig Stufen‹ gelangen.* Dies war das strahlende Bild, das mir an diesem Tag vorschwebte. Ich sah mich schon langsam von Stufe zu Stufe emporschreiten, dank immer schönerer und vom Publikum mit immer größerer Mehrheit gewählter Chansons, und durch Erfolg und Training zu einer mustergültigen Form auflaufen, die es mir erlaubte, allen Stürmen zu widerstehen und unaufhaltsam dem Gipfel zuzustreben.

Ich mußte:

– Chansons komponieren,

– sie von einem Experten testen lassen,
– turnen und Diät halten.

Dies war die erste Phase meines Projekts.

Ich machte mich sogleich an die Arbeit. Mein erstes Chanson war das, welches ich dem Konditorgesellen von Madame Groichant, Stéphane, in den Mund gelegt habe: ›Die Linzer Torte‹. Ich habe Ihnen bereits sechs Strophen vorgestellt (es gibt insgesamt dreiundsiebzig). Hier nun drei andere, wie ich sie Carlotta, meiner Expertin, vorsang.

Die Strophen 7, 8 und 9 von des Autors Chanson mit dem Titel *›Die Linzer Torte‹*

Die Madeleine
Hat an der Seine
Eine Farb' wie Mineral
Doch in Irland
Gibt der ganze Schmand
Ihr die Farbe klerikal

Das Sandgebäck
Hat in Itterbeck
Eine Farbe wie die Majonäse
Doch in New York
Gibt ihm der Kork
Eine Farbe wie dem Käse

Die Plunderschlingen
Haben in Ingelfingen
Eine Farbe, wie's der Zufall will
Doch in Harlem
Gibt ihnen die Schoko-Krem
Eine Farb' wie im April.

Ich sang es voller Überzeugung nach einer Melodie von Mozart, die ich wegen ihres mitreißenden Charakters ausgewählt hatte. Ich schwieg und wartete auf das Urteil.

Während Carlotta mir zuhörte, sah sie sich im Fernsehen gleichzeitig den Werbespot des jungen Mannes mit den Jeans an (diese Bilder bleiben in mein Gedächtnis eingegraben), aber sie hörte mir bis zum Schluß aufmerksam zu.

Ihr Urteil war eindeutig. Ohne daß sie versuchte, die Wahrheit zu verheimlichen, sagte sie schlicht zu mir: »Es ist zu mittelalterlich.«

Mein Herz rutschte eine Stufe tiefer in meiner Brust. Ich begriff, daß der Weg lang sein würde.

Ich lasse in meinem Bemühen nicht nach.

Ich bin es der Wahrheit, meinem einzigen Führer, schuldig, zu sagen, daß der Weg zu den ›Neununddreißig Stufen‹ nur ein Teil meines Projekts war. Es gab noch einen anderen, einen höheren und umfassenderen Teil, und ich bin gezwungen, ihn preiszugeben, denn er ist der Grund für meine Beziehungen zu Jim Wedderburn, den ich sonst nur indirekt kennen könnte, was ich nicht mag. Ich habe gern direkte *menschliche* Beziehungen zu meinen Romanfiguren. Wir sind nicht nur Papierwesen, zum Teufel.

Im zweiten Teil meines Projekts würde ich, da ich dank meines Erfolgs bei den ›Neununddreißig Stufen‹ (unter Carlottas Betreuung, die ja bereits Hotello trainierte, war mir der Erfolg früher oder später sicher) mit meinen Liedern enorme Summen verdient hätte, in der Lage sein,

INS KINO

Geld zu investieren.

Ich würde einen Film finanzieren mit dem Titel:

›Das Leben des Jacques Roubaud‹

Ich wäre zwar der Produzent des Films, aber ich würde nicht selber mitspielen, und ich wäre auch nicht der Regisseur. Für die Rolle des Jacques Roubaud sah ich nur eine einzige Möglichkeit:

mit ROBERT MITCHUM in der Rolle von *Jacques Roubaud*

Blieb nur noch, einen Regisseur dafür zu interessieren. Laurie stellte mich ihrem Teilhaber, Jim Wedderburn, vor, einem Schönen jungen Mann.

Jim Wedderburn hatte eine gewisse Erfahrung mit dem Kino. Er war Schauspieler gewesen: Ein amerikanischer Regisseur, beeindruckt von seiner frappierenden Ähnlichkeit mit dem jungen Shakespeare, hatte ihn nach Hollywood engagiert, um in den Western alle Shakespeare-Rollen zu spielen (es sind zwar kleine Rollen, aber sehr zahlreich). Die Situation ist fast immer die gleiche. Shakespeare, verzagt in seiner Liebe zur Heldin, die Gary Cooper, Kirk Douglas oder Burt Lancaster ihm vorzieht, springt auf sein Pferd und kommt am Rande des Canyons an. Dort kleidet er sich aus (bis auf seinen Renaissance-Badeanzug), sagt: *»To be or not to be«* und stürzt sich in den reißenden Strom. Bis zu genau diesem Augenblick klappte alles ausgezeichnet, wie mir Jim Wedderburn auf der Kopie zeigte, die er von den »Rushes« seines ersten und einzigen Western aufgehoben hatte: Der Kamera gelang es nicht, während er sich in den reißenden Fluten des Creek abzappelte, sein Markenzeichen in Form einer Schnecke, das er seit seiner Geburt auf der linken Pobakke trug, zu filmen. Das war das Ende seiner Karriere als Shakespeare-Schauspieler. Er wurde daher als Regisseur engagiert und inszenierte innerhalb eines Jahres zwei oder drei Western, bevor er in sein »Mews« zurückkehrte, um seine Romane zu schreiben. Mein Projekt gefiel ihm, und er begann über das Drehbuch nachzudenken.

Nach seiner Vorstellung sollte es kein banaler biographischer Film werden: mal dies, mal das; Mitchum (in der Rolle von Jacques Roubaud) als Kind, im Schulhof ... Nein. Er zog kurze Sequenzen in Betracht, von jeweils etwas mehr als einer Minute, sehr streng, von denen jede ein mögliches (oder unmögliches, je nachdem) Leben Jacques Roubauds zeigte. Und um die Autonomie dieser Sequenzen zu zeigen, sollte jede *wie ein selbständiger Film* gefilmt werden, mit Vorspann, Abspann und allem. Jeder dieser Filme, erklärte mir Jim Wedderburn, müsse die Intensität der besten Werbespots (die noch kürzer sind) besitzen, wie Orangina, Stuyvesant Travel oder Der Hase Bruchkorn.

In einem meiner Leben wäre ich zum Beispiel Universitätsprofessor. Die Kamera würde die strenge Fassade einer höheren Bildungsanstalt zeigen. Jacques Roubaud, das heißt auf der Leinwand Robert Mitchum, käme herein. Mit seinem unnachahmlichen Gang würde Mitchum durch einen langen Flur gehen. Von ziemlich weit würde man eine sanfte Stimme hören, wie eine Ansagerin auf einem Flughafen, die sagen würde: »Die Studenten für die Vorlesung von Monsieur Roubaud werden in Saal 317 erwartet.« Mitchum (Roubaud) würde immer weitergehen. Die Stimme würde noch einmal sagen: »Letzte Aufforderung für die Vorlesung von Monsieur Roubaud.« Das wäre alles. Großartig.

In einer anderen, dramatischen Sequenz würde Jacques Roubaud von einer Depression heimgesucht. Man sähe Mitchum in einem düsteren Hotelzimmer in Manhattan unrasiert und mit melancholischem Kinngrübchen auf einem Bett liegen, umgeben von halbleeren Bourbonflaschen. Er würde den Hörer abnehmen. Am andern Ende der Leitung, auf der anderen Seite des Ozeans (die Kamera würde dem Weg der Wellen in einem beängstigenden Schwenk folgen) würde der alte Sinouls, ein Bier in der

Hand, den Hörer abnehmen. Er würde sagen: »Hallo.« Man würde Mitchums Stimme in einem mitchumischen Französisch hören: »Hallo, Doktor Sinouls. Hier ist Jacques Roubaud. Ich hätte gern das Resultat meiner Analyse.«

Zwanzigstes Kapitel
Balbastres Begräbnis

Der alte Sinouls knipst seinen Bildschirm aus, zieht den Stecker seines Terminals heraus. Er begreift nichts, aber wirklich überhaupt nichts. Er geht nachdenklich durch die Rue Vieille-des-Archives und macht sich auf den Weg nach Haus.

Inspektor Blognard beendet mein Verhör. Er stellt noch ein paar Fragen, aber er ist schon nicht mehr bei der Sache. Er schaut auf die Uhr. Es ist Zeit. Wir brechen auf in Richtung Rue des Milleguiettes.

Madame Yvonne und ihr Mann, Arsène, begleitet von dem neuen Kellner der »Gudule-Bar«, treten auf die Straße. Die »Gudule-Bar« ist für eine Stunde geschlossen.

Laurie und Carlotta gehen die Treppe im Treppenaufgang D der Rue des Citoyens Nr. 53 hinunter. Carlotta ist in Anbetracht der Umstände vom Geschichtsunterricht befreit: Sie sollte eine Rede von Charles de Gaulle kommentieren. Sie ist ein wenig ratlos, sie dachte, Charles de Gaulle sei ein Flughafen. Sie hatte gerade eine ausgezeichnete Note für die Zusammenfassung eines Theaterstücks bekommen, das man ihr zu lesen gegeben hatte:

»Er ist ein Macker. Er glaubt nicht an Gott. Darauf poliert ihm eine Statue die Fresse.«

Das ganze Viertel begibt sich zur Rue des Milleguiettes.

Ausgenommen Madame Eusèbe, wegen Alexander Wladimirowitsch. Ihre Haltung wird scharf verurteilt.

Tatsächlich wird Balbastre an diesem Morgen im Familiengarten der Sinouls' beerdigt.

Nach der Autopsie wieder zugenäht, das Gesicht vom Beerdigungsinstitut zurechtgemacht, sieht er heiter, fast fröhlich aus in seinem gläsernen Sarg.

Hortense ist da. Sie denkt an Morgan, ihren Liebhaber.

Sie betrachtet den Kellner der »Gudule-Bar«, der sie an Morgan, ihren Liebhaber erinnert. Sie denkt: »Ich liebe ihn.« Sie denkt auch: »Was werde ich jetzt machen?«

Die ganze Familie Sinouls steht um das Grab herum. Madame Sinouls, die Töchter Sinouls mit ihren Freunden. Marc Sinouls ist aus Poldevien zurückgekehrt, wo er mit seiner Freundin Kayujrmdza auf Tournee war; sie spielten die ›Concerti für zwei gleiche Bratschen‹ von Monsieur de Sainte-Colombe vor einem begeisterten Publikum. Marc Sinouls hat ein ›Grabmal Balbastres‹ für zwei Bratschen komponiert. Sie werden es an diesem Morgen nach der Leichenrede, die der Autor halten wird, spielen. Sie üben fleißig im Musiksalon des Hauses Sinouls. Marc gähnt, es ist sehr früh für ihn (ebenso wie für Laurie), aber Kayujrmdza läßt nicht zu, daß er wieder einschläft. Sie hat ihren Säbel umgeschnallt und achtet auf die Harmonie des Vortrags.

Zwei Totengräber kommen herein. Sie nehmen an beiden Seiten des Sarges Aufstellung.

Erster Totengräber: »Wer baut die haltbarsten Häuser?«

Zweiter Totengräber: »Ich weiß es nicht, und es ist mir egal.«

Erster Totengräber: »Wir, du Idiot, die Totengräber; die Gräber, die wir graben, werden bis zum Jüngsten Gericht dauern.«

Sie spucken in die Hände, packen den Sarg und lassen ihn ins Grab hinab.

Der alte Sinouls (er betrachtet Balbastre): »Ach, du armer Kerl. Adieu, Säuferhund!«

Der Autor tritt ans Grab. Er hält die Blätter in der Hand, auf die er seine Rede geschrieben hat.

»Meine Damen, meine Fräuleins, meine Hunde, meine Katzen, meine Herren, in seinem großen Werk:

›Die Gymnopoden oder von der Nacktheit der Füße‹. Beide Seiten erörtert von Maître S. R. de Melun, Parlamentsanwalt, Paris, »A l'Olivier«, 1624. In-4, IIf, 326 (in Wirklichkeit 366) S., Signatur Arsenal 4° BL 4526

stellt Sebastien Roulliard einige Überlegungen an über die Frage, warum wir eigentlich beschuht und nicht barfuß herumlaufen. Und er kommt zu dem Schluß, daß wir deshalb beschuht herumlaufen, weil wir als Geschöpfe der Sünde, da die Nacktheit nur der Unschuld geziemt, die Nacktheit unserer Seelen und aus dem gleichen Grund auch die unserer Füße weder zeigen können noch zeigen wollen. Und doch ging unser Bruder, unser Freund Balbastre, barfuß. Und wie sehr, o wie sehr zeigt dies die besonders leuchtende Unschuld seiner Seele, zumal er ja vier Füße hatte.«

Dies war die Einleitung meiner Rede, die ich hier nicht vollständig wiedergeben will: Sie können sie an der Wand von Sinouls' Eßzimmer nachlesen, wo sie zwischen Guyomards Gemälde ›Balbastre auf dem Fahrrad‹ und dem Gemälde von Getzler hängt, auf dem sechs Balbastres als Rugbymen den gallischen Stürmern gegenüberstehen.

Die eigentliche Rede enthält sechs Perioden:

In der ersten beschreibe ich die physischen Schönheiten Balbastres.

In der zweiten seine moralischen Schönheiten.

In der dritten die Einheit von physischen und moralischen Schönheiten, die der Begriff des Hundetums erhellt. Ich berichte in diesem Zusammenhang, wie Balbastre an manchen Sonntagen, wenn ich bei den Sinouls zum Tee mit Kuchen geladen war, sich, während wir sprachen, zu meiner Linken niederlegte und ich ihm lange Kopf und Brust tätschelte und ihn dazu kräftig mit der flachen Hand klopfte, während er unbeweglich liegenblieb, das genaue Bild des Hundetums.

In der vierten Periode schilderte ich den Schmerz seiner Familie.

In der fünften den besonderen Schmerz seines Herrn, des alten Sinouls. Wie sie gemeinsam hinuntergingen, der alte Sinouls, um die ›Zeitung‹ und Bier zu kaufen, Balbastre, um an die Laternen, die Beine der Autos und die Sträucher zu pinkeln, wobei er von seiner großen verlorenen Liebe, der kleinen Hündin Voltige, träumte.

In der letzten Periode rief ich die schwarze und böse Seele des Verbrechers an, und ich spürte, wie sie, von Gewissensbissen gequält, um uns herumstrich.

Ich verlangte nicht nach Rache, sondern nach Gerechtigkeit.

So schwadronierte ich.

Darauf erklang die elegische und vornehme, zarte und suggestive, mit Gebellmetaphern geschmückte Musik des ›Grabmals Balbastres‹ von Marc Sinouls, gespielt von den beiden Bratschisten, die am Kopfende des Toten vor dem Grab saßen. Er sah so lebendig aus, so ruhig, daß man jeden Augenblick darauf gefaßt war, er würde aufstehen, sich schütteln und die Instrumentalmusik mit einem langen Gebell im Terzabstand begleiten.

Während ich nun so vor den aufgewühlten und manchmal schluchzenden Anwesenden die Leichenrede für Balbastre hielt, kam, unsichtbar für alle, ausgenommen drei Personen, sein Gespenst vorbei. Es trat in den Garten, lief zwischen den Anwesenden umher und setzte sich schließlich auf die andere Seite des Grabes, den Musikern gegenüber.

Wer hat es gesehen? Ich, Sie (aber es handelt sich um das Ich und das Sie, die unsichtbar die Szene betrachten, nicht um das Ich, das die Rede hält) und ein anderer. Sie können sich wohl denken, daß es sich um den Mörder handelt!

Und Balbastres Gespenst sprach:

Das Gespenst Balbastres: »Es ist etwas faul im Viertel von Sainte-Gudule.«

Als der Mörder, mag er ein noch so schlimmer Mörder mit stählernen Nerven gewesen sein, diese schicksalhaften Worte hörte, beschloß er zu verschwinden. Was er auch tat. Seine Abwesenheit, deren Zeugen wir nicht aus eigener Anschauung sind, nehmen wir das bitte zur Kenntnis, blieb von allen außer von Carlotta unbemerkt.

Es war nicht die Angst, die ihn die Flucht ergreifen ließ. Er war furchtlos. Es waren nicht die Gewissensbisse. Was also war es?

Wenn es wahr ist, wie Spinoza behauptet, daß der Begriff Hund nicht beißt, so hat das Gespenst Hund sicherlich nicht die Geduld des Begriffs Hund. Und der Mörder wollte nicht auf eigene Kosten die Entdeckung machen, daß das Gespenst Balbastres sich nicht nur an seine Ohren, sondern auch an seine Waden richten konnte.

Nach den Beileidsbezeigungen blieben die engsten Freunde und begaben sich zu Tisch.

Einundzwanzigstes Kapitel
Ein Dokumentarkapitel

Dieses Kapitel ist ein Kapitel der Ruhe und der Sammlung. Man soll:

– Sich zum Gedenken an Balbastre sammeln.
– Die *nun folgenden Dokumente* zu Rate ziehen.

1. Der Plan der Örtlichkeiten (siehe nächste Seite).

2. Die Fabrikzeichen (siehe übernächste Seite).

Es handelt sich um die Markenzeichen der Poldevischen Prinzen, die man auf den linken Pobacken der Prinzen sehen kann. Es sind symbolische Schnecken.

– Die Lösung suchen, wie Inspektor Blognard.

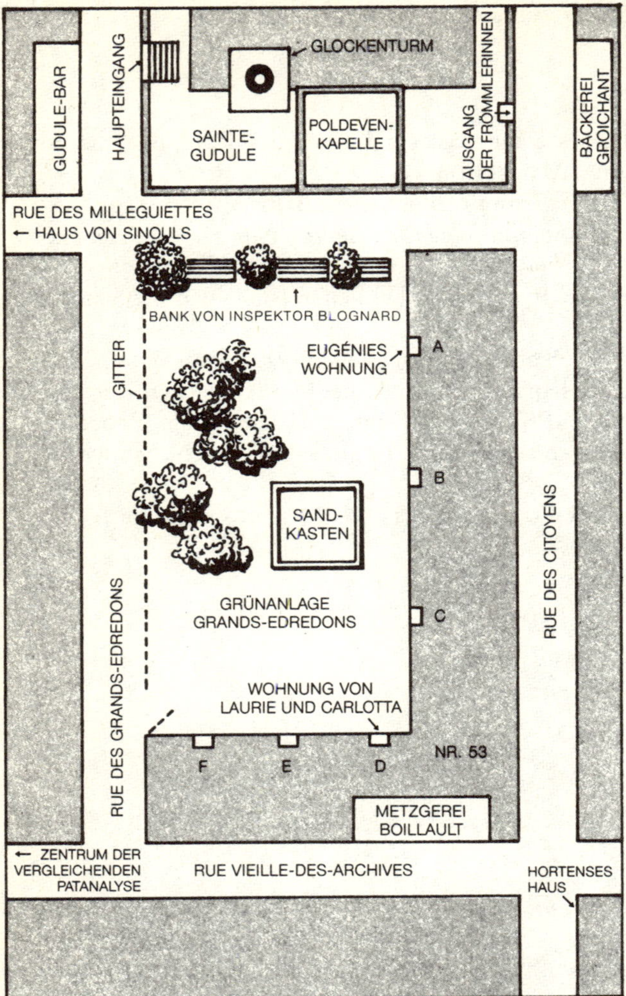

PLAN DER ÖRTLICHKEITEN

Markenzeichen

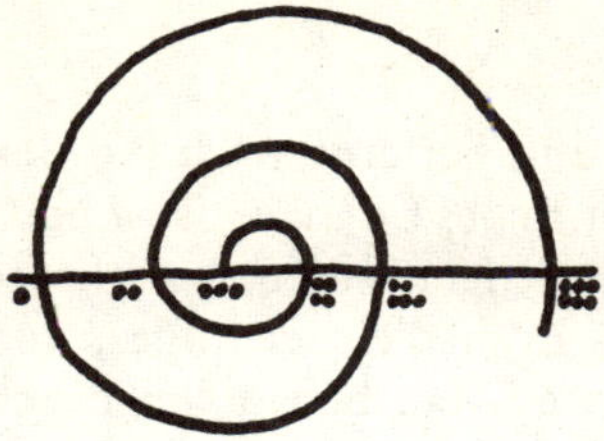
1

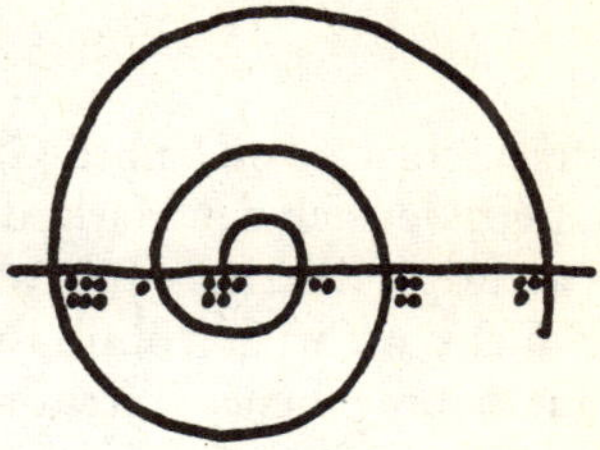
2

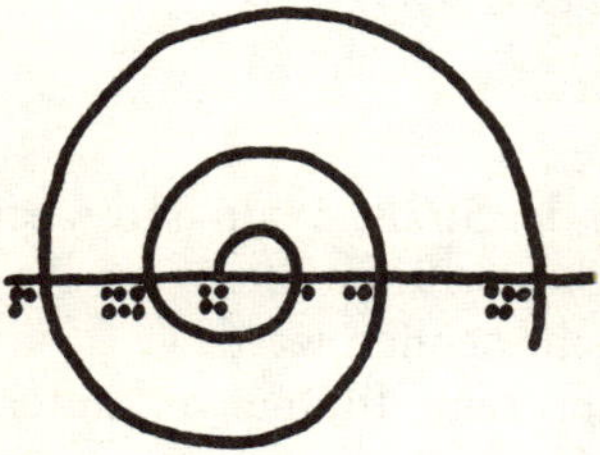
3: K'manoroigs

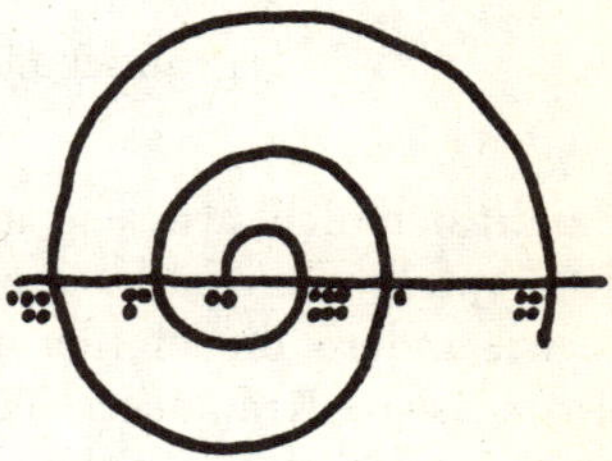
4

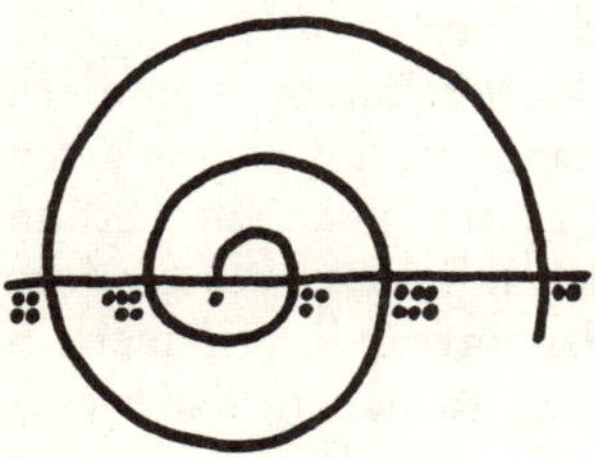
5

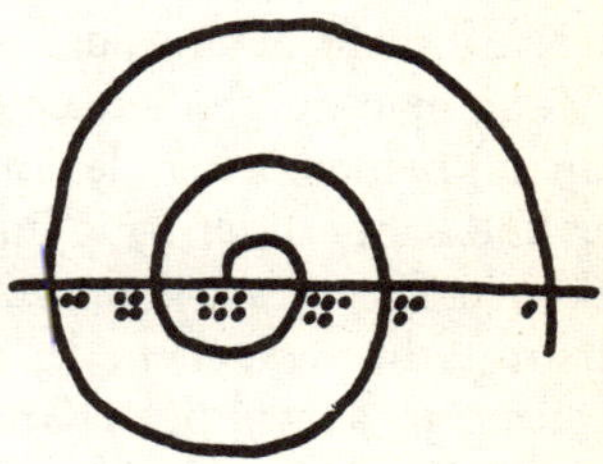
6: Gormanskoi

Zweiundzwanzigstes Kapitel
Der Markt der Bébés Orange

Einige Schritte von Sainte-Gudule entfernt, nach Norden zu, befindet sich der Markt der Bébés Orange. Es ist noch ein richtiger Markt, einer von denen, wie man sie heute gar nicht mehr gewöhnt ist. Er hat ein richtiges, von Mauern umgebenes Territorium. Man betritt ihn durch zwei Türen, über denen man in stolzen gotischen Lettern lesen kann:

Markt der Bébés Orange
gegründet 1317

Er zieht sich nicht armselig auf der Straße dahin und wirft seine Apfelbutzen und seine Salatstrünke unter die Autos, wie andere, die ich hier nicht nennen werde.

Er hat seine Kräuterverkäufer, seine Blumenverkäufer, seine Gar-nichts-Verkäufer. Man hört die Stimmen von früher, schön wie gregorianische Gesänge:

»Auf zu den Gurken, die Hausfrauen!«

»Hier sind die Kürbisse, die schönen Kürbisse!«

»Kauft nicht bei mir, das ist billiger!«

Wenn man durch die Rue Julot hereinkommt, entdeckt man auf beiden Seiten des Eingangs zwei Reihen plärrender und sabbernder Säuglinge in orangefarbenen Strampelanzügen, von Au-Pair-Mädchen in Playmate-Uniform versorgt, die versuchen, das Klangniveau ihrer Bäuerleins dadurch in anständigen Grenzen zu halten, daß sie die grünen Kinderwagen bewegen, in die die Kleinen verbannt sind. Es handelt sich um ein Geschenk der Stadtverwaltung an die Bevölkerung. Der Grundgedanke ist der, daß die Touristen, die am Eingang den Namen des Marktes lesen und in ihren Fremdenführern und Wörterbüchern nachschlagen, um sich zurechtzufinden, sich durch dieses bedeutungsvolle Schauspiel in ihren Schlußfolgerungen bestätigt sehen. Sie lesen: »Bébés Orange«, verstehen »Orange Babies« oder »Bimbi di colore arancio« oder »Limonosoff zakouski«, je nach dem. Und was sehen sie, direkt unter dem Schild? Zappelnde orangefarbene Säuglinge. Dies ist einer der jüngsten Fortschritte der angewandten Linguistik und der Kommunikationstheorie, um die Beliebigkeit des Zeichens einzuschränken, die unseren Marktanteil am Internationalen Handel herabsetzt.

Entgegen der von den Reisebüros verbreiteten und sich hartnäckig haltenden Legenden geht die Bezeichnung »Markt der Bébés Orange« nicht auf das 14. Jahrhundert zurück. Es handelt sich schlicht und einfach um eine Lautverschiebung. In dieser Halle wurde früher Vieh verkauft. Es gab Kühe, Schweine, frisch geschlüpfte Küken, Ziegen und Schafe, französisch *brebis.* Und ein gewisser Viehhändler, so erzählt die Geschichte, kam mit seinen Schäflein nicht zurecht. Seine Schafherden vermischten sich, die Schafsköpfe, mit den anderen Herden, die sie wie Rindviecher anschauten. Deshalb hatte man am Eingang (in gotischen Lettern) ein Schild angebracht:

Ses brebis on range! Marché!

Zu deutsch etwa: Seine Schafe bringt man ordnungsgemäß unter! Markt! Man sieht die Verschiebung: Ses brebis on range marché ses brebis on range marché ses brebis on range marché ... brebis ... bébé on range ... orange. *Markt der Bébés Orange.* Das wär's. Es ist dies eines der schönen Beispiele, das Philibert Orsells, unser großer Philosoph, in seinen ›Etimologien‹ anführt.

Die Zeit hat ihren Sprung gemacht vom Montag, der Beerdigung Balbastres, bis zum Samstag, dem Markttag. Laurie und Hortense gehen auf den Markt der Bébés Orange.

Laurie ist es mit Carlottas Hilfe, die ihr ihre Hörnchen und die ›Zeitung‹ gebracht hat, gelungen, ihre Tasse Tee Nr. 1 vor elf Uhr zu trinken. Die Sonne scheint; sie willigt ein, aufzustehen. Unterdessen bekommt Hotello einen Eifersuchtsanfall. Hotello ist in diese beiden Rothaarigen verliebt, in deren Leben einzudringen er sich aus äußeren Gründen entschlossen hat. Er mag es überhaupt nicht, daß Carlotta, in die er verliebt ist, Laurie, die er liebt und auf deren Kopfkissen er liegt, Hörnchen und Brioches bringt. Er streckt sich, verlangt seinen Teil, versucht Carlotta aus dem Bett zu drängen, wirft den Hörer des Telefons herunter (auf das er wahnsinnig eifersüchtig ist) und kidnappt schließlich Lauries Uhr, die er zu seinem Kriegsschatz schleppt. Auf diese Weise sieht sie nicht mehr, wie spät es ist, und wird ihre Marktverabredung mit Hortense versäumen, und sie werden beide auf dem Kopfkissen liegen bleiben. Bei dieser Gelegenheit muß ich Sie darauf hinweisen, daß Alexander Wladimirowitsch, der frühere Kater von Madame Eusèbe, in eine rothaarige Katze namens Tioutcha verliebt gewesen war (ich weiß nicht, warum ich Ihnen das noch einmal sage, es ist mir plötzlich wieder eingefallen. Bevor ich es also vergesse ...) Die Zeit vergeht. Laurie bringt ihre Kreuzworträtsel in der ›Zeitung‹ zu Ende. Sie steht auf. Hotello wird schmollen, indem er auf dem Klavier schwarz auf schwarz macht.

Wenn sie hinausgeht, kann Laurie sich unten im Treppenhaus nach links wenden, an den Gebäuden D, E, F vorbei, durch den Gang, der von der Grünanlage durch das Gitter in der Rue des Grands-Edredons getrennt ist, wieder nach links in die Straße biegen, dann wieder nach links in die Rue Vieille-des-Archives, um auf der anderen Seite der Kreuzung Hortense zu treffen, die vor ihrem Haus unter den falschen Akazien auf sie wartet. Jedoch war folgendes geschehen: Die Miteigentümer, plötzlich und ernstlich von der Miteigentümeritis befallen, hatten kürzlich ein Schloß an dem Eingang zur Seite Grands-Edredrons hin anbringen lassen, um das Miteigentum vor dem unendlich schädlichen und ansteckenden Durchgang der Nicht-Miteigentümer zu schützen (die Mieter wurden allerdings geduldet). Jede befugte Person mußte, um hinein oder hinaus zu können, einen Schlüssel dabei haben. Das Miteigentum hatte ursprünglich beschlossen, auf der anderen Seite, der Seite der Rue de l'Abbé-Migne, am Ende des Durchgangs, der am Gitter der Grünanlage und an den Treppenaufgängen C, B und A entlangführt (folgen Sie mir auf dem Plan Seite 150), ein zweites Schloß anbringen zu lassen. Aber es war noch nicht angebracht. Laurie, die keine maßlose Liebe zu Schlössern hegte, mußte also nach rechts abbiegen, dann wieder nach rechts, dann noch einmal nach rechts, um mit Hortense am Punkt ihrer Verabredung zusammenzutreffen. Sie gingen ein Stück durch die Rue Vieille-des-Archives, dann durch die Rue Julot. Hortense, quietschvergnügt, sang ein altes Chanson, das Morgan ihr beigebracht hatte:

> Ihre Gesundheit ward so zart
> Daß sie ein Auto überfahrt
> Sie starb ganz still, ohne zu mucken
> Als Petrus tat das Tor dann öffnen
> Da mußt er in die Hände spucken
> Und siehe an, wer war schon da
> Ihr großer Jule, das ist doch klar ...

Es war ein Lied, das den Umständen entsprach.

»Morgan«, sagte sie, »hat es mir beigebracht.«

Sie gingen in die Kneipe an der Ecke wegen der beiden Tassen Kaffee für Laurie. Vor ihrer kalten Milch und ihrer Butterstulle erzählte Hortense alles, Laurie mißbilligte es nicht.

Es herrschte ein besonderer Betrieb auf dem Markt der Bébés Orange. Die Säuglinge weinten, in ihren Orangeaden mehr oder weniger allein gelassen: Alle ihre Ammen ringsum hatten sich auf Tom Butler gestürzt, den Schmalzsänger der Dew-Pon Dew-Val und Carlottas Leidenschaft, der kam, um seine Einkäufe zu machen. Er kaufte Chicorée und gab dabei Autogramme. Denn im Gegensatz zu dem, was Carlotta auf Grund der fehlerhaften Übersetzung einer monegassischen Zeitschrift glaubte, hatten die Dew-Pon Dew-Val ihr Aufnahmestudio nicht in einem leerstehenden ehemaligen Dock im Hafen von Manchester (und nicht Nottingham), wo Carlotta und Eugénie sich vorgenommen hatten, während ihrer Ferien pfeifend durch die Nachbarstraßen zu schlendern (es war das gleiche Studio wie für die Hi Hi), um Tom Butler oder Martenskoi (Eugénies große Liebe) herauskommen zu sehen. In Wirklichkeit machten die Dew-Pon Dew-Val ihre Schallplattenaufnahmen seit einer gewissen Zeit im »Hôtel des Ambassadeurs de Poldévie«, über der Kaffeerösterei und neben dem Büro des alten Sinouls.

Laurie kaufte zum Mittagessen ein seegeteufeltes Lachsroastbeef und zwei Makrelen für Hotello. Sie erstand im Milchladen dreihundert Gramm gesalzene Butter vom Faß, Bufala-Mozzarella, verschiedene Käse wie Comté, Morbier und Brousse sowie ein Landbrot. Dann gingen sie zur Gemüsefrau, Madame Bette, geborene Carde. Madame Bette war eine originelle Verkäuferin, die eine Verkaufsstrategie von allergrößtem theoretischem Interesse entwickelt hatte. Nach der klassischen Theorie (die nicht nur für den Verkauf von Gemüse gilt, sondern auch für Wurstwaren, Fleisch und alles, was nach Gewicht verkauft wird und wozu eine Waage benötigt wird), nach der klassischen Theorie geht das so: Nehmen wir an, es verlangt jemand zum Beispiel ein Kilo Kartoffeln (theoretisch irgendwelche Kartoffeln, die Qualität spielt keine Rolle), der Verkäufer/die Verkäuferin nimmt einige Kartoffeln aus dem Kartoffelhaufen, er (sie) nimmt etwas *mehr als ein Kilo* (was einfach zu bewerkstelligen ist, wenn man einmal Übung hat), und wirft sie heftig auf die Waage, deren Zeiger deutlich über den 1000 Gramm-Strich hinausgeht. Noch bevor der Zeiger über ein Kilo hinaus ist (man darf dem Zeiger nicht die Zeit lassen, wieder zurückzuschlagen), sagt man: »Es ist etwas mehr, soll ich es lassen?« Dieses, ich sage es noch einmal, von der klassischen Theorie empfohlene System hat einen eindeutigen Vorteil: Man verkauft mehr, als bestellt ist, was im Prinzip die Rentabilität erhöht. Allerdings gibt es auch einen Nachteil, auf den so mancher Wirtschaftswissenschaftler hingewiesen hat: Der Kunde (die Kundin) spürt *unterschwellig*, daß man ihn (sie) überrumpelt hat. Er wollte ein Kilo Kartoffeln, und man bringt ihn dazu, daß er 1,1 Kilo oder sogar 1,25 Kilo kauft. Aber zugleich ist er nun nicht mehr gewillt, über den Preisaufschlag hinwegzusehen, der mit dieser Operation einhergehen sollte. Wenn das Kilo Kartoffeln zum Beispiel 6 Francs kostet, sollte das auf 1,1 heraufgesetzte Kilo nach der Theorie mit 6,80 Francs oder sogar mit 7,10, falls man das wagt, in Rechnung gestellt werden. Aber das wagt man nicht; nicht, daß der Kunde/die Kundin in der Lage wäre, die notwendige Rechenoperation auszuführen, das ist selten der Fall. Man wagt es nicht, weil man ihn/sie bereits mit dem Gewicht überrumpelt und nun das Gefühl hat, daß er/sie mißtrauisch geworden ist. Man sagt: »Das macht 6,70«, und *hat damit die Gewinnspanne qualitativ nicht verbessert.*

Madame Bette, geborene Carde, hatte ganz allein die »moderne Theorie des Kartoffelverkaufs« erfunden (lange vor Spenser Friedmann, der für diese Entdeckung immerhin den Nobelpreis für Wirtschaftswissenschaft bekommen hat).

Das Prinzip ist einfach: Anstatt aus dem Haufen mehr als ein Kilo Kartoffeln zu nehmen, *nimmt man weniger.* Man sagt: »Es ist nicht ganz ein Kilo. Soll ich es lassen?« Der Käufer, beeindruckt von soviel Selbstverleugnung bei einem Geschäftsmann, sagt nun, überwältigt: »Ja, das reicht.« Bis dahin ist man dem Anschein nach der Verlierer. Aber hier liegt die Schönheit des Systems: Man kann jetzt in aller Ruhe und folgerichtig dem ausgezeichneten Preis ein wenig nachhelfen, ohne daß man das geringste Stirnrunzeln riskiert. *Man verkauft zwar weniger, aber besser.* Und man hält die Kundschaft bei der Stange.

Als ich eines Tages Laurie wegen meiner Dokumentation zum Markt begleitete, war mir diese Entdeckung von Madame Bette aufgefallen. Ihr wiederum war aufgefallen, daß es mir aufgefallen war, und seitdem bediente sie Laurie regelmäßig zum genauen Preis und mit dem richtigen Gewicht, wozu Laurie sich nur beglückwünschen konnte.

Es war an dem Tag, an dem die Bäckerei Groichant geschlossen hatte. Madame Groichant machte ihre Einkäufe in Begleitung von Stéphane, ihrem neuen Konditorgesellen, »einem sehr Schönen jungen Mann«, wie Hortense und Laurie übereinstimmend und einvernehmlich sagten. Aber Stéphane hatte nur Augen für Madame Groichant. Er warf ihr liebesentflammte Blicke zu und säuselte dabei neue Strophen seines Chansons:

Chanson Stéphanes, des Konditorgesellen (zweite Strophe)

Dein sahniger Charme,
Tanzt mir in meinem Kopf
Ich bin so voller Harm
Ich armer irrer Tropf
Refrain:
Du zieltest nicht zum Scherz
Mir ins gefüllte Herz

Hinter dem Obst und Gemüse überquerten Hortense und Laurie die Rue de Normandie, um einen weißen Saint-Joseph zu kaufen, der zum seegeteufelten Lachsroastbeef passen würde.

Dann ruhten sie sich in der Kneipe an der Ecke der Rue

Julot aus. Madame Groichant und Stéphane hatten ihre Pakete auf den Nachbartisch gelegt. Stéphane versuchte die unzugänglichen Knie seiner Chefin zu verführen und sang dabei:

Du hast zwei Knie du
Nur halb soviel wie eine Kuh
Ich bin dir zugetan
Und pilgere nach Sainte-Anne
Refrain:
Du zieltest nicht zum Scherz
Mir ins gefüllte Herz.

Lauries Kaffee kam nicht. Sie ging an die Theke. Dort stand der poldevische Inspektor She. Hol. und fragte sie, wie es Hotello gehe.

Dreiundzwanzigstes Kapitel
Hotello macht Carlotta und Gormanskoi miteinander bekannt

Als Hortense und Laurie vom Markt der Bébés Orange zurückkamen, saß Carlotta vor dem Fernseher. Sie sah sich gerade wieder eine Videokassette an, die sie zusammengeschnitten hatte, eine Anthologie von Interviews der Dew-Pon Dew-Val mit besonderem Akzent auf Tom Butler. Sie sah sie sich zum vierzehnten Mal an, während sie auf die Nachrichten wartete. Als sie erfuhr, daß Tom Butler *live* auf dem Markt war, erlebte sie eine halbe Minute der Verzweiflung, doch dann verkündete sie, daß sie unter keinen Umständen auf ihren Plan verzichten würde, die Studios von Manchester zu besichtigen. Außerdem mußte Eugénie auf jeden Fall hin, um Martenskoi, ihre Liebe, zu sehen.

Während Carlotta sich Tom Butler im Fernsehen ansah, setzte sie ihre Übungsstunde mit Hotello fort. Sie hatte beschlossen, ihn in der Disziplin des Hindernisspringens für die Olympischen Spiele vorzubereiten. Niemand soll glauben, daß wir diese Tatsache nur deshalb berichten, weil wir uns amüsieren wollen. Wir sind nicht dazu da, um uns zu amüsieren. Das Training, von außergewöhnlicher Qualität, das Hotello während dieser Übungsstunden zuteil wurde (er war natürlich sehr begabt) (bei dieser Gelegenheit wollen wir darauf hinweisen, daß die Poldeven morphologisch ganz besonders fürs Springen geeignet sind, denn ihr Land ist sehr gebirgig), war ein entscheidendes Rädchen in der Maschinerie der Ereignisse und bei der Vereitelung der Machenschaften des Verbrechers. Seien Sie also etwas vorsichtiger mit Ihrem Protest. Hotellos Training bestand darin, daß er immer höhere Stangen zwischen dem großen Zimmer (in dem sich der Fernsehapparat befand) und der Küche überspringen mußte. Carlotta legte eine sehr große Geduld an den Tag, um Hotellos Stil und Leistungen zu verbessern. Wenn er Erfolg hatte, sagte sie: »So ist's recht, mein Katz.« Wenn er die Stange herunterwarf oder wenn sein Sprungstil (ein mit Leopard gemischter Fosbury) ungenügend war, sagte sie: »Das Ganze noch einmal, du kleiner Armleuchter«, worauf Hotello so verärgert war, daß er sich selber übertraf. Er sprang immer besser, aber ihn bedrückte etwas: Er befürchtete, seine Hinterbeine könnten zu lang werden. Er sprang über das Waschbecken im Bad, um sich im Spiegel zu betrachten, aber er fand einfach nicht heraus, ob seine Befürchtungen begründet waren.

Hortense und Laurie setzten sich in die Küche vor ein Glas kühlen weißen Cassis, bevor sie mit der Vorbereitung fürs Mittagessen begannen.

Unterdessen kam die Zeit für die Nachrichten. (Wenn ich bedenke, daß Sie mich gar nicht gefragt haben, warum Carlotta auf die Fernsehnachrichten wartete! Erscheint Ihnen das so natürlich, daß sie auf die Fernsehnachrichten wartet? Wegen wem mag sie wohl Lust haben, sich die Nachrichten im Fernsehen anzuschauen? Gut, wenn Sie es herausgefunden haben, können Sie einige Zeilen überspringen, dort steht die Antwort.)

Die Nachrichten wurden angekündigt. Man sah das Logo des Fernsehsenders, man hörte die Erkennungsmelodie des Fernsehsenders. Es war soweit. Das Bild zeigte eine leere Treppe von imposanten Ausmaßen. Am unteren Ende der Treppe befanden sich auf beiden Seiten Kameras: Fernsehkameras aus aller Welt in fieberhafter Erwartung. Es waren insgesamt siebenunddreißig: achtzehn links und neunzehn rechts. Das Bild verweilte eine lange Minute auf der spannungerzeugenden Leere. Fieberhaftigkeit bemächtigte sich der Kameraleute. Man hörte so etwas wie ein Raunen. Oben auf der Treppe erschien:

Der Moderator der Tagesschau.

Das Geräusch der Kameras, die seine kleinsten Bewegungen aufsogen, um sie den anderen Fernsehstationen zu übermitteln, den Fernsehstationen in aller Welt, während er majestätisch die Marmortreppe im Studio des Fernsehsenders hinabschritt, die vergeblichen Anstrengungen der vom Ordnungsdienst zurückgedrängten Journalisten, die sich ihm zu nähern versuchten, um ihn zu interviewen, das Klicken der Fotoapparate der nicht akkreditierten Fotografen, die vom Sicherheitsdienst mit Füßen getreten wurden, alles das wurde uns von unsichtbaren Kameras, denen des Fernsehsenders des Tagesschaumoderators, mit perfektem Können übertragen. Das Bild verschwand, und man war im Studio. Und der Moderator sprach (ich sage seinen Namen nicht, er schwebt uns allen auf den Lippen):

»Hier ist..., der aus den Studios des ..... Fernsehens zu Ihnen spricht. Die wichtigste Nachricht des Tages ist die Moderation der Tagesschau, die ich nach vier Urlaubstagen in Ihrem Fernsehprogramm wieder übernehme. Seit sechs Uhr heute morgen waren die Kameras aus aller Welt auf die berühmte Marmortreppe unserer Studios gerichtet, auf der ich, liebe Fernsehzuschauer, zur angesagten Stunde erscheinen sollte, bevor ich hier herkomme, um Sie durch Ihre Tagesschau zu führen. Denn in der Tat...«

Nun sah man, aber aus dem Innern der Studios, dieselbe Szene wie zuvor. Diesmal erblickte man nicht nur die ängstlich am Fuße der Treppe wartenden Fernsehkameras aus aller Welt, sondern weiter entfernt auch die ängstlich wartende Menschenmenge und die Kameras des Fernsehsenders, die gerade die Bilder aufnahm, mit denen die Tagesschau begonnen hatte.

Der Moderator dankte den Fernsehzuschauern und den anderen Fernsehstationen und sagte:

»Und jetzt zu den übrigen Nachrichten des Tages. Prinzessin Cordélie von San Marino hat die Nachricht ihrer Wiederverheiratung mit Madame Thatcher dementiert...«

An dritter Stelle kam ein Live-Interview mit Tom Butler auf dem Markt der Bébés Orange. Und darauf wartete Carlotta. Sie nahm es auf, dann begab sie sich in die Küche. Das Essen war so gut wie fertig.

»Schon wieder ein seegeteufeltes Lachsroastbeef«, sagte sie empört. »Könnte es zur Abwechslung nicht mal Hamburger geben?« Sie ließ sich eine Dose Ravioli warmmachen und zog sich mit ihrer Portion Erbeeren mit Sahne würdevoll in ihr Zimmer zurück.

Hotello folgte ihr. Da er seine Portion Makrelen nicht ganz aufgefressen hatte, begriff sie, daß er ihr etwas Wichtiges zu sagen hatte, das nicht für Hortenses und Lauries Ohren bestimmt war.

Mit einer unendlichen geräuschlosen Geschmeidigkeit führte Hotello Carlotta ins Badezimmer, wobei er mit den Schnurrhaaren angab, die Tür zu schließen und Wasser laufen zu lassen, um den Lärm und dessen Ursprung zu verschleiern. Dann glitt er unter die Badewanne. Es entstand das Geräusch einer Trennwand, die sich öffnet, und Hotello verschwand. Carlotta, die auf dem Bauch unter der Badewanne lag, versuchte ihm zu folgen, aber trotz ihrer großen Gelenkigkeit gelang es ihr nicht. Nach einer Weile kam Hotello zurück. Sie würden also durchs Treppenhaus gehen.

Im dritten Stock links des Treppenaufgangs C befand sich, Sie haben es nicht vergessen, die Wohnung des geheimnisvollen jungen Mannes, der hier kürzlich eingezogen war. Diese Wohnung lag natürlich genau neben der von Carlotta, und durch die Öffnung unter der Badewanne konnte Hotello heraus und herein, wann immer er wollte, ohne daß man es sah.

Hotello klingelte. Die Tür wurde geöffnet, und Carlotta stand dem Prinzen Gormanskoi, Hortenses Liebhaber unter dem Namen Morgan, dem Regierenden Prinzen von Poldevien, gegenüber. Hotello stellte Carlotta als seine Trainerin für die Olympischen Spiele vor. Der Prinz verbeugte sich sehr tief:

»Angenehm, Mademoiselle.«

Carlotta fand ihn sympathisch, obgleich ein wenig feierlich. Er hatte, dachte sie, eine gewisse Ähnlichkeit mit Tom Butler.

»Meine Gegenwart«, sagte er zu Carlotta, »meine Gegenwart, Mademoiselle, ist der Liebe zuzuschreiben.«

Carlotta war sofort ganz Ohr. Sie war sicher, daß sie Dinge über die Liebe erfahren würde, die ihr wahrscheinlich nützlich wären, wenn sie Tom Butler in der Umgebung der Studios von Manchester begegnen würde, wenn sie, begleitet von Eugénie (Tom Butler wäre in Begleitung von Martenskoi) und mit unbekümmertem Gesicht vor sich hinpfeifend, auf der Straße an ihm vorübergehen würde.

»Ja, die Liebe, Mademoiselle. Ich bin sicher, daß Sie in der Lage sind, mich zu verstehen. Ich liebe Hortense, ich liebe sie mehr als ein wenig, mehr als viel, mehr als leidenschaftlich, mehr als bis zum Wahnsinn, und absolut nicht gar nicht. Ich LIEBE sie. (Können diese Poldevischen Prinzen mal mittelalterlich sein! dachte Carlotta, fast ebenso wie der Autor.) Ich habe versucht, sie zu vergessen, als wir durch ein entsetzliches Mißverständnis getrennt wurden. Ich habe mit eisiger Strenge die Pflichten meines Amtes auf mich genommen, aber nichts hat meine Not gelindert, meinen unendlichen Wunsch gedämpft, sie wiederzusehen. Daher habe ich beschlossen, incognito hierher zurückzukommen, mich ihr zu nähern, in eigener Sache zu sprechen, sie zurückzuerobern... oder zu sterben. Ich habe für dieses entsetzlich schwierige Unterfangen die Hilfe meines Freundes Prinz Alexander Wladimirowitsch, den Sie unter dem Namen Hotello kennen, erbeten und erhalten. Aus Gründen der Logistik und der Geheimhaltung hat er sich Ihnen auf eine Weise vorstellen müssen, die nicht ganz der Wirklichkeit entsprach. Ich ersuche Sie, ihm zu verzeihen, er hat es auf meine Bitte hin getan.«

Carlotta verzieh.

»Sie werden sicherlich nicht erraten, was mich heute veranlaßt, Sie um Ihre Hilfe zu bitten (aber selbstverständlich kann ich ganz genau erraten, was du willst, alter Prinz, dachte Carlotta, die nicht von gestern und erst recht nicht von vorgestern war. Du willst Hortense auf deinem Pony Cyrandzoi entführen, und du brauchst jemanden, der es lenkt. Das ist doch keine Hexerei).

»Ich werde es Ihnen sagen«, fuhr der Prinz fort. »Ich habe Hortense wiedergesehen. Hortense liebt mich. Ich bin sicher, daß sie das Abenteuer der Liebe mit mir dem glanzlosen Leben vorzieht, das sie heute führt. Zu diesem Zweck habe ich bei völliger Wahrung des Incognitos unterhalb der Poldeven-Kapelle mein persönliches Pony untergebracht, den Chef meiner Ponygarde, Prinz Cyrandzoi.«

(Carlotta tat so, als sei sie überrascht und entzückt.) »Ich kenne, durch Hotello, Ihre Reitfähigkeiten. Im Namen der Liebe bitte ich Sie um Ihre Hilfe.«

Und er erklärt ihr seinen Plan.

Vierundzwanzigstes Kapitel
Hortense wählt das Abenteuer

Nach dem seegeteufelten Lachs der Lauch, nach dem Mozzarella mit Dill die Erdbeeren mit Sahne oder Zitrone. Nach dem weißen Cassis der weiße Saint-Joseph. Hotello schnurrte bei der Makrele. Der Kaffee dampfte in den dunkelblauen Tassen. Hortense und Laurie sprachen von Ehe, von Liebe.

»Soll ich hingehen?« sagte Hortense mit Variationen und Umschreibungen.

»Geh hin«, gab Laurie zur Antort.

Carlotta lächelte innerlich. Hotello schnurrte.

Hortense hatte eine Verabredung mit Gormanskoi. Es war am Montag nach Balbastres Beerdigung und ihre erste Verabredung in der Stadt. Denn sie hatten sich nach dem verhängnisvollen Sonntag wiedergesehen. Jeden Nachmittag nahmen sie den gleichen Vorort-Intercity-Passagier-Zug. Sie liefen im Wald über die kleinen Blümelein. Gormanskoi beschrieb Poldevien. Hortense gab einen knappen Überblick über die großen philosophischen Systeme. Zum ersten Mal und besser als im Verlauf der ersten, früheren Augenblicke ihrer Liebe entdeckte sie die Koinzidenz der Leidenschaft und der Philosophie. Denn Gormanskoi hörte ihr wirklich zu. Und sie sprachen weder über Schuhe noch über Kleider.

Später, am späten Nachmittag, verließen sie den Wald und nahmen wieder den Zug nach Sainte-Brunehilde; sie stiegen in Bacon-les-Mouillères aus, fanden wieder dasselbe Zimmer im »Flaubert Hôtel«, und dort verklärten sie das Dekor durch die unerschöpfliche Glut der Liebeslust.

Hortense kehrte mit zitternden Knien nach Hause zurück.

Am Montag hatten sie eine Verabredung in der Bibliothek.

Als Hortense in diese erhabenen Regionen eintrat, die das erste Aufkeimen ihrer Liebe gesehen hatten, ergriff sie eine große Erregung. Sie war seitdem nicht mehr hierher zurückgekommen, wegen ihrer Heirat und auch aus einer Art innerer Traurigkeit, die sie diese Örtlichkeiten, Zeugen eines verschwundenen Glücks, vermeiden ließ, ohne daß sie so recht wußte, warum. Aber jetzt war das etwas anderes.

Nichts hatte sich dem Anschein nach verändert. Hortense sollte nach einem Buch fragen, das ihr der Prinz, ihr Geliebter, angegeben hatte:

Henri de Wachtendonck: ›Das poldevische Poldevonien‹. Natur- und Moralgeschichte sowohl der Orientallischen als auch der Okzidentallischen Poldevischen Staaten. Worin bemerkenswerte Dinge dieses Landes behandelt werden. Und zwar die Sitten, Zeremonien, Gesetze, Regierungen und Kriege der Poldeven selbst.

Antwerpen, Christophle Plantin, 1596.

Es handelt sich um den ersten Bericht einer zu Ende des 16. Jahrhunderts nach Poldevien unternommenen Reise, und Morgan wollte, daß sie ihn lese.

Sie gab ihren Bestellzettel ab, holte aus ihrer Tasche die ›Philosophischen Bissen‹ von Kierkegaard heraus und begann zu lesen, während sie wartete. Ihr Herz schlug, ihr inneres Auge schaute mal in die Vergangenheit, mal in die Zukunft. Die Bibliothek schien friedlich, wie zur Vernunft gebracht. Es dauerte nicht lange, bis sie begriff, warum.

In ihrem ständigen Kampf gegen ihre Leser, die ihr ihre Bücher weglesen wollten, was sie sehr schlecht verkraftete, hatte die Bibliothek nach langen, tastenden Versuchen endlich die unvergleichliche Methode gefunden: die fast endgültige Abschreckung. Als Hortense nach einer Weile aus ihrem Kierkegaard aufschaute (es gelang ihr nicht, sich zu konzentrieren, so sehr erwartete sie voller Bangen den Augenblick, da sie ihn wiedersähe), machte sie eine Beobachtung: Sehr wenige Bibliotheksbenutzer lasen; sehr wenige Bibliotheksbenutzer hatten Bücher. Manche blätterten zerstreut in Wörterbüchern, andere (die mit den Nerven wie Drahtseile) schrieben Briefe oder überflogen die ›Zeitung‹. Aber sie hatten keine Bücher, und man brachte ihnen auch keine.

Die Zeit ging dahin. Schließlich, nach eineinhalbstündigem Warten, lief ein Zittern durch den Saal, der jetzt längst bis hinten voll war. In einem feierlichen weißen Kittel lief ein Bibliotheksangestellter mit seinem Karren durch die Reihen, der nicht mit Büchern (selten denen, um die man gebeten hatte, sondern einfach Büchern), sondern mit Bestellzetteln gefüllt war, welche von der Bibliothek mit Anmerkungen versehen worden waren. Und sogleich sprangen die Bibliotheksbenutzer auf und liefen in alle Richtungen, in alle Ecken des Saals und bildeten riesige, nervöse Schlangen vor dem Hauptbüro. Hortense selber bekam auf diese Weise ihren eigenen Bestellzettel zurück, begleitet von einer lachsgelben Karteikarte, auf der ihr mitgeteilt wurde, daß das bestellte Buch wegen seines Erscheinungsdatums im Lesesaal nicht eingesehen werden könne und daß sie sich in den ausschließlich der Einsichtnahme dieser Art von Büchern vorbehaltenen Saal begeben müsse.

Es war kein Saal, sondern ein ziemlich enger Gang in einem Magazin, in den etwa zehn unbequeme kleine Schreibpulte gestellt worden waren. Aber ihr Hauptcharakteristikum war nicht so sehr die Unbequemlichkeit und die schwache Beleuchtung, sondern die Tatsache, daß dort nur ein Zehntel der Leser Platz fand, die die Bibliothek in diesen Bereich lenkte. Und so verhielt es sich überall. Unter diesen Umständen war es praktisch unmöglich geworden, mehr als eines der zehn Bücher zu Rate zu ziehen, die einem im Prinzip täglich bewilligt wurden, denn wie sollte man zu hoffen wagen – wenn man zufällig nach langem Kampf einen Platz im Halbrund ergattert hatte –, rechtzeitig am Ort der nicht zugänglichen Bestände oder im Magazin der abgenutzten und noch nicht in die Binderei gegangenen Oktavbände anzukommen? Hortense kam natürlich zu spät, um hoffen zu können, ihr Wachtendonck-Exemplar noch zu bekommen. Doch sie gab sich nicht geschlagen. Tatsächlich besaß die Bibliothek auch die zweite Ausgabe des gleichen Buches, veröffentlicht im selben Verlag mit der berühmten Karte von Abraham Ortelius, und sie hatte aus einer Art Vorahnung heraus (die Liebe war ihre Führerin) diese Ausgabe *ebenfalls* bestellt. Sie befand sich im Saal der Mikrofiches. Und im Saal der Mikrofiches war wider Erwarten gerade ein Platz freigeworden. Sie ging hin. Er war da.

(Wir versuchen nicht herauszufinden, über welche komplizierten diplomatischen Kanäle Prinz Gormanskoi für sich (und für Hortense, davon dürfen wir überzeugt sein) einen Platz im Saal der Mikrofiches der Bibliothek hatte ergattern können. Sie waren da; das ist, vom Erzählerischen her gesehen, das Wesentliche.)

Sie saßen nebeneinander vor dem Mikrofiches-Apparat, wo die Seiten der Poldevienreise Henri de Wachtendoncks eine nach der andern an ihnen vorüberzogen, und gestanden einander flüsternd ihre Liebe. Und er legte ihr seinen Plan dar.

»Wo kommst du her?«

»Aus der Bibliothek.«

»Ich weiß genau, daß du sagst, du seist in der Bibliothek gewesen, damit ich glauben soll, du seist bei deinem Liebhaber gewesen, während du Tante Aspasie besucht hast. Warum gibst du also nicht zu, daß du eine Verabredung mit deinem Liebhaber hattest?«

Kürzen wir diese unerfreuliche Szene ab.

Hortense hatte sich für das Abenteuer entschieden.

Am Mittwochabend traf sie ihre Reisevorbereitungen. Sie trug die wenigen Kleider und Schuhe zusammen, die sie in ihr neues Leben mitnehmen würde. Sie machte einen letzten Rundgang durch ihre Wohnung. Die Sonne ging unter. Sie kam von Sainte-Gudule zurück und drang schräg durch das große Fenster mit den blauen Vorhängen in ihr Schlafzimmer ein. Hortenses Herz krampfte sich bei dem Gedanken an das unbekannte Leben, das sie dort erwartete, ein wenig zusammen. Wie verabredet legte sie sich völlig angekleidet mit ihrer Maske, einem blauen Domino, aufs Bett. Es war fast Zeit. Die Sonne zog sich widerwillig zurück und dachte, daß sie Hortense nie wieder in ihrem Schlafzimmer sehen würde, ein Schauspiel, an dem sie sich sehr erfreute. Aber sie überlegte, daß sie sie dort genauso wiedersehen würde, vielleicht sogar noch besser. Zufrieden ging sie weg. Es herrschte Dämmerung.

Bevor Hortense ging, sagte sie ein Gedicht auf, ein vollkommenes Gedicht, weil es vollkommen identisch gereimt ist. »Ohne Reime«, wie Carlotta sagt, »gibt es keine Poesie.«

Liebe Liebe Liebe Liebe Liebe Liebe
Liebe Liebe Liebe Liebe Liebe Liebe
Liebe Liebe Liebe Liebe Liebe Liebe
Liebe Liebe Liebe Liebe Liebe Liebe
Liebe Liebe Liebe Liebe Liebe Liebe
Liebe Liebe Liebe Liebe Liebe Liebe
die Liebe

Fünfter Teil

Die Entführung

Fünfundzwanzigstes Kapitel
Der Maskenball

Die Sonne setzte sich auf den roten Horizont. Sie setzte sich, was in keiner Weise ihre Erscheinung veränderte, denn sie war rund. Sie setzte sich, dann legte sie sich in die Falle. Sie löschte das Licht, und es war Nacht.

Zuerst war das Licht rosarot. Dann wurde der Himmel blaß, die Vögel legten ihre Instrumente fort, ihre Barocken Flöten, Oboen, Geigen, Bratschen und Celli. Es wurde still. Auf dem Meer erschien der grüne Strahl, gefilmt von Eric Rohmer nach den Angaben von Jules Verne. Die Sterne begannen zu funkeln. Dann versank allmählich alles. Es herrschte wirklich Nacht.

Es war eine Vollmondnacht. Der Mond ging auf, er warf einen langen, verschlafenen Blick in den Raum, auf das Geheimnis, in den Abgrund. Wir schauten uns beide starr an, er, der glänzte, und ich, der ich litt. Ich litt, weil mir die Füße weh taten. Ich zog mich fertig an, mein Kostüm, meine Verkleidung für den Maskenball, und zu dieser Verkleidung, die ich gewählt hatte, gehörten auch neue Schuhe. Ich würde als orangefarbener Peyarot mit kastanienfarbenen Schuhen, einer Petticoat-Lane-Tasche aus Jute, einer Rentnermütze der Französischen Elektrizitätsgesellschaft und der fluoreszierenden gelben Knautschlackjacke eines Autobahnstreckenwärters auftreten; das heißt so, wie ich mich im täglichen Leben schon immer gern angezogen hätte, aber ich traue mich nicht.

Es war der Abend des Maskenballs, ausgerichtet von der Zeitschrift ›E Terne L‹ aus Anlaß ihrer siebenunddreißigsten Nummer. Es war der Abend, an dem Hortense zugestimmt hatte, mit Gormanskoi, ihrem Prinzen, »auszubüchsen«. Er würde sie in seine Heimat mitnehmen. Vor dem »Bunker«, dem Nachtlokal, in dem der Maskenball stattfand, würde eine Kutsche, gezogen von einem Pony (unserem alten Bekannten, Prinz Cyrandzoi, dem Freund Eugénies und Carlottas), ganz unauffällig warten. Was war wohl natürlicher als eine von einem Pony gezogene Kutsche am Abend eines Maskenballs?

Eugénie hatte ihrer Mutter angekündigt, daß sie bei Carlotta schlafen würde. Carlotta hatte ihrer Mutter angekündigt, daß sie bei Eugénie schlafen würde. In Wirklichkeit würden sie sich, als Pagen verkleidet, in Begleitung Hotellos (als Känguruh verkleidet) auf den Ball begeben. Um Mitternacht würden der blaue Domino (Hortense) und der rote Domino (Gormanskoi) den »Bunker« verlassen. Eugénie, als Page, würde die Tür der Kutsche aufmachen und würde sie dann, sobald sie mit ihrer kostbaren Fracht, den beiden Liebenden, gefüllt wäre, wieder zumachen. Sie würde sich auf den Platz des Kutschergehilfen setzen. Den Platz des Kutschers würde Carlotta einnehmen. Auf ein Zeichen des Prinzen hin würde die Kutsche über die staubigen Straßen dahinfliegen. An der ersten Station, der Porte Raymond-Queneau, würden Eugénie und Carlotta aussteigen, sich umziehen, wieder in ihre Kleider schlüpfen, ihre Schulbücher an sich nehmen, und nach einem anständigen, vom Prinzen spendierten Frühstück im Café »Zum S + 7« würden sie in die Metro hinuntergehen und sich in ihr jeweiliges Gymnasium begeben. Es war ein Plan von strenger, romantischer und absoluter Kohärenz.

Die Kommanditisten der Zeitschrift ›E Terne L‹ hatten alles gut organisiert. Man trank nicht etwa banalerweise Champagner, sondern Asti Spumante, Clairette de Die und Blanquette de Limoux. Es wurde Root Beer, Sprite und Mountain Dew serviert. Man aß Ravioli Nouvelle Cuisine mit Austern oder Brokkoli. »Chefköche« liefen umher und leiteten Küchenjungen an, die riesige Kochtöpfe mit Spaghetti alla Bolognese trugen. Sie boten sie allen Masken, allen Verkleidungen an und sangen dazu:

Spaghetti alla Bolognese
Ein Hochgenuß für kleine Kongolese

(die Betonung liegt im ersten Vers auf dem *Bol-*, im zweitem auf dem *Kon-*)
und sie fuhren fort:

Spaghetti alla Bolognese
Ein Hochgenuß für kleine Angolese
Spaghetti alla Bolognese
Ein Hochgenuß für kleine Singhalese

Nachdem die Reime auf -ese verbraucht waren, kam die »Sardine« dran und, als der Abend fortgeschritten war, sogar die *»Latrine«*!

Der »Bunker« war ein ehemaliges Theater, und die Masken zogen sich zu zweit oder zu mehreren zu überraschenden Partnerwechseln und Stegreifabenteuern voller Witticismen in Logen zurück. Während ich zwischen den Masken umherlief, zog ich manchmal den Notizblock aus meiner Petticoat-Lane-Regenjacke und kritzelte irgendeine Bemerkung drauf. Wir Romanciers sind immer bei der Arbeit. Ich erkannte unter ihrer Verkleidung P. Four., Harry M., den kürzlich aus dem Gefängnis, in das ihn Saugeiler geworfen hatte, entlassenen Mat. Lin., und noch viele andere, die ich zu meinem Bedauern nicht nennen kann. Ich bemerkte sogar Pâquerette d'Azur, selbstverständlich als Harlekin verkleidet. Ph. S. war als Kardinal Borromée gekommen.

Ich begegnete dem alten Sinouls mit Perücke und Bockbier, und ich erkannte in ihm das lebende Porträt PD. Q. Bachs, des verkannten und genialen Sohns des großen Johann Sebastian.

Carlotta und Eugénie, begleitet von Hotello-Känguruh, bemühten sich, den Pagen-Liebhabern auszuweichen und nicht Laurie über den Weg zu laufen, die zu dieser Gelegenheit ihren Smoking angezogen hatte und mit einigen Freunden Bourbon trank. Sie steckten Strohhalme in Milk-Shakes mit Himbeer- beziehungsweise Erdbeergeschmack und hörten dazu aus ihren Walkmen Songs der Dew-Pon Dew-Val (Carlotta) und der HiHi (Eugénie). Hotello, der in seinem Känguruh-Kostüm einen etwas unbeholfenen Eindruck machte, lag neben ihnen auf der Theke und bemühte sich, einige zu Scherzen aufgelegte oder besoffene Masken daran zu hindern, seine Bauchtasche als Aschenbecher zu benutzen. Eine plötzliche Bewegung Lauries am anderen Ende der Theke in ihre Richtung beunruhigte sie. Es war nicht der richtige Augenblick, mit der Verantwortung für eine derart wichtige Mission, sich von einer Mutter schnappen zu lassen! Sie traten also den Rückzug an, hießen Hotello sich auf der Stelle unter die Theke flüchten und stiegen über die Treppe zu den erhabenen Regionen der oberen Theaterränge hinauf. Sie schlossen sich in einer Loge ein und begannen in aller Ruhe Patricia Highsmith zu lesen, während sie auf das klangvolle Herannahen der Mitternacht warteten. Denn Mitternacht sollte von den, wenn man so sagen darf, als Glocken verkleideten Glöcknern Crétin Guillaume und Molinet Jean eingeläutet werden.

Die Loge, die sie sich ausgesucht hatten, war eine schöne Eckloge im dritten Stock des »Bunkers«. Der Vorhang war über der Bühne heruntergelassen, aber man vernahm ein Herumwuseln mit quasi instrumentalen Tönen dahinter. Man würde dort Musik machen. Die Loge war mit schönem schwarzem Samt ausgeschlagen, und wenn man sich dem Rand näherte, konnte man gerade noch einen Blick in die Nachbarloge werfen. In ihr befanden sich drei Schöne junge Männer in lebhaftem Gespräch. Einer von ihnen war der Kellner aus der »Gudule-Bar«. In dem zweiten, der ihr den Rücken zukehrte, erkannte Carlotta Jim Wedderburn. Der dritte war ihr unbekannt. Der Kellner aus der »Gudule-Bar« und Jim Wedderburn waren weder maskiert noch verkleidet. Der Kellner aus der »Gudule-Bar« war als Kellner aus der »Gudule-Bar« gekommen und Jim Wedderburn als Jim Wedderburn. Diese einfache Tatsache hätte Eugénie und Carlotta neugierig machen müssen. Ohne Maske und ohne Verkleidung zum Maskenball der Zeitschrift ›E Terne L‹ zu kommen, bedeutete entweder (was sich übrigens nicht widersprach)

a) eine unverschämte Gleichgültigkeit oder

b) ? (es liegt nun bei Ihnen, lieber Leser, die Rubrik b auszufüllen; dies ist ein weiteres Indiz, das ich Ihnen gebe, Sie werden hoffentlich in der Lage sein, Nutzen daraus zu ziehen).

Aber Eugénie und Carlotta waren noch weitaus mehr fasziniert durch das, was jetzt die Bühne freigab. Sie war voller Instrumente und Musiker. Es war ein einmaliges Konzert der Gruppe HiHi, das die Zeitschrift ›E Terne L‹ ihren Gästen bot. Als Martenskoi zu singen begann, klatschte Eugénie in die Hände und tobte in ihrer Loge vor Begeisterung. Martenskoi hatte sein Bühnenkostüm angezogen, das aus eleganten Fetzen bestand, und man sah für Sekundenblitze in den Drehbewegungen, die die vokale Inspiration ihm eingab, eine schöne, tätowierte Schnecke auf seiner rechten Pobacke.

Unterdessen rückte Mitternacht immer näher. In zwei entfernten Ecken des mit Masken aus dem »Bunker« bevölkerten weiten Raumes machten sich zwei ganz besonders maskierte Masken auf den Weg zueinander. Die eine war ein blauer Domino, der genausoviel von der physischen Identität unserer schönen Heldin verriet, wie er verbarg, die andere war ein roter Domino, der nicht ganz das prinzliche Benehmen des Prinzen Gormanskoi maskierte. Ein Känguruh (unter dessen Hülle Hotello zu benennen wir nicht zögern werden) bemühte sich, sie nicht aus den Augen zu verlieren. Endlich trafen sie sich. Es war fast ganz oben, an einer abgelegenen, ruhigen Stelle. Sie lüpften ihre Masken. *Er war es wirklich; sie war es wirklich.* Schweigend, ohne ein Wort zu sagen, eilten sie zum Ausgang. Auf der Straße wartete die Kutsche, das Pony stampfte auf, die beiden Pagen standen unbeweglich auf jeder Seite des Wagenschlags. Der Prinz begrüßte sie mit einem Kopfnicken, und mit einem Kopfnicken antworteten sie, ohne ein Wort zu sagen. Der Prinz öffnete den Wagenschlag der Kutsche, Hortense stieg ein. Er folgte ihr. Der Wagenschlag der Berline wurde wieder zugeschlagen. Die Pagen sprangen auf die Sitze des Kutschers und des Kutschergehilfen. Der Prinz schlug an die Scheibe, gemäß dem verabredeten Zeichen. Das Pony setzte sich in Gang. Die Berline kam in Bewegung, wurde schneller und verwand in der Nacht.

Sechsundzwanzigstes Kapitel

Die Entführung. Gefolgt von: Poldeven und Silikate, ein Monolog des Autors

Sie war es wirklich. Aber war er es wirklich? Ich werde die Spannung nicht länger andauern lassen. Er war es nicht! Hortense ist tatsächlich entführt worden! Und von wem? Von dem unheilvollen Prinzen K'manoroigs, dem Todfeind Gormanskois, *dem Mörder Balbastres*! Hortense war in den Händen des schlimmsten Feindes ihres Geliebten!

Aber wie, wie war das möglich gewesen?

Sie hatte sich, ein blauer und zuckender Domino, wie vorgesehen, beim sechsten Mitternachtsschlag, der von den als Vatikanglocken verkleideten Glöcknern Crétin Guillaume und Molinet Jean geläutet wurde, in Gang gesetzt. Aber es war gar nicht Mitternacht! Es war elf Uhr vierundfünfzig, und Gormanskoi, der, als es *wirklich* elf Uhr fünfundfünfzig war, im roten Domino und über eine Geheimtreppe (immer der poldevische Atavismus, die ältesten Banditen der Erde) den »Bunker« betrat, kam zu spät.

Und Eugénie, sagen Sie nun (bitte, schreien Sie nicht), und Carlotta, mein Gott? Eugénie und Carlotta gehen, den Anweisungen entsprechend, hinaus auf die Straße *links* vom *Bunker*; Cyrandzoi gibt ihnen ein kleines Erkennungszeichen. Hotello, den seine Känguruh-Maske im letzten Augenblick blind gemacht hat und der dem blauen Domino, von einer Menge junger, ein wenig spumantebeschwipster Leute mitgerissen, nicht bis zum Ende hat folgen können, ist nicht beunruhigt. Er trifft sie vor der Kutsche wieder. Sie warten.

Es ist neun Minuten nach Mitternacht (wirklich). Gormanskoi erscheint mit ernstem Gesicht. Hortense ist entführt worden! Die Berline, die sie davontrug, stand in der Straße *rechts* vom »Bunker«.

Das Pony war ein falscher Cyrandzoi; die Pagen waren echte Pagen im Solde des unheilvollen K'manoroigs'. Auf dem Dach der Berline saß sogar ein falscher Hotello!

Sie können sich den seelischen Schmerz unseres Quintetts vorstellen. Eugénie und Carlotta stürzten sich in Lauries Arme, die in diesem Augenblick aus dem »Bunker« kam. Sie erzählten ihr alles.

Ich habe zu Anfang des Kapitels gesagt, daß ich die Spannung nicht lange andauern lassen würde. Tatsächlich hätte ich Sie hinter der vertrauensseligen, der allzu vertrauensseligen Hortense herschleppen können, auf den Spuren der Berline, die im Galopp durch die Nacht eilt. Ich habe es nicht getan; ich habe Ihnen, entsprechend meiner strengen Moral als Romancier, die von mir die Wahrheit und Vertrauenswürdigkeit gegenüber dem Leser verlangt, sogleich das Drama enthüllt. Weil ich nämlich im Besitz einer unendlich viel spannenderen und dramatischeren Spannung bin, für deren Durchschlagskraft es besser ist, wenn wir sofort wissen, was Hortense noch nicht weiß: daß sich unter dem roten Domino nicht ihr Geliebter, Prinz Gormanskoi, verbarg, sondern der schlimmste Feind ihres Geliebten und damit auch ihrer selbst. Und diese Spannung ist folgende: Wird sie den Betrug entdecken? Ja, gewiß; die Ähnlichkeit ist verblüffend, wie einer meiner Boxfreunde sagen würde, aber es ist eine Ähnlichkeit der Hülle, nicht der Seele. Sie kann die Illusion nicht ewig aufrechterhalten. Bloß: Wird die Illusion lange dauern? Mit anderen Worten, um nicht lange um den heißen Brei zu reden, wie man gemeinhin zu sagen pflegt, wird Hortense, *ohne daß sie es ahnt,* ein Schicksal erleiden, das von meinen Vorgängern als *schlimmer denn der Tod* (ich zitiere) angesehen wurde? Wird sie rechtzeitig gerettet werden? Und durch welches Wunder?

Wir werden angezogen vom Labyrinth der Ähnlichkeit. Es gibt die verborgene Ähnlichkeit, die die innige Verwandtschaft der Gene verdeckt. So hätte im ›Hauptmann Fracasse‹ der Herzog von Callombreuse beinahe mit seiner Schwester geschlafen und konnte die Katastrophe des Inzests nur durch einen Knalleffekt in allerletzter Minute abwenden. Im Lied hingegen kommt das Erkennen zu spät:

> Drei Jahre lebte ich mit ihr
> Da sagte plötzlich sie zu mir
> Du gleichst dem Papa und Mama
> O Schreck sie war mein Zwilling gar!

Die Situation, mit der wir hier konfrontiert werden, ist gewissermaßen dual. Sind es poldevische Zwillinge (denn warum diese diabolische Ähnlichkeit, wenn es sich nicht um Doppelgänger, um Zwillinge, gar um Sechslinge handelt?), der Gute und der Böse, der Weiße und der Schwarze, wie ein geteilter Visconte, wie ein moderner Jekyll und Hyde, die sich das zarte Fleisch Hortenses streitig machen?

Und wenn Hortense rechtzeitig entdeckt, daß »er es nicht war«, wird das dann besser sein? Was kann sie tun? Und er, der skrupellose Verbrecher, was wird er ihr am Ende wohl antun?

Das ist die Spannung, in der ich Sie vorübergehend schmoren lasse, um Ihnen meinen Autorenmonolog preiszugeben:

Poldeven und Silikate: Monolog des Autors

Wir leben umgeben von Poldeven. Wir leben umgeben von Silikaten, aber das ist, oder ist auch nicht, etwas ganz anderes. Dieser Frage möchte ich einige Zeilen meines introspektiven Monolgs widmen.

Die Silikate, das ist bekannt, bilden einen bedeutenden Teil des Materials, aus dem die Erdoberfläche besteht. Unsere Mutter Erde enthält sie im Überfluß. Wir setzen unsere Füße auf den Boden, die Unterlage unserer Fußsohlen seit Menschengedenken (seit wir Füße haben und seit diese Füße Sohlen haben), und wir treten auf Silikate. Das Silizium ist ein Grundbestandteil unseres Erdballs. Dennoch sind wir nicht auf Siliziumbasis, sondern, wie jeder weiß, auf Kohlenstoffbasis geschaffen worden. Wir sind aus dem Lehm, aus dem Staub entstanden und kehren dorthin zurück, und wenn es stimmt, was die Worte besagen, die der Dichter der Erde in den Mund legt:

> Sie weiß, die Leiber, die sie unaufhörlich drückt,
> Sind ihre Kinder, gemacht aus etwas Erd',
> Die sich im Haus bei ihr versammelten am Herd,

dann stimmt es auch, daß wir ihr als Material unserer Skelette hauptsächlich Kohlenstoff entnehmen und zurückgeben, und kein Silizium. Man hat darüber nachgedacht und denkt immer noch darüber nach, wie ein Leben auf Siliziumbasis aussehen könnte. Aber in unserer Welt sind die Silikate um uns herum allem Anschein nach eher leblos.

Etwas anders verhält es sich mit den Poldeven. Die Poldeven sind überall. Und sie sind lebendig, höchst lebendig.

Sie sind selbstverständlich in Poldevien, ihrem Vaterland. Sie bewohnen seit unbestimmbaren, unvordenklichen Zeiten eine bodenständige Berggegend, die sie mit Banditen und Schnurrbärten bevölkern (oft co-präsent in denselben Gesichtern). Aber sie sind auch unter uns, zwar in kleiner, aber aktiver Zahl. Dieser Roman, den ich schreibe, diese einfache Chronik authentischer Ereignisse, ist hierfür nur ein Beweis unter anderen. Ist ihr Einfluß glückbringend oder unheilvoll? Müssen wir die Poldeven fürchten? Sind sie unsere Zukunft, unsere Kühnheit, unsere Hoffnung? Ich weiß es nicht, und ich frage mich.

Bilder ziehen an meinen Augen vorüber. Bilder verfolgen mich, die durch diese Kapitel, diese Absätze, diese Abschnitte geistern. Ich sehe wieder Jim Wedderburn im Gespräch mit Laurie Bloom auf der mittleren Bank in der Grünanlage Grands-Edredons: mit Sicherheit ein Poldeve, zumindest zum Teil. Ich sehe den Konditorgesellen Stéphane, der verliebt ist in die Bäckersfrau, Madame Groichant, die sahnige und pralle Madame Groichant. Ich höre ihn, ich höre sein Chanson:

Die glasierten Kastanien
Haben in Albanien
Eine Farbe wie das Militär
Doch im Baltikum
Gibt ihnen das Silizium
Dieselbe Farbe wie dem Bär

Der Tafelspitz
Hat in Wusterwitz
Eine Farbe die leicht überzwörg
Doch in Split
Ist es das Dynamit
Das ihm'ne Farbe gibt wie grk (poldevischer Wein)

Das Petit Four
Hat in Singapur
Eine Farbe rä-tselhaft
Doch ...

wieder ein Poldeve, ein poldevischer Schöner junger Mann, ich spüre es. Und von neuem taucht die Verbindung Poldevien/Silizium auf, sogar im Text des Chansons.

Nehmen wir ein anderes Beispiel:

Es gibt viel Rothaarigkeit in diesem Roman. Laurie ist rothaarig, Carlotta ist rothaarig, Armance Sinouls ist rothaarig, die von Alexander Wladimirowitsch (der kein anderer ist als Hotello) geliebte Katze ist rothaarig.

Es gibt Poldeven und Rothaarige.

(Können Sie mir folgen? Da ich ein Selbstgespräch führe, laufe ich Gefahr, mich unterwegs zu verirren, deshalb prüfe ich immer nach, ob Sie noch da sind.)

Es gibt Poldeven und Rothaarige und Silikate.

Im übrigen gibt es keinen Zufall. Der Zufall ist keine Kategorie des Erzählens.

Die elektrischen Eigenschaften des Siliziums sind von höchster Wichtigkeit. Der alte Sinouls hat in seinem Computer nur Flöhe aus Silizium haben wollen. »Das sind die besten«, hat er mir gesagt.

Es ist nicht so, daß nur die Rothaarigen schön sind. Hortense ist schön. Marilyn Monroe ist schön. Ich kenne junge Frauen, die dunkelhaarig und schön sind; aber die Rothaarigen haben ein Skelett mit außergewöhnlichen Eigenschaften, elektrischen und anderen.

Ich überlasse Ihnen die Schlußfolgerungen.

Siebenundzwanzigstes Kapitel
Madame Yvonne, das Unendliche, Sinouls

Madame Yvonne hatte ein Thema. Jede Kneipenwirtin und jeder Kneipenwirt muß ein Thema haben. Es gibt die Themen: Wetter, Sport, Steuern, Fernsehen, Wetter, Fernsehen ..., sie bilden die Masse der Kneipenaussagen neben den technischen Fragen, wie den Bestellungen und dem Telefon. Aber es gibt auch das Thema, das der Kneipe ihre Farbe, ihre Struktur, ihre Originalität gibt. Das Thema kann, und ist es auch meistens, eines der gewöhnlichen Themen sein; aber dann ist die Kneipe eine gewöhnliche Kneipe. Die muß es auch geben. Es kann ein brennendes Thema sein, wie die Poldeven, die Rothaarigen, die Silikate. In diesen Kneipen werden die wahren Probleme aufgeworfen, zur Diskussion gestellt. Man spricht über Charterflüge, Moral, Gefahren, man spricht über Züge, um die wahren, endlich aufgeworfenen Probleme zu lösen. Diese Kneipen meide ich. Es gibt immer mehr davon, und das ist schade. Wie sagt der alte Sinouls: »Auf den Bürgersteig scheißen heißt nicht, das wahre Problem der sauberen Straßen zu stellen.«

Aber es gibt Kneipen mit einem originellen Thema, um das herum sich eine gewisse Einheit von Stammgästen bildet, die wissen, daß sie hier herkommen können, um einen zu trinken, aber auch, um das Thema zur Sprache zu bringen.

Madame Yvonnes Thema war das Unendliche. Sie verdankte es dem alten Sinouls, der vor ihren Augen eine der beeindruckendsten Unendlichkeiten, eine schreckliche sogar, eröffnet hatte, die der kosmischen Räume mit ihren Milchstraßen wie Sandkörnern, mit den riesigen Armen der Spiralnebel und den ach so langsamen Anstrengungen des Lichtes, um daraus eine lebendige, herzliche Gemeinschaft zu machen, kurzum, eine Weltenkneipe.

Das erschreckte sie, und gleichzeitig faszinierte es sie. Wie es im Chanson heißt:

> Als ich einst klein noch war
> Da sagte der Vikar
> Weit fort die Sonne ist und schlimmer noch
> die Sterne
> Schwarz ist es dort und kalt
> Es herrscht die Macht der Allgewalt
> *Refrain:*
> Laplace Le Verrier
> Kepler und Ptolomä ...
> Tycho Tycho Tycho Tycho Brahé
> Galiläus Kopernik
> Galaxien und Kubrick
> Quasare Pulsare ich stopf mich voll mit Aspegic

Sie hatte es zu ihrem THEMA gemacht.

Nach und nach hatte sie durch den alten Sinouls oder andere Gäste die Entdeckung gemacht, daß es noch jede Menge anderer Unendlichkeiten gab. Aristoteles und Cantor kamen oft aufs Tapet. Sie behielt eine Schwäche für das geometrische Unendliche, das der Himmelskugel, aber sie verachtete bei Gelegenheit auch nicht die Zahl oder die Zeit.

Daher hatte sie in der »Gudule-Bar« Probleme mit ihren Kellnern. Entweder interessierten sie sich nicht für das Unendliche, verstanden nichts davon und scherten sich den Teufel drum; oder sie interessierten sich allzusehr dafür und mißachteten die unerbittliche Endlichkeit der Bestellungen: 1 Perrier, 3 Orangina, 2 Halbe, 6 Kaffee, 4 Suze, 5 Fernet-Branca, was liegt schon daran, wenn es durchaus unerreichbare Kardinalzahlen gibt? Warum soll man da nicht 5 Perrier, 1 Orangina, 4 Halbe, 3 Kaffee, 6 Suze und 2 Fernet-Branca bringen? Das ergibt doch immer nur eine trostlos endliche Permutation von Getränken. Die Gäste waren selten in der Lage, diesen Standpunkt zu verstehen.

Sie verlor ihre Angestellten ziemlich rasch. Vorsichtig geworden, interviewte sie sie *vorher* über das THEMA und stellte sie nur dann noch ein, wenn ihr die Antwort zufriedenstellend erschien. Aber das genügt nicht. Als der, den wir den neuen Kellner der »Gudule-Bar« nennen, ein Schöner junger Mann, sich vorstellte, begann sie das Gespräch ohne große Hoffnung. Sie erlitt einen Schock. Der junge Mann hatte sehr klare Vorstellungen über das Unendliche. Er glaubte nicht daran: »10 hoch 23«, sagte er zu ihr, »haben Sie sich das mal aus der Nähe angeschaut?« Madame Yvonne glaubte vor Empörung zu ersticken. Aber als gute Kneipenwirtin sah sie sofort, welchen Nutzen sie aus der Lage ziehen konnte. Gewiß, es war nicht das erste Mal, daß sie die Realität des Unendlichen leugnen hörte. Doch in der Regel geschah das mit schlaffen, patafusen Argumenten, wie der alte Sinouls sagte. Und der junge Mann hatte sehr klare Ansichten, Einwände, die große Fachkenntnis verrieten und ihr (obgleich sie sie nicht verstand) Hoffnung einflößten. Sie nahm ihn sofort in ihre Dienste. Sie konnte sich dazu nur beglückwünschen. Seinen Dienst versah er gut, was sie vorausgesehen hatte, da sie ihn für einen überzeugten Finitisten hielt (was er nicht war), aber darüber hinaus brachte er für das THEMA eine schockartige Erneuerung, die den Diskussionen der Stammgäste eine zweite Jugend verlieh.

Es war am Tag nach Hortenses Entführung. Die Nachricht hatte sich wie ein Lauffeuer im Viertel verbreitet, den verrücktesten Spekulationen Nahrung gegeben sowie ein Welle konzentrierter Wut hervorgerufen. Hortense war beliebt. »Nicht stolz«, »immer ein liebenswürdiges Wort«, »zum Anbeißen hübsch«, hörte man. Madame Groichant trug Trauer, oder fast. Man setzte alle Hoffnungen auf Blognard. Er kam selber vorbei, mit sorgenvollem Gesicht. Die beiden Fälle waren miteinander verknüpft. Man beweinte erneut Balbastre. Man zitterte noch mehr.

Aber das stand dem THEMA nicht im Wege. Die Ereignisse kommen und gehen, das THEMA bleibt.

Es gab da (ich zitiere nur die Elemente, die die Diskussion in Gang setzten, nicht den Chor der Gelegenheitsgäste):

- Madame Yvonne und den Kellner der »Gudule-Bar«,
- der Admiral im Ruhestand Nelson Edouard,
- den alten Sinouls,
- Professor Girardzoi,
- Hotello.

Der alte Sinouls und Professor Girardzoi waren zusammen gekommen. Sie kamen beide vom »Zentrum für vergleichende Patanalyse«. Professor Girardzoi war der Autor der »Sublimen Sprache« der SUMASSMA, die Sinouls in seinem Computer benutzte; die Sprache, in der es keine Beugs geben konnte (jene kleinen, bösartigen Tiere, die die Programme verschlingen) und in der es dennoch eines zu geben schien, und zwar ein riesengroßes. (Gehen Sie zurück zum siebzehnten Kapitel.) »Ich verstehe das nicht«, sagte Sinouls, »sagen Sie mir bloß nicht, daß das Gödelsche Theorem in Poldevien keine Gültigkeit hat.« (Die SUMASSMA ist poldevisch, wie ihr Erfinder, Professor Girardzoi). Es war eine scherzhafte Bemerkung. Aber der Professor hatte nicht gelacht. Bestürzt war er sich mit der Hand in den Bart gefahren und hatte gemurmelt: »Vielleicht sollten wir die Zehen der Gottheit nicht allzu sehr kitzeln.« Der alte Sinouls hatte daraufhin Durst bekommen. Er hatte den Vorschlag gemacht, vor einem Gläschen weiterzureden.

Madame Yvonne hatte gerade die Diskussion eröffnet:

»Er«, sagte sie zu Admiral Nelson Edouard und zeigte auf den Kellner der »Gudule-Bar«, »glaubt nicht an das Unendliche. Er meint, alles sei endlich«, fügte sie unvorsichtigerweise hinzu.

»Das habe ich nicht gesagt«, setzte der Kellner an, »ich

habe gesagt, daß Ihr Begriff vom Unendlichen verschwommen und unklar ist, wie übrigens auch der der Endlichkeit. Ich habe gesagt«, fuhr er fort und wandte sich vorzugsweise an den Admiral (es war bereits eine alte Kontroverse zwischen ihnen), »daß Sie, wie fast die Gesamtheit der Admirale und auch der Mathematiker, nicht einmal wissen, was eine Zahl ist. Und Ihr Begriff der »Großen Zahl« zum Beispiel beruht auf einem Wortspiel mit dem Wort Zahl, wobei Sie das Zusammenzählen der kleinen senkrechten Striche mit Rechenoperationen verwechseln. Nehmen wir zum Beispiel 65536. Auf diese Art und Weise kann man eine Zahl schreiben, die Sie und ich zählen können. Aber dann sagen Sie mir, daß es eine Zahl gibt, die Sie 2 hoch 65536 nennen, das heißt 2 multipliziert mit 2 multipliziert mit 2, und zwar 65536 mal, und daß es diese Zahl gibt, weil Sie sehr gut so weit zählen könnten, indem Sie kleine senkrechte Striche nebeneinander setzten. Ich aber antworte Ihnen: woher wissen Sie das? Einmal angenommen, Sie wären in der Lage, Ihre kleinen senkrechten Striche ziemlich schnell zu malen, sagen wir während der sehr kurzen Zeit, die das Licht braucht, um den Durchmesser eines Protons zu durchqueren, nehmen wir auch noch an, das Alter dieses Teils des Universums, in dem wir herumlaufen, betrage zwanzig Milliarden Jahre; Sie bräuchten also, wenn Sie sich Ihrer Art und Weise bedienen, Ihre Zahlen zu bestimmen, 10 hoch 19684 mal das Alter des Universums, das heißt eine »Zahl«, die 1 mit 19684 Nullen geschrieben wird, um zu dem zu gelangen, was Sie 2 hoch 65536 nennen. Ich kann Ihnen da nicht mehr folgen. Sie erinnern mich an jenen Bankangestellten, dem man ein Bündel mit Hundert-Dollar-Scheinen gegeben hatte. Er sollte nachprüfen, ob es tausend Scheine wären. Er fing an zu zählen, 1 Geldschein, 2 Geldscheine, 3, 4 ... er zählte bis 73, dann hörte er auf. Da es bis 73 gestimmt hat, würde es auch bis tausend stimmen.«

Admiral Nelson Edouard wandte ein, daß das alles

zwar sehr schön sei, daß es aber irgendwo einen großen Haufen mit ganzen Zahlen gäbe, daß es unendlich viele davon gäbe, jeder wisse das, man brauche nur aus dem Vollen zu schöpfen, und daß er weiterhin an die reale und aktuelle Unendlichkeit der Gesamtheit aller ganzen Zahlen glauben würde, wie es ihn sein Dienstvorgesetzter, Admiral Dieudonné, gelehrt habe.

»Noch einmal«, fuhr der Kellner der »Gudule-Bar« fort, «ich habe ja nichts dagegen, daß Sie an alle Unendlichkeiten glauben, die Ihnen Spaß machen, aber ich möchte, daß Sie sich bemühen, ein wenig genauer darzulegen, was Sie darunter verstehen.«

Er trank eine kleine Flasche Vichy, um wieder zu Atem zu kommen.

»Die ganzen Zahlen, die nutzen sich ab«, murmelte Professor Girardzoi kryptisch und strich sich dabei nachdenklich den Bart.

Der Kellner der »Gudule-Bar« fuhr folgendermaßen fort:

»Nehmen wir ein anderes Beispiel: ein gewöhnliches Blatt Papier, auf das man meinetwegen 1500 Zeichen tippen kann. Diese Zeichen werden auf der Tastatur Ihrer Schreibmaschine ausgewählt, die meinetwegen über 80 Zeichen verfügt. Für Sie, Herr Admiral, gibt es 80 hoch 1500 verschiedene Texte, die Sie auf Ihrer Maschine tippen können. Sie tippen (er wandte sich jetzt an Madame Yvonne) ein erstes Zeichen, ausgewählt unter den 80 zu Ihrer Verfügung stehenden Zeichen. Dann ein zweites, völlig unabhängig vom ersten. Das sind schon 80, mit 80 Möglichkeiten multipliziert. Jedesmal, wenn Sie ein neues Zeichen tippen, multiplizieren Sie die Anzahl der so hervorgebrachten Textanfänge, alle verschieden, nicht wahr, noch einmal mit 80 (Madame Yvonne machte ein »Oh« des Erstaunens angesichts der Ungeheuerlichkeit all der verschiedenen maschinenbeschriebenen Seiten, die vor sie hingeblättert wurden. Es war schlimmer als ein Raumschiff). »Aber was mich angeht«, sagte der Kellner, »so weiß ich nicht einmal, ob diese ›Zahl‹ von Texten endlich ist. Vielleicht ist sie unendlich: Vielleicht kann man nicht einmal die Gesamtheit aller dieser Texte als konsistent betrachten. Vielleicht wird es bis in alle Ewigkeit immer möglich sein, eine neue Seite zu tippen, die von den anderen verschieden ist. Das Unendliche ist im Raum, in der Zeit und in den Gedanken gar nicht so weit entfernt. Vielleicht tauchen wir ins Unendliche, wenn wir uns den alltäglichsten Tätigkeiten hingeben, ein Gänseblümchen entblättern, ein wenig, sehr leidenschaftlich, bis zum Wahnsinn... oder wenn wir 2 Perrier, 5 Orangina, 6 Halbe, 1 Kaffee, 3 Suze und 4 Fernet-Branca servieren.

Der Admiral sagte nichts. Er war ein wenig erschüttert und dachte daran, einen Brief an die NASA zu schreiben, um ihnen zur Vorsicht zu raten.

Der alte Sinouls nutzte die Windstille, um die Lambda-Rechnung in Gang zu setzen. Die Gesellschaft ging auseinander.

Achtundzwanzigstes Kapitel
Balbastres Geheimnis

Und das Opfer? Vergißt man es? Ist nach dem Kummer, nach dem Mitleid, der Empörung bereits die Zeit des Vergessens gekommen?

Auf jeden Fall nicht für Blognard. Er holt aus seiner Tasche einen zu hundert Prozent aus Schafsmilch hergestellten Joghurt: »Dieser Joghurt wird aus der Schafsmilch gewonnen, die von den Schäfern jeden Morgen bei der Käserei von Bacon-les-Mouillères abgeliefert wird. Um seinen feinen Geschmack voll zu würdigen, kann man ihn ohne Zusätze oder mit Zucker verzehren. Hingegen (?) kann man ihn sehr gut mit Konfitüren oder einem alten Alkohol würzen. Professor Shahaniskoi hat nachgewiesen, daß der Joghurt ...« Blognard hat den Joghurt aus seiner Kartonhülle, auf der er gerade diese Zeilen gelesen hat, befreit. Das »hingegen« in der fünften Zeile beschäftigt ihn eine Weile, während er mit seinem Löffel in die sahnige und weiße Oberfläche in dem zwölfeckigen Becher eintaucht.

Er befindet sich in seinem Büro am Quai des En-La-Matière. Im Morgengrauen des verhängnisvollen Tages, der auf Hortenses Entführung folgt. Die Sonne ist nicht stolz; sie fühlt sich irgendwie verantwortlich. Blognard hat den Joghurt und die Akte des Falls in einer Plastiktüte mitgebracht, die seine Frau ihm gegeben hat. Es ist eine Plastiktüte, die Madame Blognard nach Katalog bei Laurie bestellt hat. Sie kommt aus der Buchhandlung »Der Hund von Baskerville«, Baker Street, London. Die Worte *The Hound of the Baskervilles* stehen über einem Hundeporträt, in Druckbuchstaben des gleichen Namens.

Blognard vergißt Balbastre nicht. Er wurde in diesen letzten Tagen in der Grünanlage Grands-Edredons auf allen vieren gesehen; nicht weil er versucht, wie das seine

Gewohnheit ist, sich in die Haut des Opfers zu versetzen, um dann wie es zu denken, darauf hat er mehr oder weniger verzichtet, auf jeden Fall in dieser Form, sondern weil er versucht, sich seine letzten Schritte zu vergegenwärtigen, seine letzten Augenblicke zu rekonstruieren. Alle Straßen um die Kirche Sainte-Gudule sind gründlich durchgekämmt worden; Arapède ist in allen Häusern gewesen und hat in einem großen Heft die Zeugenaussagen festgehalten. Darunter ist eine ganz wichtige.

Blognard denkt lange über sie nach, wobei er von Zeit zu Zeit einen durchdringenden Blick auf das Foto von Balbastre wirft, das er auf dem Schreibtisch neben dem Joghurtbecher aufgestellt hat.

Madame Anylline, die Besitzern der chemischen Reinigung in der Rue Grands-Edredons ist wegen der Aufregungen (siehe ›Das Entsetzen der chemischen Reinigungen‹, eine Ermittlung Inspektor Blognards, erschienen in derselben Reihe) aus ihrer Wohnung in der Rue des Citoyens Nr. 53, Treppenaufgang D, erster Stock, ausgezogen und hat sich zu ihrer Tochter in die Rue des Milleguiettes geflüchtet, gegenüber dem Haus der Sinouls'. Sie ist sehr lärmempfindlich und schläft wenig. Am Abend des Verbrechens lag sie in ihrem Fenster, die Ellbogen auf der Fensterbank, und hat dabei Balbastre gesehen. Sie hat auch den Verbrecher gesehen, zweifellos war es der Verbrecher, aber von hinten. Sie beschreibt ihn sehr genau: von mittlerer Größe, besondere Kennzeichen – keine. Blognard erhofft sich keinen besonders großen Nutzen von dieser Personenbeschreibung, außer daß der Verbrecher ein Mann ist, aber nicht einmal dessen kann man absolut sicher sein: Für Madame Anylline sind alle Verbrecher Männer, und umgekehrt sind seit dem Fall des »Entsetzens der chemischen Reinigungen« alle Männer Verbrecher. Was unendlich viel wichtiger ist, ist das, was sie über das Verhalten Balbastres sagt: »Es lief schwanzwedelnd auf ihn zu, der arme Liebling. Er schien so froh zu sein! Und dann ist er plötzlich stehengeblieben, hat geschnüffelt, Witterung genommen und ist davongerannt, als sei ihm der Leibhaftige auf den Fersen. Und so war es auch, er hatte den Leibhaftigen auf den Fersen. Der andere ist hinter ihm hergerannt. Verhaften Sie ihn, Herr Inspektor, ich flehe Sie an. Es ist sicherlich derselbe wie meiner (der Verbrecher, den man das »Entsetzen der chemischen Reinigungen« nannte, war zwar entlarvt, aber nicht verhaftet worden).«

Also: *das Opfer kannte seinen Mörder.*

Oder genauer, es gibt zwei Möglichkeiten:

– Entweder das Opfer kennt den Mörder; es ist ein Freund (das Schwanzwedeln), es läuft auf ihn zu. Doch er macht eine unvorhergesehene Geste der Bedrohung. Das Opfer flieht, er folgt ihm, holt es ein, bevor es den Altarraum der Kirche Sainte-Gudule erreicht, schlägt zu. Erstes Szenario: sehr wahrscheinlich!

– Oder das Opfer *glaubt* den Mörder zu kennen. Das Opfer läuft auf ihn zu, mit den gleichen Freudenreaktionen wie im ersten Handlungsablauf. Bemerkt seinen Irrtum (es ist Nacht, die Ähnlichkeit ist womöglich nicht sehr groß), weicht zurück, flieht, das gleiche Resultat wie im vorhergehenden Fall. Zweites Szenario: möglich!

Im ersten Szenario gibt es etwas im Leben des Opfers, das es mit dem Mörder in Verbindung gebracht hat.

Im zweiten Szenario gibt es jemanden im Leben des Opfer, der dem Verbrecher gleicht. Er muß zuallererst gesucht werden.

Die beiden Szenarios setzen die gleichen Anfangsermittlungen voraus. Wenn aber im zweiten Fall der Mörder ein völlig Unbekannter ist und die Ähnlichkeiten sind zufällig und trügerisch, dann ist Blognard nicht sehr viel weitergekommen.

Blognard glaubt das nicht. Es gibt in Sachen Kriminalität ein Axiom, das in einem zivilisierten Land wie dem unseren Gültigkeit besitzt. *Man ermordet nur Leute, die man kennt.* Es ist nicht wie in Amerika. Wir haben noch ein Gefühl für menschliche Beziehungen. Das erste Szenario bedarf auf Grund dieses Axioms keiner zusätzlichen Erhellung. Im zweiten hingegen führt es zu folgender Schlußfolgerung: Balbastre kennt x. *Der Mörder kennt x* (das ist die schwache Form des Axioms, das Blognard, seiner Methode entsprechend, so ausdrückt: *Man wird nur von jemandem ermordet, den man kennt, oder aber von jemandem, der jemanden kennt, den man kennt*).

In allen Fällen ist die Zeugenaussage von Madame Anylline von größer Wichtigkeit und zeigt, welcher Weg einzuschlagen ist. Blognard ißt seinen Joghurt auf (einen Becher zu hundert Gramm).

Es gibt ein *Geheimnis in Balbastres Leben.* Es wird auf der Stelle verraten (die Zeit drängt, wir nähern uns dem Ende). Arapède bringt es auf. Er betritt das Büro zusammen mit dem poldevischen Inspektor. Der poldevische Inspektor fühlt sich nicht so recht wohl in seiner Haut. Er geht wie auf Eiern, mit unendlicher Behutsamkeit. Vielleicht hat er Gicht, wie Sinouls. Er setzt sich auf die Kante seines Stuhls und hört aufmerksam zu. Er schaut. Wie wir.

Arapède stellt einen Videorekorder auf den Schreibtisch, schließt ihn an, schiebt eine Kassette hinein. Auf dem Bildschirm erscheint der Schöne junge Mann aus dem Werbespot für Jeanshosen. Er geht am Strand entlang, er betrachtet das Meer. Die weiblichen Badegäste stützen sich auf den Ellbogen, um ihn zu beobachten, wie er langsam seine Jeans auszieht, um nur noch in der Badehose vor dem Meer zu stehen. Dann dreht er sich um und wendet sich der Silhouette zu, die am salzigen und blauen Meer entlang auf ihn zuläuft. Er hält seine Jeans in der Hand, man sieht das Markenzeichen. Man sieht ganz deutlich die tätowierte Schnecke auf der linken Pobacke. Vor allem aber sieht man das Ende des Werbespots. Der Hund stürzt auf ihn zu, umarmt ihn aufs herzlichste und stiehlt die Jeans, die er über den Sand schleppt, wobei er sorgfältig darauf achtet, daß das Markenzeichen sichtbar bleibt.

Dieser Hund ist Balbastre!

Einige Zeit vor dem Beginn der Ereignisse, aus denen unsere Geschichte besteht, las Balbastre in der ›Zeitung‹ einen Artikel, der ihn sehr beunruhigte: Ein machiavellistisches Individuum hatte einen Apparat entwickelt, der den Hunden zu bellen verbot. Ja, zu bellen. Man legte ihnen ein Anti-Bell-Band um den Hals, und hopp, schon kamen die Anti-Bell-Wellen heraus, drangen dem Unglücklichen in den Kopf und hemmten die Bellhormone. Er blieb stumm. Er wollte bellen, er machte das Maul auf, er konnte nicht! Die Versuche waren überzeugend gewesen, man konnte mit der industriellen Produktion beginnen. Balbastre war völlig gebrochen. Er sprach mit einigen Hunden aus dem Viertel darüber; alle waren sich in einem Punkt einig: man mußte reagieren, und zwar schnell: andernfalls würde den Hunden das zustoßen, was gerade den Rauchern zustieß. Man mußte handeln, aber wie?

Zuerst durch eine Kampagne zur Sensibilisierung der öffentlichen Meinung: eine Pressure-group gründen, die die Hunde, die Hundebesitzer und die kleinen Mädchen oder kleinen Jungen umfaßte, die Hunde haben oder Hunde haben möchten. Dazu war zwingend ein Verein gemäß §§ 21 ff BGB geboten. Balbastre gründete also den VVB (Verein für die Verteidigung des Bellens). Damit der VVB aber lebens- und leistungsfähig war, brauchte er Geld. Balbastre suchte lange nach Finanzierungsquellen für den VVB. Die Beiträge der auf Anhieb sehr zahlreichen Mitglieder genügten nicht (die Beitragshöhe war auf den Gegenwert von einem Knochen monatlich festgesetzt worden, was zusammen mit dem Fortschritt des grünen Europa und dem Wegfall der Kompensationsbeträge keinen großen Spielraum ließ; nicht einmal eine Minute Fernsehwerbung konnte davon bezahlt werden).

Aber gerade diese Idee der Fernsehwerbung für den

VVB brachte Balbastre auf die Lösung seines Finanzierungsproblems.

Es gab in der Hundegemeinde einzelne, deren Geldmittel die bescheidenen Mittel der Masse der Mitglieder übertrafen. Es waren die Hunde, die für die Werbung arbeiteten, die als Modelle in den Werbespots dienten, welche die Produkte für Hunde und für kleine Mädchen oder kleine Jungen anpreisen (es kommt immer gut an, wenn man für den Verkauf von Biskuits oder Waschpulver einen Hund hat). Hier schlummerten ungeheuere potentielle Geldmittel. Und deshalb beschloß Balbastre, weil er sich das als Präsident des VVB schuldig war, mit gutem Beispiel voranzugehen und das zu tun, was er wegen der Lauterkeit seiner Überzeugungen immer abgelehnt hatte: in Werbefilmen mitzuspielen.

Arapède hatte bei der für den Film verantwortlichen Agentur Probeaufnahmen und Rushes aufgestöbert. Darin sah man Balbastre mit dem Schönen jungen Mann aus dem Fernsehspot. Sie standen offensichtlich im besten Einvernehmen. Sie waren sehr gute Freunde, sagte der Direktor der Agentur. Sie wichen einander nicht von den Fersen. (»Wie sollten sie auch«, sagte Arapède, »da Balbastre gar keine hatte.«)

Man hatte eine Spur.

(Beruhigen wir den Leser. Trotz Balbastres Tod und der auf Grund strategischer Meinungsverschiedenheiten innerhalb des Büros daraus folgenden Schwächung des Vereins VVB sind die furchtbaren Gefahren, die den Hunden drohten, im Augenblick aus dem Wege geräumt: Das Produkt mit den Anti-Bell-Wellen ist wirklich noch nicht ausgereift. Etwas umfassendere Versuche haben unerwünschte *Nebenwirkungen* gezeigt: gewiß, das Bellen verschwand. Aber die Versuchskaninchen begannen zu beißen, zwanghaft, oft und schweigend zu beißen (und das aus gutem Grund) und ohne Vorwarnung.)

Neunundzwanzigstes Kapitel
Das Konzert der Dew-Pon Dew-Val

Die unerhörte und vorsätzliche Tat, Hortenses Entführung, beschleunigt das Ende. Um Mitternacht, vor dem »Bunker«, stehen wir nicht einmal vierundzwanzig Stunden, oder fast, vor der Auflösung.

Es ist neun Minuten nach Mitternacht vor dem »Bunker«. Es sind da: Gormanskoi, das Pony Cyrandzoi, Hotello, Carlotta und Eugénie sowie Laurie, die zu ihnen gestoßen ist. In ihren Augen glänzt keine Freude. Alle denken an die Gefahren, die Hortense drohen.

Und jetzt?

Als sich Carlotta voller Begeisterung bereiterklärte, Hortense und dem Prinzen zu helfen (eine Begeisterung, die noch dadurch Auftrieb bekam, daß sie eine von ihrem Freund Cyrandzoi gezogene Kutsche würde lenken dürfen, hatte sie in der ersten Sekunde, die dem Ja folgte, das sie Gormanskoi gab, nicht darüber nachgedacht, was der für diese Operationen gewählte Tag und die Stunde bedeuteten. In der zweiten Sekunde dachte sie daran, und sie zögerte einen Augenblick lang. Aber dieses Zögern war nicht sichtbar (außer in den geübten Augen von Gormanskoi, Hotello, Eugénie (die außerdem Bescheid wußte) und Cyrandzoi). Dieses Datum, diese Stunde waren für Carlotta ein harter Schlag. Zum gleichen Zeitpunkt, und zwar um ein Uhr morgens, gab es in der Stadt das erste große Nachtkonzert der Dew-Pon Dew-Val; es würde im großen Saal des »Nadir« stattfinden, einer Käseglocke aus Glas, die zehntausend Zuschauer faßte. Dem Autor, der für die Karten Schlange gestanden hatte (was sie wegen der Schule nicht tun konnten), hatten sie es zu verdanken, daß sie mit Sicherheit hineinkommen würden (und deshalb hatte jede von ihnen angekündigt, sie werde die Nacht bei der andern verbringen, da das Konzert unheimlich spät zu Ende gehen sollte). Carlotta *mußte auf das Konzert verzichten.* Sie zitterte unter dem Schlag, aber nur innerlich. Kein Muskel ihres Gesichts zuckte, nicht ein einziges ihrer roten Haare zitterte. Ihre Stimme blieb fest, als sie den Prinzen um Anweisungen bat.

Doch Hortenses Entführung hatte zur Folge, daß es noch möglich war, wenn man schnell handelte, rechtzeitig ins Konzert zu kommen. Trotz seiner Bestürzung zögerte Prinz Gormanskoi nicht. »Mesdemoiselles«, sagte er, »meine Kutsche steht Ihnen zur Verfügung«. Und während Laurie mit dem Prinzen einen trinken ging, um ihm beizustehen, brachte die von Cyrandzoi gezogene Kutsche Carlotta, Eugénie und Hotello mit einer teuflischen Geschwindigkeit zu den Toren des »Nadir«.

Es gab zwar zehntausend Plätze, aber es waren dreizehntausend Karten verkauft worden, von den gefälschten ganz zu schweigen. Da der Platz dem gehörte, der als erster drauf saß, hatten die zukünftigen Zuhörer(innen) bereits seit Schulschluß auf die Öffnung der Türen gewartet. Carlotta und Eugénie hätten ebenso gehandelt und hatten keine Hoffnung mehr, anderswo als in den letzten Reihen unterzukommen. Das hieß nicht mit Hotello rechnen, der allmählich wieder sein altes Gesicht bekam, nämlich das des Prinzen Alexander Wladimirowitsch. Er zeigte am Künstlereingang seinen Diplomaten-Passierschein vor und verschaffte ihnen Einlaß in den Saal, und schon befanden sie sich in den allerersten Reihen. Cyrandzoi, ein geheimer Bewunderer der Dew-Pon Dew-Val wäre auch gern hineingegangen. Aber Alexander Wladimirowitsch wies ihn darauf hin, daß, wenn er als Katze in der Menge auch mehr oder weniger unbemerkt blieb, es sich für ein Pony doch nicht ebenso verhielte. Und außerdem müsse er die Kutsche bewachen, die sie nach dem Konzert zur Grünanlage Grands-Edredons zurückbringen sollte. Cyrandzoi seufzte, verstand aber die Trefflichkeit der Argumente.

Wir werden nicht in den Saal des »Nadir« hineingehen.

Das ist nichts für unser Alter. Auf jeden Fall werden wir durch einen Bericht aus erster Hand erfahren, was sich zugetragen hat, denn Carlotta rief uns höchstpersönlich an, sobald sie nach Hause gekommen war und ein Beruhigungsbad genommen hatte.

»Es ware irre   ja   es war irre   aber wirklich irre
un-be-schreib-lich
ich war genauso irre
das ist nicht schlimm   du schnallst es nicht
na ja die Größe stell dir die Grünanlage vor   gut es war vorgesehen für zehntausend
wir waren gut zwölftausend da drin von wegen bewegen
gute Nacht   du schnallst das einfach nicht
du weißt ja
und alle grölten als wären sie krank
und nicht nur die Mädchen   die Jungen genauso ich kann dir flüstern
ich hatte mich nach rechts verschanzt
nach rechts verstehst du ich meine
um Tom ansehen zu können
verstehst du
ich war hysterisch   hi-ste-risch
gut, die Wand, Pappmaché
die Scheinwerfer mitten in der Fresse, das macht einen wach, die Scheinwerfer
da war so'n Weib, die hatte einen Regenschirm dabei,
der war für die Sterne, die vielleicht runterfallen
und Stöckelschuhe mitten auf meinen Fuß
ich dreh mich um ich seh Aurélia   nein, zuerst *hör* ich Aurélia
ganz einfach niemand schreit so schrill wie sie ich war mir meiner Sache sicher sie erkennt mich nicht einmal es war entsetzlich dieses Konzert es war die Hölle
Carlotta sie war verrückt
kommt an   er schenkt uns ein *breites* Lächeln   eine war

drunter der schenkt er ein *breites* Lächeln ich hätte sie umbringen können Aurélia schreit wo ist sie damit ich sie umbringe sie betrachtet Tom mit einem Fernglas Tom hat mich gesehen ich bin sicher, daß Tom mich gesehen hat
galoppierende Lungenentzündung im Gehirn das bin ich nicht das kann nicht wahr sein un-be-schreib-lich du schnallst das nicht ich bin doch diese Irre
ja, genauso ist es Krämpfe im Hals
Tom vorne angestrahlt von einem roten Scheinwerfer im T-Shirt
er steht ganz oben er ist vorne auf der Bühne ein bißchen größer nur ein bißchen un-be-schreib-lich
ich bin in der erste Reihe mit Eugénie und Aurélia
die grölen dadrin
die grölen die klatschen in die Hände
ich hab nicht mal mehr Füße
sie kommen
eine ist drunter die will auf die Bühne klettern sie wird runtergeschmissen
wir drei waren am kränksten
aber das bin ich nicht! das ist nicht Carlotta! nein, Carlotta ist nicht verrückt
Joseph*
Joseph sagt »Ihr seid das beste ... Publikum«
Joseph zieht seine Jacke aus er hat ein rotes T-Shirt an mit Sternen
Oh Mann ganz tolle Effekte wir schreien damit er sich umdreht
in der ersten Reihe werden alle ohnmächtig es sitzen nur Mädchen in der ersten Reihe
meine Beine kleben an den Jeans
Tom sagt »*Good night!* ...« wir rufen »OH NEIN«

* Das ist der dritte Dew-Pon Dew-Val; es gibt Tom Butler, es gibt Tim Butler (nicht miteinander verwandt), es gibt Joseph Le Just, und die Musiker. *Anmerkung des Autors.*

sie kommen zurück
sie haben gesungen: .... und dann .... und dann .... also gut
wir gehen nach Hause ich stelle das Radio an und was spielen sie Dew-Pon Dew-Val mehr sag ich nicht

Das war das Konzert der Dew-Pon Dew-Val im Saal des »Nadir«, in der Nacht, in der Hortense entführt wurde.

Dreissigstes Kapitel
Die Exhumierung

Trotz ihrer gespannten Aufmerksamkeit und ihrer intensiven Teilnahme am Konzert hatte Carlotta links von der Bühne Inspektor Arapède bemerkt. Da das wenige, was sie über ihn wußte, nicht darauf schließen ließ, daß er ein aufgeschlossener Liebhaber der Dew-Pon Dew-Valschen Musik war, war sie darüber erstaunt. Sie stellte fest, daß seine Augen auf Tom Butler geheftet waren. Sie hatte die ihren überall, sie war in der Lage, zwei und zwei zusammenzuzählen und vier zu bekommen und sogar zwei und zwei siebenunddreißigmal zusammenzuzählen, eins abzuziehen und das richtige Ergebnis zu bekommen, diese eingehende Betrachtung gefiel ihr gar nicht. Und ihre Unruhe verwandelte sich in Bestürzung, als sie, von Hotello dank seines Passierscheins hinter der Bühne entlanggeführt, um zur Kutsche zu gelangen und dem armen Cyrandzoi vom Konzert zu erzählen, den Inspektor zu einem Mitglied des Sicherheitsdienstes sagen hörte: »Übergeben Sie bitte Monsieur Tom Butler diese Vorladung von Inspektor Blognard. Er soll sich heute morgen um zehn Uhr bei dem alten Sinouls melden. Die Adresse steht auf der Vorladung.«

Nachdem sie nach Hause gekommen war, um zu baden, mit Eugénie zu diskutieren und mit dem Autor zu telefonieren, beschloß sie, ein ernster Entschluß, *den Vormittagsunterricht zu schwänzen*, und ganz besonders den Geographieunterricht, der den Neuen Erdölproduzenten gewidmet war: II) Poldevien.

Sie würde sich zum alten Sinouls begeben.

Was würde dort wohl geschehen?

Bekanntlich hat eine gesunde Reaktion auf die Exzesse der modernen Welt seit einigen Jahren zu einem Wiederaufleben des Interesses für gewisse Dinge und Methoden der Vergangenheit geführt, die zu Gunsten des Gottes Wissenschaft, einem Idol auf tönernen Füßen, leider zu stark vernachlässigt worden sind: Krebs wird mit Kamilleninfusionen behandelt, die Politiker fragen Hellseherinnen und Kristallkugeln um Rat, bevor sie eine Entscheidung treffen; angesichts der offensichtlichen Gefahren und der schädlichen Wirkungen der Narkosen haben manche Krankenhäuser sogar beschlossen, Blinddarmoperationen durchzuführen, ohne die Kranken einzuschläfern, oder sie überhaupt nicht zu operieren. Kurzum, auf allen Gebieten ist in den Köpfen eine glückliche Entwicklung im Gange.

Die Suche nach gerichtlichen Beweisen hat sich dieser großen, aus den Tiefen unserer Gesellschaft kommenden Bewegung nicht entziehen können. Die großen mittelalterlichen Traditionen wurden wiederentdeckt. Blognard konnte sich den Pressionen von ganz oben, er solle diese Entdeckungen oder neuesten Wiederentdeckungen bei seinen Ermittlungen berücksichtigen, nicht verschließen. Trotz seines Zögerns und Arapèdes offensichtlicher Skepsis hatte er beschlossen, eine der berühmtesten Methoden der Geschichte auszuprobieren. Um ganz ehrlich zu sein, erwartete er sich von der Methode selbst eigentlich nichts; aber es kam ihm durchaus gelegen, gewisse Verdächtige (er hatte allmählich ziemlich genaue Verdachtsmomente) diesem Gottesurteil zu unterwerfen, das für die Menschen der Neuzeit so ungewöhnlich ist, daß ihre Reaktionen durchaus interessant sein könnten.

Es war in der Tat klar, daß sich die Poldeven-Connection bestätigt und ganz klare Gestalt angenommen hatte, seit man die Verbindung Balbastres zu dem Schönen jungen Mann aus dem Werbespot entdeckt und die Zeugenaussage von Madame Anylline vernommen hatte. Die Schönen jungen Männer, die einander so ähnlich sahen und kürzlich im Viertel aufgetaucht waren, würden einige Erklärungen abgeben müssen. Vielleicht war es möglich, durch dieses doch etwas gotische Experiment, das gewagt werden sollte, Zeit zu gewinnen. Und Zeit zu gewinnen war wichtig, denn jede weitere Stunde war eine Gefahr mehr für Hortense, deren Entführung, dessen war sich Blognard sicher (ohne daß er alles das wußte, was wir wissen), die Tat des Verbrechers war. Er hatte also Tom Butler, Stéphane, den Konditorgesellen von Madame Groichant, den Kellner der »Gudule-Bar«, Molinet Jean und Crétin Guillaume vorgeladen; Jim Wedderburn war unauffindbar. Den jungen Mann aus dem Werbespot hatte man noch nicht identifiziert. Inspektor She. Hol., der Arapède und Blognard begleitete, fühlte sich nicht ganz wohl in seiner Haut und war ein wenig nervös, ganz entgegen seiner Gewohnheit. Der alte Sinouls, voreingenommen und ironisch, erwartete sie auf seiner Schwelle, ein Pils in der Hand.

Alle traten ein. Man begab sich in den Garten.

Blognard wollte jeweils nur einen einzigen Verdächtigen, einen einzigen »mutmaßlichen Poldeven« gleichzeitig prüfen (denn es war eine Art Prüfung), damit die Reaktionen rein und unzweideutig wären. Um das offene Grab Balbastres standen also nur die drei Inspektoren, der alte Sinouls und ich (wir waren nicht mehr verdächtig, man konnte uns unter keinen Umständen verdächtigen, Schöne junge Männer zu sein!). Auch Carlotta war da, aber hinter dem Klatschmohn versteckt. Die Verdächtigen hatte man im Sinoulsschen Salon unter Balbastres Porträts gruppiert, und sie warteten, bis sie an die Reihe kamen. Um seine Nervosität zu meistern, sang der Konditorgehilfe Stéphane eine Strophe aus seinem Lieblingslied, jene, die ihm ein schönes Paar Ohrfeigen von Madame Groichant eingetragen hatte:

Bei deinem Liebesgrübchen
Fühl ich vierhändig mich

Erwärm du schön dein Stübchen
Fürn Anstich sorge ich
Refrain:
Du zieltest nicht zum Scherz
Mir ins gefüllte Herz

Tom Butler kam näher. Er war noch in seinem Bühnenkostüm und zitterte trotz der bereits beträchtlichen Wärme des strahlenden Morgens.

Er sollte der Gegenüberstellungsprobe unterzogen werden. Bei der mittelalterlichen Gegenüberstellungsprobe wird der Verdächtige mit der Leiche des Opfers konfrontiert. Wenn das Opfer reagiert, das heißt wenn seine Wunden wieder zu bluten anfangen oder wenn es ein anderes derartiges Zeichen gibt, so ist der Verdächtige schuldig. Dem Opfer wird volles Vertrauen geschenkt, man ist der Ansicht, daß es nicht lügt.

Balbastre war also auf Anordnung des Untersuchungsrichters exhumiert worden. Intakt (einbalsamiert, was ihm eine gewisse Ähnlichkeit mit Kaiser Nero verlieh), unverändert, ruhig lag er da in seinem gläsernen Sarg.

»Treten Sie näher«, sagte Blognard zu Tom Butler.

Und die drei Inspektoren traten ebenfalls näher, um die Reaktionen des Opfers besser zu sehen. Tom Butler machte einige Schritte bis zum Rand des Grabes. Carlotta hatte sich genau hinter die blühende Judendornhecke gestellt.

Balbastres Haare sträubten sich, das heißt sie richteten sich auf wie die Haare von Madame Mac Miche in ›Ein guter kleiner Teufel‹ der Comtesse de Ségur, geborene Rostopchine.

Das war ein *Zeichen*. Blognard trat einen Schritt vor. Tom Butler wurde blaß.

»Warten Sie!« rief Carlotta und stürzte sich zwischen Blognard und Tom Butler. Sie bildete mit ihrem Körper so etwas wie einen Schutzwall für ihn. »Warten Sie, Sie vergessen den Gegenbeweis.«

»Das stimmt«, sagte Blognard, »das stimmt, Mademoiselle Carlotta, wir hätten beinahe den Gegenbeweis vergessen. Was schlagen Sie vor?«

Carlotta sagte es ihm, ohne zu zögern. Man wartete. Alle traten vom Grab zurück, und Balbastres Haare beruhigten sich und legten sich wieder. Polizisten kamen mit einem Videorekorder, der in der Nähe des Sarges aufgestellt wurde. Carlotta schob die Kassette hinein, um die sie gebeten hatte, und auf dem Bildschirm erschien der Sänger der Gruppe Hi Hi, Eugénies Große Liebe, Martenskoi. Tom Butler blieb auf Distanz, alle näherten sich Balbastre.

Balbastres Haare sträubten sich von neuem.

»Sehen Sie«, sagte Carlotta triumphierend, »Ihre Gegenüberstellung beweist nichts.«

»Vielleicht«, sagte Blognard. »Ich danke Ihnen, Mademoiselle.«

Als Carlotta nach Hause ging, spürte sie, trotz der Freude, die ihr Sieg ihr bereitete, der, so dachte sie, Tom Butlers unmittelbare Verhaftung verhindert hatte, daß er trotz allem nach wie vor verdächtig war. Denn man konnte aus dem Experiment eine ganze Reihe divergierender Schlußfolgerungen ziehen, die Tom Butler nicht alle entlasteten. (Welche?).

Sie war noch nicht am Ende ihres Kummers. Sie mußte, sie mußte...

Sie mußte Hortense befreien und den wahren Verbrecher entlarven.

Sechster Teil

Carlotta gegen K'manoroigs

Einunddreissigstes Kapitel
Blognard

Nach Carlottas Intervention und ihrem Weggang schien Blognard einen Augenblick lang aus der Fassung gebracht. Ich hatte den Eindruck, daß er die Absicht gehabt hatte, Tom Butler zu verhaften oder ihn zumindest zum Verhör dazubehalten. Aber er hatte seine Meinung ganz offensichtlich geändert. Er kündigte an, daß die Gegenüberstellungsprobe fürs erste unterbrochen sei, und man ließ Balbastre wieder in sein Grab hinab. Seine Haare hatten sich nach soviel Aufregung, die so schwierig zu deuten war, wieder geglättet.

Als die drei Inspektoren den Sinoulsschen Garten verließen, lenkten sie ihre Schritte zur »Gudule-Bar«. Madame Yvonne, die vorübergehend ohne ihren neuen Kellner auskommen mußte, da dieser in der poldevischen Lehnsmannschaft zu den Verdächtigen gehörte, bediente die Gäste höchstpersönlich. Sie trat mit einer Spur von Kälte auf, denn sie liebte zwar Inspektor Blognard, einen alten Stammgast, der ihr Kundschaft gebracht hatte, als er beim Fall des »Schreckens der Haushaltwarenhändler« ihr Lokal zu seinem Hauptquartier machte, aber sie war von der Unschuld ihres Angestellten überzeugt, der äußerst interessante Ideen über das Unendliche hatte. Sie wäre untröstlich gewesen, wenn sie ihn hätte ins Gefängnis wandern sehen. Natürlich, wenn er wirklich Balbastre ermordet hätte ... Aber sie war sich des Gegenteils sicher.

Sie brachte dem Inspektor seine übliche (doppelt-starke) Diabolo-Grenadine und einen Canada-dry für Arapède: Dieser hatte eines Tages ein von Blognard errichtetes Gerüst von Beweisen in Zweifel gezogen (vergessen wir nicht, daß er von Veranlagung, Bildung und philosophischem Entschluß her Skeptiker war), indem er sagte: »Das sind keine Beweise, obwohl es so aussieht, das ist ein Canada-dry von Beweisen.« Er war sehr stolz auf seinen Vergleich gewesen und hatte daraufhin angefangen, Canada-drys (oder Canadas-dry, ich weiß nicht) zu trinken.

Madame Yvonne stellte ihr Tablett auf den Tisch und sagte:

»Und was darf es für den Schönen jungen Mann sein?«

Inspektor She. Hol. schien über diese Anredeweise überrascht. Er schwieg eine ganze Weile, wobei er unbequem auf seinem Stuhl saß, dann antwortete er:

»Mein Name ist Shorulikeszaky, Holamesidjudji. Ich bin allervergehrtenhaftibus, Madame Yvonnne, geehrextremisimus...«

Kurzum, er wollte einen Fernet-Branca. Er tauchte seine Lippen hinein und trank, ohne mit den Wimpern zu zucken, den wilden Likör des Grafen Branca auf einen Zug.

Sein Beitrag zu den Ermittlungen war bis jetzt gleich Null gewesen. Er folgte Blognard und Arapède wie ihr Schatten, hörte aufmerksam zu, machte sich reichlich Notizen, las alle Depeschen, bewunderte Blognards Technik und seine Ausrüstung, vor allem sein Computerterminal, aber er äußerte keine andere Meinung als Kommentare über die Sitten und Gebräuche der Bewohner der Stadt, die er mit denen der Poldeven aus der Hauptstadt verglich.

Da seine mündlichen Interventionen schier endlos waren, war Blognard eigentlich gar nicht böse darüber, daß er keine She. Hol.schen Thesen zu diskutieren brauchte, die ihm viel Zeit geraubt hätten. Zu Anfang hatte er den Großen Chef gefragt, wie lange er die Gegenwart des Inspektors noch ertragen müsse, aber man antwortete ihm, daß das bis zum Ende der Ermittlungen sein werde, daß man an höchster Stelle sehr großen Wert darauf lege und daß er das Rätsel nur schnellstens zu lösen brauche, wenn er ihn loswerden wolle. Blognard, der sein Ungemach mit Geduld ertrug, war ihm gegenüber sehr höflich, zeigte ihm alles, hörte seine Worte sozusagen gar nicht, die Arapède weiterhin in knappstes Französisch übertrug, und antwortete in Einsilbern.

Im Halbdunkel der Kneipe bemerkte das Inspektorentrio Hotello nicht, der zu einer Kugel zusammengerollt auf einen Stuhl lag und sie zwischen seinen halbgeschlossenen Augenlidern beobachtete. Er hatte aufgehört, sein Fell zu färben (die Verstellung war bei Laurie und Carlotta nicht mehr nötig), und hier und da schimmerte wieder die natürliche Farbe von Alexander Wladimirowitschs prinzlichem, ein wenig ins Bläuliche spielenden Grauschwarz durch.

»Arapède«, sagte Blognard plötzlich, »könntest du mal ins Büro gehen und nachsehen, ob ich dort bin, ich muß nachdenken.«

»Ja, Chef, ich gehe.«

»Oh, und bei dieser Gelegenheit kannst du auch bei der Chiffrierstelle nachfragen, ob sie das gestern vom poldevischen Sicherheitsdienst geschickte Telegramm entschlüsselt haben. Ich hätte gern endlich eine Antwort auf meine Fragen.«

»O.k., Chef«, sagte Arapède.

Er ging auf die Tür des Lokals zu, und nachdem Inspektor She. Hol. einige Sekunden lang gezögert hatte, folgte er ihm. Alexander Wladimirowitsch entrollte sich auf seinem Stuhl und unter dem Tisch und ging ebenfalls hinaus.

Blognard blieb allein.

Er war weit davon entfernt, so ratlos zu sein, wie es seine Haltung seit dem von Carlotta ausgeheckten pro-butlerschen Theatercoup nahelegen könnte (und wir selbst sind beinahe darauf hereingefallen).

Nach dem Weggang von Arapède, She. Hol. und Alexander Wladimirowitsch, den er sehr wohl gesehen hatte, denn dieser hatte gar nicht erst versucht, sich vor seinen

Augen zu verbergen, änderte er zuerst unmerklich, dann immer merklicher seine Haltung. Zuerst trank er seine Diabolo-Grenadine aus, zog aus seiner Tasche ein Päckchen englischer Lakritzen Callard and Bowser's, machte es auf, nahm zwei Lakritzenstangen aus ihrer schwarz und silbernen Verpackung, wickelte sie aus, steckte sie sich gleichzeitig in den Mund und begann nachdenklich zu kauen. Sein Blick suchte Madame Yvonne.

»Un autre?« fragte sie.

»La même chose«, gab Blognard zur Antwort.

Und dieser Austausch von Rede und Gegenrede in der »Gudule-Bar« hatte ein Echo im Innern des Falls: das philosophische, metaphysische, ontologische, rhythmische und jetzt auch polizeiliche Paradox des *Selben* und des *Anderen*, transponiert auf die Ebene des Kneipengespräches.

Madame Yvonne brachte eine zweite Diabolo-Grenadine.

Blognard fing an, eine fast klare Vorstellung von der Lösung des Falls zu haben. Es fehlte ihm leider nur noch der entscheidende Beweis. Er setzte seine Brille auf die Nase (so sagt man, ich kann nichts dafür), holte aus seinem Aktenkoffer eine Mappe, die eine beachtliche Anzahl maschinenbeschriebener Blätter enthielt, und vertiefte sich gierig hinein. Eine ganze Weile hörte man nur noch das Kaugeräusch der Lakritzen und das Rascheln der Blätter, die danach strebten, sich an seine lakritzverschmierten Finger zu kleben. Schließlich hörte er mit seiner Lektüre auf, betrachtete die Kirche Sainte-Gudule, trank, stellte sein Glas ab.

Plötzlich schlug er sich mit der flachen Hand an die Stirn:

»Aber das ist es! War ich dumm!« rief er aus.

»Das ist es!« sagte er noch einmal mit offensichtlicher Zufriedenheit.

Er hatte es gefunden.

(Und Sie?)

Vorsicht: wir haben nicht gesagt, daß das letzte Teil des Puzzles gerade seinen in den Träumen Blognards seit mehreren Kapiteln vergeblich gesuchten Platz gefunden hat. Die Puzzles sind die offene Wunde der Kriminalromane. Niemals, dachte Blognard und legte voller Wut einen neuen Kriminalroman weg, den zu lesen er sich hatte hinreißen lassen, niemals stellt sich die Lösung eines Rätsels in Form eines Puzzle-Teils dar. Wenn der Autor uns ein Puzzle vorsetzt, dann heißt das, daß er von seinem Beruf nichts versteht.

Jetzt wissen wir Bescheid.

Zweiunddreissigstes Kapitel
Wo ist Hortense?

Das ist genau die Frage, die Hortense sich selber stellt, als wir zu ihr zurückkehren: »Wo bin ich?«

Springen wir zurück zu dieser verhängnisvollen Mitternacht, als die im Dunkeln wartende Kutsche sie verschlingt und davonträgt.

Es gab eine ganze Reihe kleiner Überraschungen, kleiner Enttäuschungen.

Angefangen damit, daß sie Carlotta und Eugénie gern hätte küssen, ihnen danken mögen. Sie verstand die Dringlichkeit, die gebieterische Notwendigkeit, vor Morgengrauen so viele poldevische Meilen wie möglich zwischen sich und eventuelle Verfolger zu bringen, aber andererseits würde sie die Stadt vielleicht für sehr lange verlassen; sie würde Carlotta so bald nicht wiedersehen; es gab ihr einen leichten Stich ins Herz. Sie hätte sie gern geküßt und ihr aufgetragen, Laurie zu küssen; sie würde schreiben; sie würde von sich hören lassen; sie sollten sie ja nicht vergessen. Sie war ein wenig enttäuscht.

Dann fand sie Morgan erstaunlich schweigsam.

Sie nannte ihn bei sich auch weiterhin Morgan, wie in den ersten Tagen: Prinz schien ihr zu kalt, zu feierlich, zu zeremoniell. Prinz Gormanskoi, das fand sie höchst lächerlich. Sie sagte es nur lachend und beim Liebesspiel im Zimmer des »Flaubert Hôtels« in Bacon-les-Mouillères. Als sie sich mit einem Freudenschrei auf die schwarzen Samtkissen (sie hatte zu verstehen geglaubt, sie seien rot) der Kutsche fallen ließ, murmelte sie:

»Oh, Morgan...«

»Was?« sagte er, als verstünde er seinen eigenen Namen nicht.

Sie dachte, er sei aufgeregt.

Aber sie war darüber doch ein ganz klein wenig überrascht. Gewöhnlich war er von einer unerschütterlichen Kaltblütigkeit. Und seine Beredsamkeit war groß, ganz besonders in den Augenblicken der Intimität. An diesem Abend sagte er nichts; und wenn sich seine Hände auch gesprächig zeigten, so taten sie es doch mit einer Heftigkeit, einer Ungeschicktheit, die sie nicht an ihnen kannte. Er ist wirklich durcheinander, dachte sie.

Die Kutsche hielt. Beim Aussteigen zog »Morgan« (wir setzen den Namen in Anführungszeichen, die darauf hinweisen, daß es sich, wir dürfen das nicht vergessen, um den falschen Morgan, den furchtbaren K'manoroigs handelt) eine Augenbinde aus der Tasche und brummte etwas von »Sicherheit«. Sie ließ sich führen, ein wenig erstaunt. Sie dachte, man müsse die Stadt schnellstens verlassen. Es hatte widrige Umstände gegeben, die Pläne waren geändert worden; man würde einige Tage in einem Versteck bleiben, bis die *coast clear* sei.

Mit verbundenen Augen ging sie eine Treppe hinauf, geführt von »Morgan«, der sich immer noch ungeschickt benahm; sie stolperte über ein oder zwei Stufen und hörte, wie er einen Ausruf der Ungeduld ausstieß. Sie mochte das nicht.

Als sie den Raum betraten, nahm sie so etwas wie Pferdegeruch wahr. Der Raum war groß. Er war höchst spärlich mit Möbeln ausgestattet: ein Bett, ein Waschbecken, ein Stuhl, auf dem Bett einige Kissen. An der Decke ein großer Spiegel, der das Bild des Bettes zurückwarf. Die Farben waren grell, die Laken aus lachsrosa Seide. Sie hatte einen Augenblick den Eindruck, sich in einem Bordell zu befinden (in einem literarischen Bordell selbstverständlich, so wie die besten Autoren es ihr beschrieben hatten). Sie war überrascht, von neuem überrascht. Es mußte wirklich größte Eile geherrscht haben, wenn dieses wunderliche Zimmer der einzig mögliche Ort war. »Morgan« schloß die Tür. Endlich waren sie allein.

Wer unterscheidet das Selbe vom Anderen, das Gute vom Bösen, das Schwarze vom Weißen, wenn die Hüllen die gleichen sind, die Oberflächen ähnlich, die Dämmerung grau? Wie soll man unter der äußeren Identität die gegensätzlichen Abgründe im Innern erkennen? Das war, ohne daß sie es ahnte, das Problem, vor das Hortense gestellt war. Und dieses Problem wurde mit jeder Minute dringlicher. Und sie selbst versuchte, ohne daß sie das geringste davon wußte, den verhängnisvollen Ausgang zu beschleunigen.

Hortense warf sich auf das Bett, wo »Morgan« mit der gleichen Begeisterung zu ihr kam. Sie wollte schnellstens ihre endlich endgültige Verbindung fleischlich besiegeln (ist das aber gut gesagt), selbst noch die Erinnerung an ihren Irrtum auslöschen, den Irrtum ihrer Trennung. Und auch er hatte es eilig; zu sehr vielleicht. Seine Erregung war beachtlich, aber entgegen aller ihrer Gewohnheiten, der damaligen wie der heutigen, schien er sich den langen Küssen und Liebkosungen entziehen zu wollen, die für Hortense einen harmonischen Teil ihrer gemeinsamen Erregung bildeten. Sie ließ sich lachend ausziehen, und sobald sie nackt war, wollte sie ihm den gleichen Dienst erweisen. Aber er lehnte das ab und entledigte sich selber seiner Kleider. Da klingelte in ihr eine erste Alarmglocke, der sie, ganz Erwartung, keine Aufmerksamkeit beimaß. Als er nun in seiner ganzen Stärke (er war ein Schöner junger Mann) ebenfalls nackt war, legte er sich zu ihr. Es war der allerletzte Augenblick, bevor es intim werden sollte; und wir denken: Hortense ist verloren!

Nein!

Sie sagte zu ihm: »Wie, du vergißt unsere Abmachung?«

Und in der Tat vergaß er sie, aus dem einfachen Grunde, weil er sie nicht kannte. Da er wollte, daß sie getäuscht wäre, vollständig getäuscht und mithin willig (er würde später noch Zeit haben, sie über ihren Irrtum aufzuklären und die Ereignisse auf *seine*, nicht so degenerierte Weise voranzutreiben), rückte er ab (beachten Sie bitte, wie sehr unsere unvermeidliche Beschreibung der ablaufenden Bewegungen von äußerster Schicklichkeit ist), und Hortense, die ihn auf den Bauch drehte, beugte sich vor, um ihn auf seine linke Pobacke zu küssen, dorthin, wo sich das Markenzeichen der Poldevischen Prinzen befand, die heilige Schnecke.

Es war ein immer gleichbleibendes Liebesritual, und es war unmöglich, daß ihre Vereinigung sich ohne es vollzog.

Sie beugte sich vor und
plötzlich,
blitzartig,
in einem niederschmetternden Blitz, sah sie wieder
das unauslöschliche Bild,
ihres Traums von Seite 114.

Da war die Schnecke, da waren die Haufen diakritischer Punkte, aber:

Sie waren nicht an der richtigen Stelle.

Anstatt

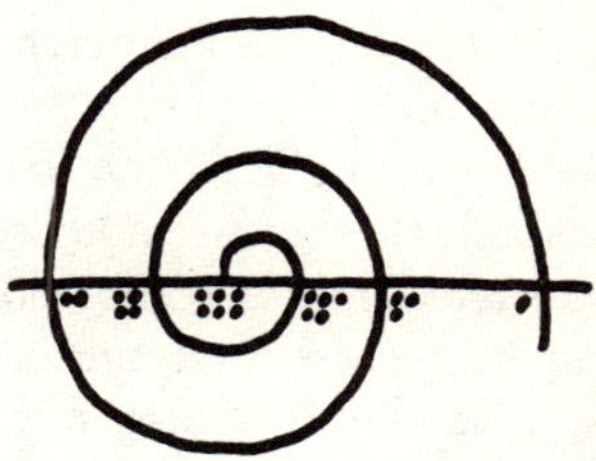

6: Gormanskoi

war es

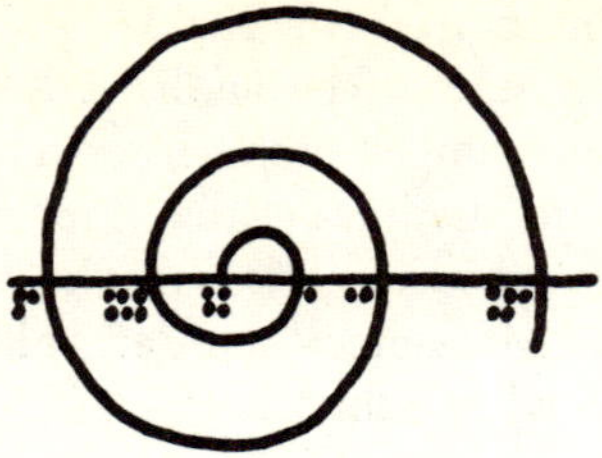

3: K'manoroigs

Es war nicht Morgan, es war K'manoroigs. Sie war dem Feind in die Hände gefallen.

Was tun?

Sie hatte drei Sekunden Zeit, um draufzukommen.

Indem sie sich plötzlich zurückwarf, sagte sie mit einem Lachen zu ihm: »Jetzt fang mich«, und tat so, als fliehe sie. K'manoroigs hielt es nicht mehr aus. Er stürzte sich auf sie und versuchte, immerhin ohne allzu große Gewaltanwendung, ans Ziel zu kommen, indem er einen bestimmten Winkel der Beine, den Hortense, immer noch lachend, auf 0 Grad reduziert hatte, in einen anderen, für seine Ziele günstigeren zu verwandeln versuchte, der seinem Lieblingswinkel so nahe wie möglich käme, zwei Pi auf drei (in Radianten ausgedrückt). Genau in diesem Augenblick verpaßte ihm Hortense mit der allergrößten Selbstverständlichkeit und Ausgelassenheit, und aufs unfreiwilligste von der Welt, einen heftigen Stoß mit dem Knie.

Wohin, werden Sie nun fragen, einen Stoß mit dem Knie, wohin?

Dorthin, wo ich meine.

Während der drei Sekunden, die ihr zur Verfügung standen, hatte sie die andere denkbare Lösung, nämlich die Migräne, ausgeschlossen, da sie es mit einem skrupellosen Verbrecher zu tun hatte. Es blieb ihr nur der Stoß mit dem Knie. Es war ein herrlicher Kniestoß, würdig der Rugbymannschaft von Lézignan an einem ihrer besten Tage. Es muß gesagt werden, daß Hortense mehr noch vor Wut als vor Angst vor ihrem Schicksal auf Hochtouren war. Das half.

K'manoroigs stieß ein Gebrüll aus. Hortense war hoch betrübt und tief besorgt, aber sie fürchtete nichts, zumindest für den Rest der Nacht. Er brauchte gut zwölf Stunden, um sich zu erholen.

Dreiunddreissigstes Kapitel
I: Die Gefangene. II: Befreiung

I: Die Gefangene

Beim Erwachen war sie allein. Sie inspizierte die Örtlichkeiten. Das war schnell geschehen. Das Zimmer war gepolstert, die Geräusche von draußen (undeutliches Glokkenläuten) drangen nur schwach herein. Es gab nur eine einzige Lampe. Sie hatte keine Vorstellung von dem Ort, an dem sie sich befand, und keine Vorstellung von der Zeit, über die sie verfügte, um etwas zu tun; sicherlich war es nicht viel. Ob er nun Argwohn schöpfte über die Unfreiwilligkeit des wundersamen Kniestoßes oder nicht, sobald K'manoroigs wieder hergestellt wäre, würde er es kaum erwarten können, das Werk zu vollenden, das er am Abend zuvor begonnen hatte, und was könnte sie dann tun, um dagegen Widerstand zu leisten? Er würde keinen Augenblick zögern, dessen war sie sicher, Gewalt anzuwenden. Sie fühlte sich mutlos.

Die Tür ging auf, und ihre Kerkermeister kamen herein. Sie waren zu zweit, zwei Schöne junge Männer, einer die vollkommen übereinstimmende Kopie des anderen. Ohne ein Wort zu sagen, ohne mit ihr zu reden, stellten sie ein Tablett auf den Stuhl. Darauf befand sich: ein Glas Orangensaft und ein Glas Passionsfruchtsaft; eine Schale Kaffee, eine Schale echte Sahne; eine Teekanne; ein Teller mit sechs Toasts, zwei Hörnchen und einer Brioche; zwei Eier mit Bacon, mit Cambridge-Wurst; kleine Marmeladetöpfchen; Butter, Zucker; eine Serviette aus schwarzem Papier. Hortense dachte: So nudelt man Gänse; aber sie aß deshalb doch mit gutem Appetit.

Gleichzeitig mit den beiden schweigsamen Wächtern der gefangenen Hortense war eine Fledermaus in das Zimmer gekommen. Sie schienen sie zu kennen und nahmen keinerlei Notiz von ihr. Flatternd näherte sie sich dem Tablett und bat um die Erlaubnis, ein wenig Milch trinken zu dürfen. Hortense erlaubte es gern. Und so erfuhr sie von der Fledermaus, die Batwoman hieß, daß sie im Glockenturm von Sainte-Gudule eingesperrt war!

Als Batwoman begriff, daß Hortense gegen ihren Willen an diesem Ort festgehalten wurde (sie hatte zuerst an ein heimliches Abenteuer geglaubt), war sie darüber aufs höchste empört und bot ihr sogleich ihre Dienste an. Eifrig willigte Hortense ein. Sie nahm einen grünen Kugelschreiber aus ihrer Handtasche und schrieb auf die Papierserviette eine Botschaft für Hotello, die sie Batwoman anvertraute. Diese steckte sie sogleich in ihren Seidenschal.

Molinet Jean und Crétin Guillaume kamen ins Zimmer zurück (denn sie waren die Komplizen K'manoroigs), um das Frühstückstablett wieder an sich zu nehmen. Immer noch wortlos gingen sie wieder hinaus und schlossen die Tür zweimal hinter sich ab, ohne Batwoman, die mit ihnen hinausging, größere Beachtung zu schenken.

Hortense legte sich aufs Bett und wartete.

Um sich die Zeit zu vertreiben, las sie Spinoza.

II: Befreiung

Nachdem Batwoman zwei Stunden lang vergeblich in der Grünanlage umhergeflattert und an die Fensterscheiben geklopft hatte, um Laurie zu wecken, ohne daß ihr das gelang, fing sie Alexander Wladimirowitsch in dem Augenblick ab, als er aus der »Gudule-Bar« kam. Es war fast elf Uhr morgens. Es eilte.

Alexander Wladimirowitsch weckte Carlotta, die völlig angekleidet auf ihrem Bett eingeschlafen war, nachdem sie Tom Butler verteidigt hatte. Sie stürzte den Treppenaufgang D hinunter. Genau in diesem Augenblick kam Stéphane, der Konditorgeselle von Madame Groichant, durch die Rue de l'Abbé-Migne, mit einem Tablett Liebesknochen auf dem Kopf, die er in die »Gudule-Bar« liefern sollte. Alexander Wladimirowitsch und Carlotta sahen sich an. Eine Verspätung, und es kam zur Katastrophe; ein Irrtum, und es kam zur Katastrophe.

»Auf geht's«, bedeutete Alexander Wladimirowitsch stumm mit seinen Schnurrhaaren.

»Auf geht's«, antwortete Carlotta stumm mit ihrem roten Haar, auf dem ein schöner weißer Strohhut mit einem schwarzen Band saß. Der Zeiger der Kirchturmuhr von Sainte-Gudule näherte sich elf Uhr. Carlotta hielt Stéphane am Zaun der Grünanlage an und erklärte ihm die Lage. Stéphane begriff im Handumdrehen. Er stellte sich gut sichtbar am Fuß des Glockenturms auf und begann lauthals die erste Strophe seines Liedes ›Die Linzer Torte‹ zu singen:

> Eine Linzer Torte
> Hat an diesem Orte
> Eine Färbung wie das Karamell
> Doch im Elsaß ...

Weiter kam er nicht. Molinet Jean und Crétin Guillaume, die eine so entsetzliche Musik und so entsetzliche Texte nicht ertragen konnten (ganz zu schweigen von der Stimme), begannen ihn auf poldevisch und aufs rüpelhafteste zu beschimpfen. Er antwortete im gleichen Ton.

Unterdessen jedoch kletterte Alexander Wladimirowitsch mit Hilfe einer von Batwoman festgemachten Strickleiter an der Nordfassade des Glockenturms hinauf und drang von hinten in das von den Glöcknern verlassene Zimmer ein. Während Carlotta sich der Schlüssel des Gefängnisses bemächtigte, in dem Hortense eingeschlossen war, stürzte sich Alexander Wladimirowitsch auf das Glockenseil und stimmte ein feierliches Geläute an. Sogleich jagten die beiden Glöckner, die Komplizen des Verbrechers, die Treppe in den Glockenraum hinauf, um Alexander Wladimirowitsch eine Abreibung zu verpassen, der von den Glocken abließ und mit einem tollkühnen Satz in den Kastanienbaum sprang, um von da aus wieder in die Grünanlage zu gelangen.

Als er den Fuß auf den Boden setzte, standen Molinet Jean und Crétin Guillaume, die, als sie ihn springen sahen, immer vier Stufen auf einmal die Treppe hinuntergestürzt waren, direkt vor ihm. Und auf der anderen Seite der Rue des Milleguiettes war ihm durch den Mörder der Rückzug abgeschnitten! In der Tat befand sich dieser am Ende der Rue des Grands-Edredons und wollte gerade in die Rue Neuve-du-Presbytère einbiegen, als das feierliche Glockengeläute, von Alexander Wladimirowitsch in Schwung gebracht, ihn davon in Kenntnis setzte, daß bei der Kirche Sainte-Gudule etwas (für ihn) Bedrohliches geschah. Er rannte eilends zur Grünanlage, stieß Stéphane in den Korb mit den Liebesknochen, und schon näherten sich die drei Banditen, denen die Bosheit aus den Augen leuchtete, der Katze, die allem Anschein nach wehrlos am Fuße des Kastanienbaums saß.

In diesem Moment trug das Training, das Carlotta Hotello hatte angedeihen lassen, die spektakulärste Frucht. In drei Sätzen, shtack, shtack, shtack, sprang Alexander Wladimirowitsch nacheinander über Molinet Jean und Crétin Guillaume und den Eisenzaun der Grünanlage und landete geschmeidig auf dem Trittbrett der von Cyrandzoi gezogenen und von Carlotta gelenkten Kutsche, in der wohlbehalten Hortense saß. Carlotta und Cyrandzoi nahmen eine enge Kurve durch die Rue de l'Abbé-Migne, bei der sie kurz ins Schleudern gerieten, aber die Kontrolle über das Gefährt nicht verloren, und die drei Verbrecher konnten nur noch ohnmächtig dem hinteren Teil der Kutsche nachsehen, die sich durch die Rue des Citoyens entfernte.

Das ganze hatte sechs Minuten und einundsechzig

schreibmaschinengeschriebene Zeilen gedauert, eine der spektakulärsten und kürzesten Fluchten in der Geschichte des Abenteuerromans.

Vierunddreissigstes Kapitel
Eine Unterredung und andere Betrachtungen

Die Auflösung ist nahe. Man spürt es an verschiedenen Indizien. Eins davon, und nicht das geringste, ist der relativ schmale Umfang der noch zu lesenden Seiten.

Hortense ist heil und ganz, das nehmen wir an. Sie ist der zugleich medianen und senkrechten Manneskraft des Feindes entgangen, des Prinzen K'manoroigs, des Mörders von Balbastre. Trotzdem wären wir gern völlig sicher, daß er nicht mehr in der Lage ist zu schaden, daß er hinter Schloß und Riegel sitzt. Dazu muß man aber wissen, unter welcher Identität er sich bis dahin versteckt hat. Er hat die Stadt nicht verlassen können. Die Porte Raymond Queneau ist von der Polizei abgesperrt worden. Hortense selbst hat nicht weggekonnt und ist im Augenblick bei Laurie.

Was bleibt uns, um die vier Kapitel in sechs Abschnitten, die wir noch vor uns haben, zurückzulegen? Blognards *Erklärung*, worin der Deckname des Verbrechers, durch Beweise gestützt, verraten wird und worin, allgemeiner, alle notwendigen Aufschlüsse gegeben werden. Es gibt auch den *Epilog*, um Adieu zu sagen. Zuvor haben wir eine *Unterredung* vorgesehen und einen Schmorbraten.

Aber es gibt auch die *Danksagungen* und das *Inhaltsverzeichnis.* Sie finden sich in der Regel ebenfalls *im Buch,* aber außerhalb der eigentlichen Erzählung. Das erscheint legitim, was das Inhaltsverzeichnis angeht; aber was die Danksagungen betrifft, bin ich überhaupt nicht einverstanden.

Lassen Sie mich das näher erklären. Als der Roman erschienen ist, gab es unter den Leuten aus Ihrer Bekanntschaft zwei Kategorien: diejenigen, die in der einen oder anderen Verkleidung drin vorkommen, und diejenigen, die nicht drin vorkommen. Diejenigen, die drin vorkommen, sind zufrieden oder auch nicht zufrieden mit der Art und Weise, wie sie drin vorkommen, aber daran können und wollen Sie nichts ändern. Sie haben Ihr Buch so geschrieben, Sie haben sie darin untergebracht, man kann darüber diskutieren, kann sich auseinandersetzen. Hingegen ist es sehr viel schwieriger, sich mit denen auseinanderzusetzen, die Sie im Roman *nicht untergebracht* haben. Sie treffen X (oder Y), und er (sie) sagt zu Ihnen: »Wie, ich habe immer geglaubt, ich sei dein(e) Freund(in), und du hast mich nicht einmal in deinem Roman untergebracht.« Um solche Vorwürfe zu vermeiden, gibt es einen weit verbreiteten Trick, der darin besteht, alle Freunde, Verwandten und Bekannten in den Danksagungen am Anfang des Buches unterzubringen. Auf diese Weise kann man antworten: Aber du bist doch im Buch drin, hast du die Danksagungen nicht gelesen? Das hat etwas von einem Taschenspielertrick, einem geschmacklosen Wortspiel mit der Bedeutung des Wortes Buch, niemand ist darüber glücklich. Daher habe ich beschlossen, die Danksagungen *in den Text* einzuarbeiten, und ich tue es jetzt, jetzt, wo wir über Hortenses Schicksal beruhigt sind, und vor den Ausführungen von allergrößter Wichtigkeit, die unsere ganze Aufmerksamkeit erfordern werden. Also:

Danksagungen

Ich danke meinem Verleger und allen seinen Verlagshäusern, ohne den und die dieses Buch nie erschienen wäre.

Ich danke meinen Verwandten, meinen Freunden und Bekannten. Ohne sie, wenn sie nicht gewesen wären, was sie sind, das heißt meine Verwandten beziehungsweise meine Freunde beziehungsweise meine Bekannten, wäre ich nicht der, der ich bin, und infolgedessen hätte dieses Buch nicht geschrieben werden können.

Ich danke meinen Romanfiguren, deren warmherzige

Unterstützung es mir erlaubt hat, diese Aufgabe erfolgreich zum Abschluß zu bringen.

Bleiben noch drei besondere Danksagungen:

a) an den alten Sinouls, der die Güte hatte, mir den Wortlaut des Schildes mitzuteilen, das man beim Betreten des Waldes findet,

b) an Monsieur Pierre Lartigue aus Gründen, die im folgenden Kapitel deutlich werden,

c) an Mademoiselle ...... e ... e., an die ich folgenden Brief gerichtet habe:

Liebe ...... e,
in diesem Buch gibt es, wie Du bei der Lektüre des Manuskripts hast feststellen können, eine Person, deren Geschichte und Abenteuer eindeutig Ähnlichkeiten mit den Deinen aufweisen.

Ich weiß, Du hast es mir selbst gesagt, daß der Vorname Carlotta genau der ist, den Du um keinen Preis tragen möchtest.

Ich hoffe, Du wirst mir verzeihen, daß ich ihn benutzt habe und damit, gerade durch seine Verwendung, zeige, daß es sich trotz der Ähnlichkeit nicht um Dich handelt, sondern um ein gewöhnliches, zweidimensionales Papierfräulein, einen Schatten.

Ich verbleibe mit den besten Grüßen

Dein Autor

Ich möchte hier der Vollständigkeit halber noch die traditionelle Warnung anfügen:

Für jede unbeabsichtigte Ähnlichkeit mit lebenden Personen wird die Verantwortung übernommen; jede absichtliche Ähnlichkeit wird mit letzter Energie abgestritten.

Bevor ich mich aus dem Buch zurückziehe (ein Entschluß, den ich zwar schweren Herzens gefaßt habe, aber dennoch gefaßt habe), blieb mir noch eine letzte Intervention.

Ich habe mich mit dem Verbrecher verabredet. Ich kannte nicht nur seine Identität, die des Prinzen K'manoroigs, sondern mir war auch seine angenommene Identität bekannt. Er willigte erst ein, mich zu empfangen, nachdem er die kurze Mitteilung gelesen hatte, die ich ihm hatte zukommen lassen und die keinen Zweifel an der Tatsache ließ, daß ich Bescheid wußte.

Dieser Schritt ist mir sehr schwergefallen. Alle meine Instinkte drängten mich, nicht mit dem bestialischen Mörder meines Freundes Balbastre, dessen Tod eine ganze Familie in tiefe Trauer gestürzt hatte, zu verhandeln (ich würde verhandeln, ich gebe es zu). Aber ich war mir meiner Pflicht bewußt; ich konnte mich ihr nicht entziehen.

Ich werde seine Worte hier nicht wiedergeben, ich werde ihm nicht die Ehre antun, in diesem Kapitel seine Meinung zu äußern. Ich werde einfach nur sagen, was ich ihm gesagt habe.

Ich habe ihm gesagt, daß es besser sei, keinen Widerstand zu leisten und seine Niederlage einzugestehen. Außerdem würde Blognard die Wahrheit bald herausfinden, falls er sie nicht schon entdeckt hätte. Auf jeden Fall riskiere er trotz seines abscheulichen Verbrechens nicht viel. Wegen seines Prinzenstandes und der vielschichtigen Beziehungen, die unser Land mit Poldevien unterhält (unter anderem die Erdölinteressen), würde er lediglich ausgewiesen werden. Er solle also seine *vendetta* in seinem eigenen Land fortsetzen und das unsere, seine Hunde und seine jungen Frauen in Frieden lassen. Das war mein Ratschlag.

Aber aufgepaßt: Es war nicht nur ein Ratschlag.

Ich wußte ganz genau, daß er glaubte, noch einen letzten Trumpf in der Hand zu haben, und daß er, ohne noch länger auf die Verwirklichung seiner schändlichen Ziele hoffen zu dürfen, die zum einen auf das Fürstentum abzielten und zum andern auf die schöne Hortense, dennoch weiterhin Böses tun und Schaden anrichten konnte. Wie? Durch den Skandal: Er würde den wahren Grund für die Anwesenheit des Prinzen Gormanskoi in dieser Stadt aufdecken und die Tätigkeit bekanntmachen, der er hier nachgegangen war, um mehrere Monate lang ohne jeglichen Kontakt mit der Außenwelt und ohne andere Geldmittel als die, die er sich mit seiner Arbeit verdiente, hier zu leben. Das wollte er, sobald man ihn verhaftet hätte, den Journalisten als gefundenes Fressen vorwerfen und damit ungeheuere diplomatische Schwierigkeiten hervorrufen und so vielleicht ein wenig die Schande seines Mißerfolgs bei seinen Anhängern kompensieren.

Und nichts, so glaubte er, wie ein giftiges Grinsen erkennen ließ, würde ihn daran hindern können, sich so für seine Niederlage zu rächen.

Nichts, wirklich nichts?

Und genau in diesem Augenblick legte ich meine Karten auf den Tisch.

Wenn er es jemals wagen sollte, den Mund aufzumachen, um diesen Schmutz herauszuschleudern, dann würde ich folgendes tun: Ich würde nach und nach den Bericht von der Art und Weise, wie Hortense ihm entgangen war, dem Schicksal entgangen war, das er für sie bestimmt hatte, wie sie ihn zum besten gehalten und zur Impotenz verurteilt hatte, bis nach Poldevien durchsikkern lassen. Dann würde man sehen, was seine Anhänger davon hielten. Und ich hatte Beweise: nämlich den Film der Szene, die er so ganz anders geplant hatte und an dem er sich in aller Ruhe berauschen wollte (zu diesem Zweck hatte er eine unsichtbare Kamera in dem Zimmer des Glockenturms angebracht, wo er Hortense eingesperrt hatte).

Die Arroganz des Elenden löste sich in nichts auf. Er war besiegt.

Fünfunddreißigstes Kapitel
Schmorbraten

Das Leben geht weiter. Die Sonne geht unter geht auf geht unter geht auf geht unter geht auf geht unter geht auf geht unter geht auf. Das Wetter ist schön.

Für den alten Sinouls ist es das Morgenrot eines Schmorbratentags. Trotz seines Kummers fühlt er sich nicht allzu unwohl. Sein Programm läuft: Blognard und er haben jeder ihre Diskette wiedergefunden, die der Verbrecher vertauscht hatte. Dank eines Wundermedikaments tut ihm seine große Zehe nicht mehr so weh. Er singt in seinem Bad:

> Eine Colchimax im Blut
> Tut dir ungewöhnlich gut
> Sie erlöset jeden Wicht
> Stundenweise von der Gicht.

Er geht zuerst in die Rue de Pré-Tout-Près, um bei »Fiançailles Sœurs« (wenn Sie das Haus der Sinouls' verlassen, nehmen Sie *rechts* die Rue des Milleguiettes, biegen am Ende der Straße nach rechts ab und dann ist es die erste links) Tee zu kaufen. Das erhabene Haus »Fiançailles Sœurs« hat sich kürzlich der neuen Zeit angepaßt; es werden auch Brunches serviert. Ein Schöner junger Mann wiegt ihm seinen Tee ab. O nein, denkt Sinouls, genug Poldeven.

Als er wieder zu Hause ist, mobilisiert er seine Töchter, auf den Markt zu gehen. Es ist ein *Schmorbratentag*.

Im Eßzimmer der Sinouls' haben, zusammen mit der Familie, folgende Personen Platz genommen: Arapède, die Blognards, der Leser (er ersetzt den Autor, der diskreterweise zum Ende des Romans abwesend ist); unter den

Porträts von Balbastre, die der alte Sinouls zum ehrenden Gedenken in Auftrag gegeben hat, die Maler und ihre Frauen: also die Getzlers und die Guyomards. Schließlich Monsieur Pierre Lartigue, Koch, Sammler von Sestinen (eine seltene Abart der Champignons). Madame Getzler, Madame Blognard, Monsieur Pierre Lartigue sind leidenschaftliche Schmorbrater, und der Schmorbraten dieses Tages ist nach einem von Monsieur Pierre Lartigue ganz speziell ausgearbeiteten Rezept zubereitet worden. Er hat dem Autor die Erlaubnis erteilt, es abzudrucken, wofür ihm im vorhergehenden Kapitel gedankt worden ist. Es gibt noch einen Gast: den Kellner aus der »Gudule-Bar«. Man betrachtet ihn. Er bleibt gelassen.

Monsieur Pierre Lartigue steht auf und liest, wobei er die vor ihm stehende Suppenschüssel ins Auge faßt:

Für sechs Personen braucht's ein anderthalbes Kilo Fleisch   Vom Rind, halb Keule und halb Bug, dazu noch Schwarten,   frische Brust und Schweinebauch, auch einen Fuß   Vom Kalb, Olivenöl und Zwiebeln sowie zwei Liter Wein,   Eine Karotte, eine Knoblauchknolle, eine dünne Schale   Der Orange, Salz, Pfeffer, Lorbeerblatt und einen Thymianzweig.

Nun geben Sie in einen irdenen Topf den Thymianzweig,   Karottenscheiben, Lorbeerblatt und hinterher das Fleisch   In dicken Würfeln. Salz und Pfeffer. Auf die Orangenschale,   Die das Ganze krönt, kommt jetzt ein wenig Öl. (Speckschwarten   Stehen kühl, auch Schweinebauch und Brust.) Bedeckt wird es mit Wein   Und bleibt im Keller sieben Stunden oder acht. Denn hierauf fußt

Unser Rezept. Entzweigehackt und aufgeknackt wird nun der Fuß   Vom Kalb. Das Lorbeerblatt mitsamt dem Thymianzweig   Schwimmt auf der Marinade. Sie schütten ab den Wein   Und achten drauf, daß schön getrocknet wird das Fleisch.   In Würfel schneiden Sie die

Brust, den Schweinebauch. Die Schwarten   Teilen Sie in Streifen. Sie sind zäh wie eine Schale,

Die biegsam ist und schwabbelfett. Merkwürd'ge Schale!   In einem Eisentopf brät man das Rindfleisch an. (Den Fuß   Des Kalbs legt man beiseit'.) Man bräunt die Zwiebeln. Die Schwarten   Und den Schweinebauch gibt man darauf. Die Marinade (Thymianzweig, Pfeffer und Karotte) gießt aufgewärmt man auf das Fleisch.   Versenkt den Knoblauch dann in diesem duft'gen Wein.

(Ich rate auch hinzuzufügen zum Bedecken etwas warmen Wein.)   In dem schwarzen Eisentopf gibt die Orangenschale   Nun bei schwachem Feuer ihr Aroma weiter an das Fleisch.   Fünf Stunden oder sechs läßt mit dem Knoblauch man den Fuß   Vom Kalb so köcheln vor sich hin, so daß der Thymianzweig   Durchduftet Schweinebauch, die Brust und auch die Schwarten.

Zart, wie man nie geglaubt, daß Schwarten   Könnten sein. In einen irdnen Krug man gieße nun den Wein   Mit den gegarten Rindfleischstücken. (Entfernt den Thymianzweig!)   Darüber legt wie eine schöne Schleife man die Schale   Der Orange. Kaltwerden lassen, Dann bildet sich vom Kalbsfuß   Der Gelee und glänzt rings um das Fleisch.

Ein Fleisch, das kalt gegessen wird, zusammen mit den Schwarten,   Dem zarten Fuß, und jede Würze hat an allem teil! O der Wein,   Knoblauchgelee, die Schale der Orange und der Thymianzweig!

Das Wasser läuft vor Ungeduld im Munde zusammen.

Man ißt.

Sechsunddreißigstes Kapitel
Die Erklärung

Inspektor Blognard ergriff das Wort.

Dies trug sich im Garten der Sinouls' zu. Blognard hatte sie alle versammelt, das ist Tradition, alle Zeugen, alle Verdächtigen, die Presse (Monsieur Mornacier, der ohne seine Frau Hortense gekommen war, die sich bei ihrer Tante Aspasie in Sainte-Brunehilde-lez-Forêts von den Aufregungen erholte), den Leser. Es fehlten also Hortense, der Autor und auch Carlotta, die für eine Freundin die wichtigsten Lieder der Dew-Pon Dew-Val aufnehmen mußte. Tom Butler war da. Selbstverständlich waren auch Madame Yvonne, Madame Eusèbe, Madame Groichant und Madame Anylline da. Kurzum alle, oder fast.

Und auch das Opfer war da in seinem gläsernen Sarg, leibhaftige Trauer für alle Anwesenden außer dreien, leibhaftiger Gewissensbiß für den Verbrecher und seine Komplizen. Polizeibeamte überwachten das Ganze diskret in den Rosensträuchern.

Inspektor Blognard, sagte ich, ergriff das Wort.

»Bei diesem Fall hat es letztlich nie einen Zweifel über die Identität des Verbrechers gegeben. Wir haben von Anfang an alle gewußt, daß es sich um den Prinzen K'manoroigs, einen der sechs Poldeven-Prinzen, handelte. Verzeihen Sie bitte, daß ich damit an Dinge erinnere, die Sie alle wissen, aber das ist notwendig für meine Darlegungen. Prinz K'manoroigs, der, wie wir wissen, den Wunsch hatte, Erster Regierender Prinz anstelle des Ersten Regierenden Prinzen, des Prinzen Gormanskoi, zu werden, den ich an dieser Stelle begrüße (er weilt unter uns, wie der Mörder, aber verkleidet), Prinz K'manoroigs faßte einen teuflischen Plan. Im Verlaufe der Realisierung dieses Plans sah er sich gezwungen, das unglückliche, von allen geliebte Opfer, Balbastre, zu töten.« (Alexander Wladimirowitsch äußerte zwischen den Schnurrhaaren einige Vorbehalte.)

Gormanskoi und K'manoroigs sind nicht die einzigen Prinzen in diesem Spiel. Die Prinzen sind sechs an der Zahl. Sie gleichen einander alle ganz erstaunlich, so wie ein Pelikan des Kapitän Jonathan einem anderen Pelikan auf einer Insel im Fernen Osten gleicht. Ein jeder von ihnen ist ein *Schöner junger Mann.* Sie haben alle sechs ein Talent für die Verkleidung. Und sie haben jeder eine *heilige Schnecke,* Geburts- und Markenzeichen, auf der linken Pobacke, wie sie auf Ihrer Bildtafel (siehe Seite 151) sehen können. Was sie äußerlich voneinander unterscheidet, ist einzig und allein, daß die Haufen kleiner, diakritischer Punkte auf der Zeichnung der heiligen Schnecke unterschiedlich angeordnet sind. Sehen Sie sie sich aufmerksam an. Sie bemerken die Schwierigkeit. Festzustellen, ob es sich um den einen oder anderen handelt, ist im gewöhnlichen Leben nicht einfach. Gewiß, ihre inneren Unterschiede sind ungeheuer. Der eine, Prinz Gormanskoi, ist vollkommen gut, der andere, Prinz K'manoroigs, vollkommen böse; die anderen sind uns ähnlicher, teils gut, teils böse.

Nun, wir hatten es mit neun möglichen Verdächtigen zu tun, unter denen sich die beiden Prinzen befinden sollten, und vor allem der Verbrecher, den wir suchten, um ihn unschädlich zu machen. Diese hier anwesenden Verdächtigen, zugleich Schöne junge Männer und mit offenkundiger oder erwiesener Verbindung zur Poldeven-Connection, sind:

1) der neue Kellner der »Gudule-Bar«, 2) Tom Butler, Sänger der Gruppe Dew-Pon Dew-Val, 3) Inspektor Sheralockiszyku Holamesidjudjy, 4) Jim Wedderburn, Lauries Teilhaber, 5) Stéphane, der Konditorgehilfe von Madame Groichant, 6) der junge Mann aus dem Werbespot, der Freund von Balbastre, 7–8) Molinet Jean und Crétin Guillaume, 9) Martenskoi, der Sänger der Gruppe Hi Hi.

Aber gehen wir der Reihe nach vor.«

Der Inspektor unterbrach sich. In Arapèdes Begleitung verließen alle Verdächtigen den Garten und betraten das Haus. Inspektor Blognard trank einen Schluck Diabolo-Grenadine und riß in aller Ruhe ein Päckchen Lakritze Calard and Bowser's auf. Er fuhr fort:

»Wenn die Verdächtigen zurückkommen, wird die Wahrheit an den Tag kommen. Sie haben alle Elemente in der Hand. Sie müssen wissen, wer der Verbrecher ist und wer Prinz Gormanskoi ist. Diese Aufforderung, den Fall selbst zu lösen, ist ein traditioneller Bestandteil des klassischen Kriminalromans, und der Autor hat großen Wert darauf gelegt, daß ich diese Aufforderung an Sie richte. Was hiermit geschehen ist.«

Es entstand eine Stille. Alexander Wladimirowitsch wußte Bescheid, konnte aber nichts sagen. Carlotta hatte alles begriffen, war aber nicht da. Den andern war es völlig wurscht. Der Leser vielleicht?

»Kein Freiwilliger?« sagte Blognard. Und er rief: »Arapède, alles klar, sie können zurückkommen.« Und ans Publikum gewandt, fügte er hinzu: »Die Verdächtigen haben, mehr oder weniger freiwillig, bei meiner kleinen Demonstration mitgemacht.«

Alle Köpfe wandten sich dem Podest zu, das im Garten, hinter dem Grab Balbastres, aufgeschlagen worden war.

Die Verdächtigen kamen zurück.

Sie hatten sich umgezogen. Sie waren jetzt nur mit einem Badeanzug bekleidet. Man vernahm ein »Oh« der Verblüffung. Ihrer Verkleidungen und Bekleidungen entledigt, waren sie einander in der Tat alle absolut ähnlich, absolut austauschbar. Das heißt sechs von ihnen waren es. Die drei anderen unterschieden sich, wenn sich das Auge einmal daran gewöhnt hatte, ziemlich deutlich durch kleine physische Abweichungen: Es gab unbestreitbar zwei Gruppen von Vedächtigen.

Sie hielten sich alle sehr aufrecht, sehr ruhig gegenüber

den Anwesenden. »Danke, meine Herren«, sagte Blognard. »Gehen wir der Reihenfolge nach und durch Ausschließung vor. Es ist klar, und ich sehe, Sie haben das selbst gemerkt, daß drei dieser Gentlemen von vornherein ausgeschaltet werden müssen. Es handelt sich um die Nummern 7–8 und 9 unserer Liste.«

In der Tat gleichen Molinet Jean und Crétin Guillaume poldevischen Prinzen, geben sich auch als poldevische Prinzen aus, aber sie sind keine poldevischen Prinzen. Es sind die Komplizen des Verbrechers, sie sind wegen der dreiunddreißig Mitternachtsschläge, die das Opfer in Furcht und Schrecken versetzt haben, in den Mord verwickelt. Sie sind in die Entführung Hortenses verwickelt, weil sie Hortense für eine schändliche Laune K'manoroigs im halben Glockenturm von Sainte-Gudule eingesperrt haben. Zum Glück scheiterte diese Entführung dank des Muts unserer schönen Heldin und der Kaltblütigkeit unserer Freundin Batwoman.

»Drehen Sie sich um«, sagte er zu den beiden Glöcknern. Auf ihren linken Pobacken sah man jeweils eine heilige Schnecke. »Auf den ersten Blick haben sie das Nötige, das Markenzeichen ist da. Aber diese Schnecken sind Fälschungen; plumpe Fälschungen. Nicht einmal die Anzahl der Punkte stimmt, von der Reihenfolge ganz zu schweigen. Und außerdem ...«

Blognard hatte sich, während er sprach, mit einem Fläschchen in der Hand dem Podium genähert, er goß ein wenig Flüssigkeit aus dem Fläschchen auf einen Wattebausch, den Arapède ihm hinhielt, rieb, und *die Schnekken verschwanden.* Man führte Molinet Jean und Crétin Guillaume weg; und es blieben nur noch sieben übrig.

»Gehen wir nun zu Martenskoi über«, sagte Blognard. »Martenskoi, obgleich an diesen Verbrechen völlig unschuldig, ist ebenfalls keiner der sechs Prinzen. Er ist ein Prinzenvetter, daher hat er zwar eine heilige Schnecke, aber (Martenskoi drehte sich um) ... *auf der rechten Pobacke.*«

Martenskoi ging nun ebenfalls weg. Es blieben nur noch sechs.

»Ich werde«, sagte Blognard, »nicht auch noch diese Herren bitten, sich umzudrehen. Zwar liegt die Lösung hier, aber wir sollen und wollen nicht auf diese Weise zur Wahrheit gelangen, nicht auf diese Weise bin ich selber zu ihr gelangt. Die Wahrheit folgt aus einer Beweiskette, die so lückenlos wie möglich ist.«

Die Prinzen entfernten sich ebenfalls und kamen, diesmal wieder verkleidet, zurück.

»Was tut der Detektiv«, sagte Blognard, »um zur Lösung zu gelangen? Er denkt nach, er verhört, er macht Notizen, er errät, er erinnert sich, er ermittelt, er tut alles das, was ein Detektiv tun soll, um das Rätsel zu lösen. So hätte ich natürlich vorgehen können. Aber ich frage Sie, woher wissen wir all das, was der Detektiv tut und entdeckt, alles, was zu wissen wichtig ist, die Geheimnisse des Opfers, die Machenschaften des Verbrechers, usw., usw.?«

Ja, woher denn?

»Das ist doch ganz offensichtlich. Wir erfahren es, *indem wir den Roman lesen.* Alles, was notwendig ist, und nichts von dem, was notwendig ist, steht darin. Wir haben in keinem Augenblick zu etwas anderem Zugang. Wir, Detektive, Opfer, Verbrecher, Nebenfiguren, Helden, Heldinnen, wir, liebe Leser.«

»Seit ich diese Entdeckung gemacht hatte, war mein Weg vorgezeichnet. Ich habe den Autor um das Manuskript der ersten fünfunddreißig Kapitel gebeten. (Es ist genau dieses Manuskript, das ich im einunddreißigsten Kapitel in der »Gudule-Bar« las. Nebenbei bemerkt, ist dieses Manuskript voller Tippfehler: Die Schreibmaschine des Autors hat die unangenehme Neigung, die Buchstaben innerhalb der Wörter umzustellen, und diese Neigung wird immer unangenehmer, je weiter man im Text vorankommt. Ich nehme diese Gelegenheit auch wahr, um nach einem Anruf von Madame Getzler (was mir von meiner Frau, Madame Blognard, bestätigt wurde), darauf hinzuweisen, daß es in dem Schmorbratenrezept von Monsieur Lartigue einen schwerwiegenden Fehler gibt. Benötigt wird *Wammerl* und kein *Schweinebauch*.)

Ich habe also das Manuskript gelesen und bin beim Lesen auf die Lösung gestoßen. Nehmen wir das Problem, vor dem der Verbrecher steht, wieder an seinem Anfang auf. Er ist Prinz, aber er will Erster Prinz oder besser Regierender Prinz werden. Mit der poldevischen Rangordnung ist das folgendermaßen. Der Regierende Prinz hat, wie Sie auf der Seite mit den Markenzeichen sehen, die Nummer 6. Der Verbrecher hat die Nummer 3. Was will er? Die Nummer 6 werden. Doch indem er das tut, wird er die Reihenfolge aller Prinzen völlig durcheinanderbringen. Und diese Veränderung wird nach der von Arnaud Danieldzoi im 13. Jahrhundert festgesetzten unveränderlichen und traditionellen Regel erfolgen. Die Nummer 1 kommt an die zweite Stelle, die Nummer 2 kommt an die vierte, die Nummer 3 an die sechste, die wichtigste Stelle; die 4 kommt auf 5, die 5 auf 3 und die 6 auf 1; wie folgt:

1 2 3 4 5 6
6 1 5 2 4 3

Aber aufgepaßt: was ich Ihnen da sage, ist nur eine Behauptung! Man kann das, was uns hier interessiert, nämlich den Namen des Verbrechers (unter seiner Verkleidung) und den des Prinzen Gormanskoi allein durch die aufmerksame Lektüre des Buches finden. Auf welche Weise? Nehmen wir einen Vergleich.«

»Was, was nehmen wir?« fragte der alte Sinouls, plötzlich von einem Rippenstoß seiner Tochter Julie zur Linken und seiner Tochter Armance zur Rechten aufgeweckt, denn er war eingeschlafen und schnarchte.

»Nehmen wir«, wiederholte Blognard, »einen Vergleich. Wenn wir den Roman lesen, ergeht es uns als Leser wie dem Zuschauer in dem Film ›Einer weiß mehr‹ nach dem Roman ›The Lady in the Lake‹ von Chandler. In diesem Film, von Robert Montgomery inszeniert und gespielt (Chandler selbst hat das Drehbuch geschrieben und die Dreharbeiten verfolgt), ist die Kamera ständig so eingestellt, als würde das, was man sieht, mit den Augen des Helden, Marlowe, gesehen werden. Und genau das geschieht im Roman. Wir, Autor und Leser, sind Augen, die sehen, und wir sehen das, wovon gesagt wird, daß wir es sehen. Nun begegnen wir im Verlaufe des Buches, indem wir sie *sehen*, einem nach dem anderen den sechs poldevischen Prinzen, *in einer bestimmten Reihenfolge*, und zwar jener, die ich Ihnen zu Anfang meiner *Erklärung* genannt habe. Ich rufe sie Ihnen noch einmal ins Gedächtnis zurück (wobei ich nur die sechs in Frage stehenden Prinzen behalte und die falschen und zufällig hinzugekommenen ausschalte):

1) der neue Kellner der »Gudule-Bar«, 2) Tom Butler, 3) Inspektor She. Hol, 4) Jim Wedderburn, 5) Stéphane, 6) der junge Mann aus dem Werbespot.

Dann begegnen wir ihnen im weiteren Verlauf des Romans von neuem. Aber *nicht in derselben Reihenfolge.* In welcher Reihenfolge? Wie Sie schon erraten haben, genau in der für jede Permutation der Prinzen vorgeschriebenen Reihenfolge, die etwas weiter oben vorgestellt wurde:

6 1 5 2 4 3

Aber das ist noch nicht alles; die Prinzen treten auch weiterhin auf; und sie drehen sich weiter in einem kosmischen spiraloiden heiligen kosmogonischen und schnekkenförmigen Ballett, sie drehen sich immer im gleichen Takt, so daß sie anschließend in der Reihenfolge:

3 6 4 1 2 5

auftreten,
dann in der Reihenfolge:

5 3 2 6 1 4

und so fort. Sie treten *jeder insgesamt sechsmal* auf.

Inwiefern hilft uns das, herauszufinden, *wer* Gormanskoi ist und *wer* K'manoroigs ist? Das ist ganz einfach.

An welcher Stelle in der Reihenfolge befindet sich Prinz Gormanskoi in dem Augenblick, als wir ihn zum einzigen Mal mit eigenen Augen sehen? An *der des jungen Mannes aus dem Werbespot.* Prinz Gormanskoi *ist* der junge Mann aus dem Werbespot, der Balbastres Freund war (und das war ein weiterer Grund für den Mörder, mit der Bestialität zuzuschlagen, von der wir wissen).

Und der Mörder? Wie soll man ihn unter den fünf anderen herausfinden?

Der Mörder wird identifiziert, weil er *siebenmal auftritt.* Dieser überzählige, unkontrollierte, maßlose, überhebliche Auftritt verrät ihn. Und es ist: *die Nummer 3,* Inspektor oder besser der falsche Inspektor Sheralockiszyku Holamesidjudjy!

Er ist die Nummer 3, die Nummer 6 werden will. Übrigens ist er von diesem Wunsch derart besessen, daß es ihm nicht gelingt, seinen angenommenen Namen korrekt zu sagen; er stellt ihn jedesmal um, wenn er ihn ausspricht, und Sie dürfen selbst herausfinden, wie!«

Blognard ließ seinen Blick triumphierend über die Anwesenden schweifen, die ein »Uff« der Erleichterung ausstießen.

K'manoroigs wurde in Handschellen abgeführt (auf Grund der bilateralen Verträge Handschellen aus poldevischem Gold). Es gab verschiedene Bewegungen auf den Stühlen, die den Aufbruch vorbereiteten.

»Ein letzter Punkt«, sagte Blognard, »es wird nicht lange dauern, und ich hätte damit das letzte Geheimnis aufgeklärt, welches das Opfer betrifft.

K'manoroigs hat nicht deshalb zugeschlagen, um Gormanskoi den Mord in die Schuhe zu schieben. Diese Möglichkeit wäre absurd. Und um dem Verbrecher dieses *Motiv* zuzuschreiben, haben wir nur die Zeugenaussage des Verbrechers selbst, die zumindest fragwürdig ist. Das wirkliche Motiv ist das folgende: Er wollte das Handbuch der von Professor Girardzoi erfundenen neuen Programmiersprache stehlen, der SUMASSMA, der »Sprache Um Mit Allen Sprachen Schluß zu Machen«. Hätte er diese Sprache in seinen Besitz gebracht und wäre Regierender Prinz von Poldevien geworden, könnte er seinen wahnsinnigen Machthunger befriedigen. Um nun Zugang zu diesem Handbuch zu bekommen, von dem sich eine Abschrift beim alten Sinouls befand, um sie an sich zu nehmen und zu fotokopieren, *mußte er Balbastre ausschalten,* denn der hätte sich eher umbringen lassen, als daß er diesen Diebstahl zugelassen hätte.«

»Ach, mein armer Alter!« sagte Sinouls gerührt.

Epilog

Siebenunddreissigstes Kapitel
Eine Abschiedszeremonie

Einige Tage waren vergangen, und eine nüchterne und ergreifende Zeremonie spielte sich im Garten der Sinouls' ab. Hortense und Prinz Gormanskoi waren gekommen, um vor ihrer baldigen Abreise nach Poldevien Balbastres Grab mit Blumen zu schmücken: ein Strauß mit siebenunddreißig schwarzen Tulpen, den schönsten.

Das Wetter war schön, aber schon kühl, und Hortense trug ein leichtes und exklusives (ich meine damit den Ausschluß anderer Stoffe) Kleid, eine Toilette, um die sie Morgan, ihr Geliebter, zur Erinnerung an ihre erste Begegnung gebeten hatte. In der Frühlingssonne, die sich nicht das geringste davon entgehen ließ, sah sie noch jünger und noch schöner aus als sonst, und der alte Sinouls, der die Szene gutmütig verfolgte, erinnerte sich ebenfalls daran, wie er sie das erste Mal in der Rue des Citoyens in einem ähnlichen Kleid gesehen hatte. »Es gibt noch viele schöne Augenblicke auf der Welt für einen alten Voyeur«, dachte er.

Hortense und der Prinz brachen am nächsten Tag mit Cyrandzoi in der von Carlotta gelenkten Kutsche auf. Sie würden bis zur Porte Raymond Queneau fahren, wo sie in der Nähe der ehemaligen Stadtzollschranke, heute in eine Zollstation für die Stadtein- oder -ausreise umgewandelt, zu Mittag essen würden. Dort würde man Abschied nehmen von Carlotta, Alexander Wladimirowitsch und Cyrandzoi, die in die Grünanlage Grands-Edredons zurückkehren würden, um im Hinblick auf die Olympischen Spiele ihr Training im Hindernisspringen fortzusetzen. Alexander Wladimirowitsch hatte sich nicht dazu durchringen können, Laurie und Carlotta, seine beiden Rothaarigen, zu verlassen. Wer wird ihn tadeln?

Hortense träumte in der zärtlichen Sonne. Sie umarmte den alten Sinouls, betrat die Rue des Milleguiettes und verschwand allmählich aus unserem Blick.

Sie hingegen, Sie bleiben da.

Inhalt

Keto von Waberer im dtv

Foto: Isolde Ohlbaum

Blaue Wasser für eine Schlacht

Ein einfühlsamer psychologischer Roman über die »Liebeslebensgeschichte dreier Frauen – eine weibliche Familiensaga über drei Generationen« (Süddeutsche Zeitung). Eine ›Schule des Gefühls‹ und »ein Buch über das Lieben, so klug und so schön wie lange keines, einfühlsam und mit treffender Ironie beschrieben«. (Die Zeit) dtv 11090

Der Schattenfreund
Liebesgeschichten

Daß Gertrud sich einen Kurschatten zulegt, hat weniger mit purer Liebe zu tun als mit der Tatsache, daß Albrecht, ihr Mann, allnächtlich neben ihr liegt, als sei er ins Koma gesunken. Bei Frau Reinsbeck hingegen geht es im wahrsten Sinne des Wortes mit dem Teufel zu, daß sie plötzlich so höllisch gut ankommt beim anderen Geschlecht. dtv 11326

Die heimliche Wut der Pflanzen
Erzählungen

Eine junge Frau erholt sich nur mühsam von den Folgen ihrer gescheiterten Ehe. In der Großstadt isoliert, verdient sie ihren Lebensunterhalt mehr oder weniger gelangweilt als Angestellte einer Galerie. Da verliebt sie sich eines schönen Tages in einen Besucher ... dtv 11405

Der Mann aus dem See

Was macht eine Frau, wenn der Ehemann auszieht und der Liebhaber daraufhin »kneift«? Sie flüchtet zur besten Freundin. Was aber, wenn es sie dann magisch ins Bett von deren Freund zieht? – Daß die Macht der Erotik das Leben häufig nicht gerade vereinfacht, ist nur *eine* Erfahrung, die Keto von Waberer in diesen poetischen und doch schonungslos ehrlichen Erzählungen beschreibt.
dtv 11564 (August 1992)

Heimito von Doderer im dtv

Die Strudlhofstiege

Der Amtsrat und frühere Major Melzer, bei dem »im Oberstübchen das Licht nicht gerade sehr hell brennt«, löst sich allmählich aus der Bequemlichkeit überkommener Institutionen und Gewohnheiten und findet zu eigenen Einsichten. dtv 1254

Ein Mord den jeder begeht

Der Lebensroman eines jungen Mannes, der in den Wirren eines ungewöhnlichen Lebens schließlich zu sich selbst und zur Wahrheit findet. dtv 10083

Die Peinigung der Lederbeutelchen und andere Erzählungen dtv 10287

Die Dämonen

Im Wien der ausgehenden zwanziger Jahre werden Schicksale aus dem Großbürgertum und Adel, aus dem Arbeiter- und Intellektuellenmilieu zu einem schillernden gesellschaftlichen Gewebe verflochten. dtv 10476

Die Merowinger oder Die totale Familie

Durch ein wohlüberlegtes System etwas ungewöhnlicher Heiraten und Adoptionen ist es dem mittelfränkischen Freiherrn Childerich von Bartenbruch gelungen, sein eigener Vater, Großvater, Schwiegervater und Schwiegersohn zu werden. dtv 11308

Die Wasserfälle von Slunj

Österreich um die Jahrhundertwende. Die Zeit fließt langsam dahin: Man macht Karriere, man findet eine Geliebte, man will die Risse und Hohlräume im Fundament dieser Gesellschaft nicht sehen, man geht an seiner eigenen Blindheit zugrunde...
dtv 11411

Ein Umweg

Ein Roman von Galgen, Liebe und Tod. 1650, zwei Jahre nach dem Krieg, haben den ehemaligen Korporal Paul Brandtner seine Untaten eingeholt ...
Wird sein Leben friedlich enden?
dtv 11638

Saul Bellow im dtv

Foto: Thomas Victor

Eine silberne Schale
Das alte System

Diese beiden Erzählungen schildern die vielschichtigen Beziehungen und Konflikte innerhalb einer großen jüdischen Familie, zeigen, wie man sich quält und verwöhnt, hilft und übers Ohr haut, und wie man sich trotzdem liebt. dtv 10425

Mr. Sammlers Planet

Mit den Augen eines weise gewordenen europäischen Intellektuellen zeigt Saul Bellow New York aus einer Perspektive, die voller Tragik und Komik zugleich ist: »Alle menschlichen Typen sind reproduziert: der Barbar, die Rothaut, der Dandy, der Büffeljäger, der Desperado, der Schwule, der Sexualphantast, Dichter, Maler, Schürfer ...« dtv 11200

Der mit dem Fuß im Fettnäpfchen
Erzählungen

»Ich sehe nicht einmal aus wie ein Amerikaner«, sagt Mr. Shawmut, Held der Titelgeschichte, »– ich bin groß, aber ich habe einen krummen Rücken, mein Hintern sitzt höher als bei anderen Menschen, ich habe stets das Gefühl, daß meine Beine unverhältnismäßig lang sind: man brauchte einen Ingenieur, um die Dynamik auszutüfteln ...« – der amerikanische Nobelpreisträger von einer leichten, heiteren Seite. dtv 11215

Der Regenkönig

Eugene Henderson, ein spleeniger Millionär, hat die Nase voll vom »American way of life«, läßt Familie und Reichtum hinter sich und sucht sein Glück in Afrika. Dort wird er von den Wariwaris zum Regenkönig gekürt – ein nicht ganz ungefährliches Amt, wie sich herausstellt. Ein moderner Schelmenroman voll hintergründiger Komik. dtv 11223

Mehr noch sterben
an gebrochnem Herzen

Der international geschätzte Botaniker Benn Crader erweist sich, wenn's ums andere Geschlecht geht, als Ignorant und Laie. Auch Kenneth Trachtenberg, Benns Neffe und treuer Begleiter, ist kein Frauenheld. Mit Entsetzen verfolgt er die amourösen Abenteuer seines ältlichen Onkels und dessen Heirat mit der wesentlich jüngeren Matilda Layamon. Doch er gerät bald selbst in die Netze der Liebe. dtv 11364